BELLA ROSSAS
anderes Glück

BELLA ROSSAS anderes Glück

Anne-Laure Bondoux

Aus dem Französischen von Maja von Vogel

CARLSEN

Erster Teil

ERSTES KAPITEL

Jeden Morgen beim Aufwachen fragte sich Bella Rossa, welche Katastrophe an diesem Tag auf sie wartete.

Während der zwanzig Jahre, die sie nun auf der Welt war und in Maussad-Vallée lebte, hatte sie Trockenperioden, Überschwemmungen, Brände, Heuschreckenplagen, Schlammlawinen, Epidemien, Schlägereien, Unfälle und Hungersnöte erlebt. Ganz zu schweigen von ihren eigenen Problemen, die sie noch wesentlich schlimmer fand.

Sie hatte all dies überstanden. Und sie fand jeden Morgen wieder die Kraft, aus dem Bett zu steigen, um ihrem mühseligen Tagewerk nachzugehen. So war es nun mal. Bella Rossa war eine Kämpfernatur, ein Mädchen der Prärie, geboren, um den Stürmen des Lebens zu trotzen.

Kurz vor Sonnenaufgang begann sie mit ihrer Morgentoilette. Sie zog das Männerhemd aus, das sie nachts trug, auch wenn es kaum Schutz gegen die Flöhe in der Matratze bot. Dann ging sie in die Zimmerecke, in der sich auf einem wurmstichigen Brett ein eiserner Kübel, eine Waschschüssel, ein Tuch und ein hartes Stück Seife befanden.

Über dem Brett hing der kleine Spiegel, den Bella Rossa Romualdo Barbieri, dem fliegenden Händler, abgekauft hatte. So verging kein Tag, an dem sie nicht an ihn dachte. Sie erinnerte sich an seinen Planwagen, die beiden Maultiere, die ihn zogen, und an all die Herrlichkeiten, die sich hinten im Wagen türmten: Porzellanteller, silberne Kerzenleuchter, Messerbänkchen, Zuckerzangen, Kristallkaraffen, bestickte Taschentücher und Teppiche. Was für eine Pracht!

Das Problem war nur, dass die Menschen in Maussad-Vallée weder Stielgläser noch Bügeleisen brauchten. Wenn man Durst hatte, trank man aus der Flasche, und ganz ehrlich, wozu hätte es gut sein sollen, die schmutzigen Hosen der Cowboys zu bügeln? Romualdo Barbieri hatte schnell begriffen, dass bei den Farmern in dieser gottverlassenen Gegend nichts zu holen war. Also war er gegangen, wie er gekommen war, nicht ohne zu versprechen, bei Gelegenheit mal wieder vorbeizuschauen.

Red du nur!, hatte Bella Rossa gedacht, die Italienern im Allgemeinen und Hausierern im Besonderen kein Wort glaubte. Aber das war eigentlich auch egal. Barbieri hatte, abgesehen von dem kleinen Spiegel, etwas zurückgelassen, das viel mehr zählte als sein Versprechen. Sein Abstecher nach Maussad-Vallée hatte das Samenkorn einer Idee in Bella Rossas Kopf gepflanzt.

Inzwischen war der Samen aufgegangen.

»Was treibst'n so lange, Miststück?«, schimpfte plötzlich eine Stimme im Nebenzimmer. »Willste, dass ich verhunger?«

Es war jeden Morgen dasselbe. Bella Rossa machte sich nicht die Mühe zu antworten.

Sie goss das Wasser aus dem Kübel in die Waschschüssel und beugte sich vor, wobei sie mit ihren riesigen Brüsten gegen den Schüsselrand stieß. Das Wasser schwappte über und spritzte auf das Brett. Wieder einmal verfluchte Bella Rossa diesen verdammten Busen, der wie Blei an ihrem Oberkörper hing und ihr seit Jahren das Leben schwer machte.

Die Stimme nebenan wurde lauter. »Kommste nu endlich, verdammte Hexe?«

Jeden Morgen die gleichen Beleidigungen. Bella Rossa wusch sich und spülte die Seife ab. Dann warf sie einen Blick in den kleinen Spiegel. Ihre roten Haare waren von der Nacht zerzaust.

»Gleich setzt's was, Schlampe!«

Bella Rossa richtete in aller Ruhe ihre Frisur. Ihrem Holzkamm fehlten ein paar Zähne, aber er war noch zu gebrauchen. Romualdo Barbieri hatte zwar versucht, ihr ein ganzes Arsenal von Bürsten, Hornkämmen, Haarwässerchen und sogar Lockenwickler zu verkaufen, aber wovon hätte sie das bezahlen sollen? Also hatte sie nur den Spiegel gekauft.

Nach und nach ging das Gezeter aus dem Nebenzimmer in jämmerliches Stöhnen über.

Bella Rossa legte den Kamm zur Seite und zog ihr Kleid an.

Die Sonne war aufgegangen. Es wurde Zeit, Lom'Pa aus seiner Flohkiste zu holen.

»Na endlich, Dreckstück!«, bellte der Alte, als sie eintrat. »Trödelst rum und lässt mich hier verrecken!«

Er wand sich auf dem Bett, nur seine Beine bewegten sich nicht. Seit einem Sturz vom Dach vor zwei Jahren war seine untere Körperhälfte gelähmt. Lom'Pa war aufs Haus geklettert, um ein paar Dachschindeln zu ersetzen, die bei einem Hagelsturm kaputtgegangen waren. Er war abgerutscht und hatte sich drei Meter weiter unten das Kreuz gebrochen.

»Mach schneller, fette Kuh!«

Es war jeden Morgen dasselbe Theater. Bella Rossa stellte sich ans Kopfende des Bettes, schob die Arme unter Lom'Pas klebrige Achselhöhlen und zog mit aller Kraft, um ihm beim Aufsetzen zu helfen. Er schimpfte wie ein Rohrspatz, bis er in seinem Rollstuhl saß, den der Nachbar Emmett Earp nach dem Unfall für ihn gebaut hatte.

»Zappel nich so rum, Alter!«, fuhr Bella Rossa ihn an.

»So redste nich mit mir! Jetzt setzt's was, verdammte Giftspritze!«

Er hob den Arm, aber Bella Rossa wich der Ohrfeige mit Leichtigkeit aus. Sie war zwanzig Jahre alt und die Zeiten, in denen sie Prügel von Lom'Pa bezogen hatte, waren lange vorbei. Als Kind hatte sie eine Heidenangst vor ihm und seinem Gürtel gehabt, aber jetzt war sie die Stärkere.

Sie schob den Rollstuhl auf die Veranda, in deren Schatten Lom'Pa seine Tage verbrachte, während sie für zwei schuftete. Meistens blieb er allein, nur manchmal stattete ihm ein streunender Hund einen Besuch ab oder Emmett kam vorbei, um nachzusehen, ob die Räder des Rollstuhls geölt werden mussten.

Bella Rossa atmete die frische Morgenluft ein. Wenn es nicht gerade eine Naturkatastrophe gegeben hatte, sah es draußen immer gleich aus: der Hof voller Gerümpel, der Schweinekoben, der Stall, der Misthaufen, die Tränke aus einem dicken Baumstamm, den Lom'Pa ausgehöhlt hatte, und der Brunnen. Weiter unten befand sich der Fluss, an dessen Ufer die anderen Farmen von Maussad-Vallée lagen, lauter windschiefe Blockhütten und aus Brettern zusammengezimmerte Bruchbuden.

Rundherum gab es nichts als Felder, so weit das Auge reichte, und inmitten dieses Ozeans aus Halmen lag die Straße. Die einzige Straße. Die Straße, auf der Romualdo Barbieri mit seinem Planwagen voller Herrlichkeiten gekommen war. Die Straße, auf der Bella Rossas Mutter eines schönen Morgens vor langer Zeit fortgegangen war. Die Straße, auf der sie selbst vielleicht einmal fortgehen würde …

Bella Rossa bekam eine Gänsehaut. Sie sollte besser nicht auf die Straße starren und vor sich hin träumen, sonst würde Lom'Pa noch misstrauisch werden. Rasch ging sie wieder hinein, band sich die Schürze um, warf ein Holzscheit in den gusseisernen Ofen und machte Frühstück.

Speck, rote Bohnen, Kaffee.

Auf der Veranda wurde der Alte bereits ungeduldig. Während Bella Rossa ihn durch die schmutzige Fensterscheibe beobachtete, dachte sie nach. Seit ihr *ihre Idee* im Kopf herumging, fragte sie sich, was sie mit ihrem armseligen gelähmten Vater anstellen sollte.

»Wird's bald oder warteste, bis den Kühen Flügel wachsen?«

Bella Rossa nahm die Bohnen vom Feuer und brachte Lom'Pa seinen Blechnapf hinaus. Er stürzte sich wortlos auf das Essen, als hätte er seit einer Woche nichts bekommen.

Obwohl in den vergangenen Jahren jeder in der Gegend satt geworden war, waren die Erinnerungen an die letzten Hungersnöte noch sehr lebendig. Zwei Jahre hintereinander war die Ernte schlecht gewesen. Erst wegen der Dürre, dann wegen der Heuschrecken. Es hatte auf fast jeder Farm Tote gegeben und die meisten Familien hatten schließlich ihre Hunde essen müssen. Bella Rossa erinnerte sich auch an diese arme Frau, Selma Hutchkins, die von der Heuschreckenplage in den Wahnsinn getrieben worden war. Man hatte sie erhängt in ihrer Scheune gefunden.

»Steh nich rum, Faulenzerin!«, schimpfte Lom'Pa zwischen zwei Löffeln Bohnen. »Haste nix zu tun, oder was?«

Bella Rossa stieß einen genervten Seufzer aus, nahm die Schürze ab und hängte sie an einen Haken. Im Haus gab es für jedes Ding seinen Haken.

»Vergiss nich, zu O'Brady zu gehen und Nachschub zu holen!«, rief Lom'Pa ihr nach, als sie eilig zum Stall ging.

Bella Rossa nickte nur. Es war jeden Morgen dieselbe Leier. »Geh zu O'Brady und hol Nachschub!« Armer Alter! Das einzige Vergnügen, das ihm noch geblieben war, bestand darin, sich mit dem billigen Fusel des Schnapsbrenners zu betrinken. Doch auch wenn er ihr das Leben schwer machte, versuchte Bella Rossa stets Nachsicht mit Lom'Pa zu haben. Schließlich hatte er sie ernährt, ihr ein Dach über dem Kopf gegeben und jahrelang auf den Feldern geschuftet, damit sie überleben konnten. Außerdem hatte er sie beschützt, als die *noch schlimmeren Probleme* begannen und sie noch nicht stark genug gewesen war, um sich selbst zu helfen. Eigentlich war er gar kein so schlechter Vater.

Bella Rossa betrat den Stall und krempelte die Ärmel hoch. Es war ein Tag wie jeder andere. Sie würde die Kühe und Schweine füttern, im Gemüsebeet Unkraut jäten, Wasser holen, Holz hacken, den Zaun zu Ende reparieren und sich weiter mit *ihrer Idee* beschäftigen.

Bis zur nächsten Katastrophe.

ZWEITES KAPITEL

Die Katastrophe kündigte sich wenig später an, eines Julimorgens, in Form eines Mannes und eines Pferdes. Bella Rossa war auf alles gefasst gewesen, aber darauf nicht.

Nachdem sie Lom'Pa an diesem Tag auf die Veranda geschoben hatte, arbeitete sie im Stall. Es war noch früh und die Kühe verhielten sich ruhig. Bella Rossa hatte ihr Werkzeug ausgepackt.

Der alte Heuwagen war jetzt größer und breiter und thronte auf den Speichenrädern einer Kutsche. Bella Rossa hatte die Radnaben eingefettet. Sie hatte Bretter gesägt und zu Wagenwänden zusammengenagelt, über die sie Bögen aus Tulpenbaumholz spannte. Jetzt musste sie nur noch eine Plane darüberziehen, dann war das Werk vollendet.

Sie schwitzte heftig. Seit ein paar Wochen wurde die Gegend von der großen Sommerhitze heimgesucht. Der

Wasserpegel des Flusses fiel stetig und die Fliegen surrten schon am frühen Morgen in dichten, aufdringlichen Wolken tief über dem Boden. In Maussad-Vallée schritten die Männer mit hängenden Schultern ihre Felder ab, die Hunde hechelten, die Köpfe zwischen den Pfoten, und die Frauen saßen im Schatten und stickten. Alles geschah wie in Zeitlupe. Nur Bella Rossa hatte sich in den Stall verzogen und legte dort eine fieberhafte Aktivität an den Tag.

Sie hatte hier und da ein paar kaputte Sachen gefunden und repariert. Zu gegebener Zeit würden sie ihren Platz im Wagen finden: Töpfe, gusseiserne Kessel, Kannen aus Steingut, Kamingalgen, Kasserollen, Gläser, Kohlenschaufeln, Körbe, Bürsten, Zangen … Der ganze Plunder türmte sich in einer Nische des Stalls, gut geschützt vor neugierigen Blicken.

Es hatte einige Zeit gedauert, all diese Haushaltswaren anzusammeln. Anfangs hatte sie ein paar Dinge geschenkt bekommen. Vor allem natürlich Töpfe, wegen der Geschichte mit Yuri Bendel. Aber den Rest hatte sie sich mühsam in der ganzen Gegend zusammensuchen müssen, bis hoch nach Cactus Hill. Nicht selten fand man auf der Route der Pionier-Trecks weggeworfene Sachen in den Büschen. Im Lauf ihrer endlosen Reise von Ost nach West entledigten sich die Familien allen überflüssigen Ballasts, damit ihre Wagen leichter wurden, und ließen in ihrem Kielwasser die platzraubenden

Relikte ihres alten Lebens zurück. Einmal hatte Bella Rossa sogar ein Klavier gefunden, das mitten auf dem Weg lag. Aber es war zu schwer gewesen, um es allein nach Maussad-Vallée zurückzubringen. Sie musste sich mit den Küchenutensilien begnügen, die den Großteil ihres Warenlagers ausmachten.

Es war ein bescheidenes Geschäft, aber Bella Rossa war trotzdem stolz auf ihre Idee, weil sie es damit allen heimzahlen konnte.

Während sie die Plane über die Bögen des Karrens spannte, dachte sie an ihre Rache. Sie dachte an all die Jahre der Angst und Demütigung. Sie dachte natürlich an Yuri Bendel, aber auch an Bror Svenberg und die anderen Kerle. Sie sah sich wieder mit vierzehn Jahren, hilflos angesichts des Verlangens dieser Männer und beschmutzt von ihren animalischen Blicken.

An allem waren nur ihre Brüste schuld. Diese verdammten Brüste! Warum hatten sie diese ungeheuerlichen Ausmaße angenommen, anstatt sich ganz normal zu entwickeln? Dafür gab es keine Erklärung. Innerhalb eines Jahres waren sie von der Größe zweier Äpfel auf die zweier Honigmelonen angewachsen, bevor sie so groß wie zwei Wassermelonen wurden.

Damals war Bella Rossa gerade vierzehn Jahre alt gewesen. Sie trug noch nicht diesen Spitznamen, der seitdem in aller Munde war. Sie war einfach nur Rossalina, so wie ihre Mutter sie bei ihrer Geburt genannt hatte.

Der erste Widerling, der ihre Brüste begrapschen wollte, hieß Bror Svenberg. Er war Schweinezüchter und lungerte oft am Flussufer herum. Dort kam Rossalina jeden Abend vorbei, wenn sie die Kühe zurück in den Stall trieb.

»He, Rossalina!«, rief er und winkte ihr zu.

Sein Verhalten beunruhigte sie nicht weiter. Sie antwortete mit einem Kopfnicken und eilte zur Farm zurück, wo Lom'Pa auf sie wartete, in der einen Hand die Schnapsflasche und in der anderen den Gürtel, um sie zu verdreschen, falls sie sich verspätete.

Doch eines Abends kam ihr Bror entgegen.

»He, Rossalina!«, sagte er mit seltsam erregter Stimme. Dann begann er zu reden, über dies und jenes, über die Kühe, die Schweine und den drohenden Regen, während er von einem Fuß auf den anderen trat. Rossalina hatte ein ungutes Gefühl. Sie versuchte, ihm auszuweichen, aber er packte sie am Arm.

»He, ich will dir nichts tun, Kleine! Ich will doch nur …«

Mit einem Satz warf er sich auf sie, die Hände ausgestreckt und mit Schaum vor dem Mund, schlimmer als ein tollwütiger Hund. Rossalina schlug um sich, aber Bror Svenberg war viel stärker als sie. Er riss ihr die Bluse vom Leib, griff mit beiden Händen nach ihren Brüsten und vergrub sein Gesicht zwischen ihnen, grunzend wie eins seiner Schweine.

Zum Glück hörte Lom'Pa ihre Schreie. Er kam gerade noch rechtzeitig, um Rossalina Bror Svenbergs großen Pranken zu entreißen und ihm eine ordentliche Tracht Prügel zu verpassen.

Leider trug dieser Zwischenfall nicht dazu bei, die anderen Männer aus Maussad-Vallée zu entmutigen. Rossalinas wogender, riesiger, einmaliger Busen machte die Kerle so nervös, dass einige von ihnen nachts nicht mehr schlafen konnten. Wenn Rossalina im Maisfeld arbeitete, standen sie mit aufgestützten Ellbogen am Zaun. Wenn sie die Wäsche im Fluss wusch, versammelten sie sich am anderen Ufer. Eine Weile wagten sie es nicht mehr, sich ihr zu nähern, aus Angst vor einer Abreibung, aber sie überboten sich darin, ihr lüstern zuzuzwinkern, obszöne Handbewegungen zu machen oder ihr nachzupfeifen. Wo sie auch hinkam, wurde sie »Euter-Rossa« gerufen.

Euter-Rossa! Wenn Rossalina diese Verballhornung ihres Namens hörte, hätte sie am liebsten jemanden gebissen.

Nach ein paar Monaten ließ Lom'Pas Wachsamkeit nach. Eines Tages, Rossalina war sechzehn Jahre alt, kam es zum Schlimmsten. Sie waren zu dritt und lauerten ihr im Stall auf, als Lom'Pa bei O'Brady herumhing. Sam Cody, Lee Payne und Yuri Bendel. Diese Dreckskerle hatten so viel getrunken, dass man mit dem Alkohol, den sie ausschwitzten, ein Bierfass hätte füllen können.

An diesem Tag glaubte Rossalina sterben zu müssen.

Die drei Widerlinge drückten sie gegen die Bretterwand. Sie keuchten und heulten wie die Kojoten, während sie sich in den Hosenträgern ihrer Latzhosen verhedderten. Ihre großen, widerlichen Farmerhände hielten sie fest.

»Oh, Euter-Rossa«, hechelten sie und gaben irgendwelche Ferkeleien von sich. Sie biss, trat mit den Füßen und zerkratzte ihnen die Gesichter. Sie schlug gegen die Wand und versuchte, an die Heugabel zu kommen, schürfte sich dabei aber nur die Hand auf.

Schließlich schaffte sie es, ihren Angreifern zu entkommen und ins Haus zu flüchten, halb nackt und die Haare voller Stroh. Einen Augenblick später trommelten die Männer gegen die Tür.

»Zeig uns deine Titten, Euter-Rossa! Solche Granaten müssten verboten sein. Die sind für alle da!«

Die Tür zersplitterte und Yuri Bendel stolperte als Erster herein. Das war der Moment, in dem Rossalina ihm einen Kochtopf über den Schädel zog. Er war sofort tot.

Die beiden anderen, Sam Cody und Lee Payne, blieben auf der Türschwelle stehen, mit über den Boden schleifenden Hosenträgern, den verschleierten Blick voller Verblüffung. Sie starrten sie an, sie, das Mädchen mit den Brüsten einer Matrone, beschimpften sie und hauten ab. Rossalina hielt den Griff des Topfes umklammert, bis Lom'Pa nach Hause kam.

Die Geschichte machte natürlich in Maussad-Vallée die Runde. Jedes Mal, wenn sie an einer Farm vorbeikam, warfen die Männer mit Töpfen nach ihr, um es ihr heimzuzahlen. Sie sammelte sie trotzig ein und bewahrte sie zu Hause auf wie Trophäen, die sie dem Pech entrissenen hatte, ohne zu wissen, dass ihr dieser Schatz einmal nützlich sein würde.

Niemand wagte mehr, ihren abscheulichen Spitznamen zu benutzen, und sie beschloss, sich von nun an Bella Rossa zu nennen. Aus dem ängstlichen jungen Mädchen war eine Frau geworden, die wusste, was sie wollte, eine hübsche Rothaarige, mit der man sich besser nicht anlegte. Bella Rossa knirschte mit den Zähnen, während ihr die unangenehmen Erinnerungen durch den Kopf gingen. In den letzten Jahren hatte sie mindestens genauso viel Wut wie Töpfe angesammelt. Sie hasste Maussad-Vallée und seine Bewohner! Sie hasste das Leben hier, in dieser weiten und trostlosen Ebene, zwischen den endlosen Feldern mitten im Nirgendwo!

Mehr als einmal hatte sie ans Fortgehen gedacht. Aber eine junge Frau, selbst wenn sie noch so wütend war, hätte keine drei Tage allein in dieser Gegend voller Banditen und Schlangen überlebt. Außerdem, wohin hätte sie gehen sollen? Und wovon leben? Als ihre Mutter Maussad-Vallée vor langer Zeit verlassen hatte, war sie nicht allein gewesen. Sie war mit ihrer ganzen Familie und einem anderen italienischen Clan, den Morellis, fortgegangen. Sie hatten Maultiere und Pferde gehabt und waren echte Pioniere gewesen.

Mit seinem Sturz vom Dach hatte Lom'Pa dafür gesorgt, dass sie nun endgültig hier festsaß. Also hatte Bella Rossa in die Hände gespuckt, Mais für zwei geerntet, Bohnen für zwei angepflanzt, sich um die Kühe gekümmert und voller Bitterkeit darüber nachgedacht, ob es nicht die größte Katastrophe von allen gewesen war, hier geboren zu werden, ohne darum gebeten zu haben.

So hätte ihr Leben weitergehen können, eintönig und todlangweilig, wenn sich im letzten Jahr nicht Romualdo Barbieri nach Maussad-Vallée verirrt hätte, mit seinem Planwagen voll schöner Dinge für die Dame von Welt. Bella Rossa hatte sich lange mit ihm unterhalten. Sie hatte sich sein Fuhrwerk genau angesehen und plötzlich schien ihr die Idee, Lom'Pas alten Heuwagen zu einem Krämerkarren umzubauen, völlig offensichtlich. Ihre Zukunft lag in den Töpfen, die man ihr vor die Füße geworfen hatte.

An diesem Julimorgen hatte sie ihr Ziel fast erreicht. Sie brauchte nur noch eine Probefahrt zu machen, um zu testen, ob ihre Konstruktion tatsächlich stabil war. Danach konnte sie ihre Ware aufladen, die beiden Kühe vor den Karren spannen und Maussad-Vallée Auf Wiedersehen sagen!

In diesem Moment hörte sie ein Geräusch auf dem Hof. Sie verließ den Stall und schirmte mit einer Hand die Augen gegen das Sonnenlicht ab, das in erbarmungsloser Helligkeit vom Himmel fiel.

Ein Pferd stand im Hof, neben der Tränke. Auf seinem Rücken lag ein Mann, das Gesicht in der Mähne vergraben, die Arme hingen seitlich herab.

Er war tot.

Das Pferd, der tote Mann, das erbarmungslose Licht – Bella Rossa wusste sofort, dass dies die Vorboten einer neuen Katastrophe waren.

DRITTES KAPITEL

Bella Rossa warf einen Blick zur Veranda. Lom'Pa schnarchte in seinem Rollstuhl, völlig weggetreten von O'Bradys Schnaps.

Sie überquerte den Hof mit ihrem etwas schwerfälligen Gang, während der Schweiß ihr Kleid bis zum Gürtel durchnässte. Die Luft zitterte, die Schweine grunzten in ihrem Koben und auf dem staubigen Boden der Farm schrumpften die Schatten. Das Pferd wartete neben der Tränke. Eine Wolke aus Fliegen summte über dem toten Reiter.

Einen Meter vor dem Pferd blieb sie stehen. Auf seiner Brust entdeckte sie Streifen aus Schaum, ein Zeichen dafür, dass es lange galoppiert war.

Bella Rossa betätigte die Pumpe des Brunnens und das Wasser stieg glucksend aus den Tiefen der Erde empor. Sofort beugte das Pferd den Hals und trank in aller Ruhe, bis das Wasser weg war. Man merkte an seinem Verhalten, dass es gut erzogen war.

Bella Rossa betrachtete den Mann. Er trug eine dunkle Uniform mit glänzenden Knöpfen, Stiefel und einen Ledergürtel mit einer kleinen Tasche. Er hatte einen Handschuh verloren und besaß weder Säbel noch Gewehr. Doch dieser Mann war zweifellos ein Soldat.

Sie fuhr sich über die feuchte Stirn. Ihr war noch nie ein Soldat in Maussad-Vallée begegnet. Früher waren manchmal Gerüchte über weit entfernte, unwirkliche Kriege bis hierher vorgedrungen, aber das hatte nichts mit ihnen zu tun gehabt. Doch nun ahnte Bella Rossa, dass das überraschende Auftauchen des Reiters auf ihrem Hof unangenehme Folgen haben würde.

Sie ging noch etwas näher heran, während die Fliegen summten. Der Tote machte ihr keine Angst. Schon von klein auf hatte sie so viele Leichen gesehen! Yuri Bendel, natürlich, aber auch Selma Hutchkins, erhängt in ihrer Scheune, die kleinen bleichen Kinder in ihren Betten, vom Fieber dahingerafft, die Alten mit von der Trockenheit ausgedörrten Lippen, und all die Unglückseligen, die sie nach den Überschwemmungen aus dem Schlamm gezogen hatten … Sie legte eine Hand auf den Hals des Pferdes. Das Tier zitterte.

»Na, na«, murmelte sie. »Hast deine Last jetzt lang genug getragen.«

Behutsam schob sie die Arme unter die Achseln des Soldaten und zog ihn zu sich heran. Der Geruch, den er verströmte, war so widerlich, dass sie den Atem anhielt. Die Beine des Mannes waren steif. Sie brauchte mehrere Anläufe und viel Kraft, um ihn vom Pferd zu holen. Das Tier zuckte währenddessen mit keinem Muskel.

Als die Leiche auf dem Boden lag, gab Bella Rossa dem Pferd einen Klaps auf das Hinterteil. Doch statt sich aus dem Staub zu machen, blieb es reglos stehen und sah sie zwischen seinen langen, staubigen Wimpern hindurch an.

In diesem Moment kam Emmett Earp, der Nachbar, auf den Hof.

»Zum Teufel!«, rief er, als er den Soldaten neben der Tränke sah. »Warum liegt ein Toter bei dir auf'm Hof, Bella Rossa?«

Sie zuckte mit den Schultern und strich sich eine Haarsträhne hinter das Ohr. Emmett Earp war der einzige Mann in Maussad-Vallée, den sie in ihrer Nähe duldete. Er hatte niemals versucht sie zu berühren und sie kein einziges Mal mit einer anzüglichen Bemerkung verletzt.

»Der Tote is ganz von allein gekommen«, antwortete sie. »Auf seinem Pferd.«

Emmett blieb neben dem Soldaten stehen und stieß ihn mit der Stiefelspitze an.

»Armer Kerl«, murmelte er. »Was sagt Lom'Pa dazu?«

Bella Rossa zeigte auf den Alten, der immer noch auf der Veranda vor sich hin schnarchte.

»Na gut«, seufzte Emmett. »Ich helf dir, ihn zu begraben. Er kann nich in der Sonne liegen bleiben.«

Bella Rossa pflichtete ihm bei und ging zurück in den Stall, um zwei Schaufeln zu holen. Gemeinsam schleppten sie den Toten zum Fluss. An einer flachen Stelle, nicht weit vom Wasser, gruben sie ein großes Loch und rollten die Leiche hinein.

Bella Rossas Blick fiel auf die glänzenden Knöpfe an der Uniform. Sie waren von guter Qualität und ließen sich bestimmt leicht verkaufen. Sie zog ihr Messer hervor, kniete sich an den Rand des Lochs, schnitt die Knöpfe ab und steckte sie ein. Emmett stellte keine Fragen. Mit einem Kopfnicken wies sie ihn an, das Grab wieder zuzuschaufeln.

»So was passiert nich alle Tage«, bemerkte Emmett, als sie langsam zur Farm zurückgingen.

»Schätze, das bedeutet nichts Gutes«, bestätigte Bella Rossa.

In der Zwischenzeit war Lom'Pa aus seinem Koma erwacht. Er betrachtete das Pferd aus zusammengekniffenen Augen.

»Issas dein Gaul, Emmett?«, fragte er mit schwerer Zunge.

Der Nachbar schüttelte den Kopf. Er wollte gerade etwas sagen, als ein Knall die schwere Luft durchschlug. Lom'Pa zuckte in seinem Rollstuhl zusammen. In der Ferne flog ein Schwarm Lerchen über einem Maisfeld auf. Kurz darauf ertönte ein zweiter Schuss, dann ein dritter.

Emmett Earp war blass geworden.

»Lauf nach Haus, du Esel!«, schrie Lom'Pa. »'s gibt Ärger! Und du, hol mein Gewehr, dumme Pute!«

Der Nachbar, der Frau und Kinder hatte, gehorchte sofort, während Bella Rossa weiter mit gerunzelter Stirn auf die Stelle starrte, an der die Vögel aufgeflogen waren. Sie musste an den Soldaten denken. Was, wenn sich dort im Mais noch mehr von ihnen versteckten, viel mehr vielleicht? War der Krieg bis zu ihnen vorgedrungen?

»Mein Gewehr!«, brüllte Lom'Pa und fuchtelte mit den Armen.

Bella Rossa ging ins Haus und nahm die Waffe vom Haken neben der Tür. Das Pferd auf dem Hof stellte wachsam die Ohren auf, seine Nüstern bebten. Wieder glaubte Bella Rossa, es würde die Flucht ergreifen, aber das Tier machte keine Anstalten, sich von der Tränke zu entfernen. Eine würdevolle, fast schon königliche Ruhe ging von ihm aus, die so gar nicht zu ihrer heruntergekommenen Farm passte.

Lom'Pa lud das Gewehr und legte es an.

»Soll'n se nur kommen«, murmelte er. »Ich werd's ihnen schon zeigen, diesen feigen Kojoten von Banditen!«

Wieder waren Schüsse zu hören. Bei den Farmen am Fluss machte sich Unruhe breit. Es war fast Mittag, die

Sonnenstrahlen durchschnitten die dicke Luft wie Fallbeile und dennoch … dennoch meinte Bella Rossa einen seltsamen Luftzug zu spüren. Das ist der Atem des Krieges, dachte sie.

Sie stemmte sie Fäuste in die Hüften. Warum machte ihr das Schicksal schon wieder einen Strich durch die Rechnung, jetzt, wo sie fast am Ziel war? Was hatte sie getan, um dermaßen verflucht zu sein? Reichte es nicht, zwanzig Jahre lang alle möglichen Katastrophen ertragen zu haben, vom Verschwinden ihrer Mutter über die Schläge mit dem Gürtel bis hin zur Begierde der Männer? Je länger sie darüber nachdachte, desto heftiger hob und senkte sich ihr Busen, wie eine riesige, empörte Welle, die alles verschlingen wollte.

Plötzlich erblickte sie mehrere Reiter, die das Feld hinter dem Stall überquerten. Sie trugen die gleichen Uniformen wie der tote Soldat, waren im Gegensatz zu ihm aber quicklebendig und flohen mit der Waffe in der Hand vor einer unsichtbaren Bedrohung.

»Was'n das für'n Theater?«, schimpfte Lom'Pa.

»Das is kein Theater«, murmelte Bella Rossa. »Das is bitterer Ernst.«

Im Handumdrehen wurde Maussad-Vallée vom Krieg überrollt. Ein Schuss folgte auf den nächsten, Pferde erschienen am Horizont, dann Gespanne, Kanonen und verstörte Männer auf klapprigen Fuhrwerken, die durch den Mais pflügten. Schießpulvergeruch stieg Bella

Rossa in die Nase. Sie dachte an den Tag, an dem die Heuschrecken aufgetaucht waren. Wie dieser Insektenschwarm alles zunichtegemacht hatte. Sie warf einen verzweifelten Blick zum Stall, als drei Soldaten auf den Hof preschten.

Die Männer waren außer Atem, voller Schlamm und Staub. Als sie Lom'Pas Gewehr sahen, das auf sie gerichtet war, erstarrten sie.

»Waffe runter, Alter!«, befahl einer von ihnen. »Wir wollen euch nichts Böses. Es ist Krieg!«

»Wasser für unsere Pferde!«, verlangte ein anderer.

Lom'Pa murrte und stieß ein paar Drohungen aus, aber er war zu betrunken, um richtig zu zielen. Die Soldaten entspannten sich wieder. Bella Rossa hielt es für klüger, ihnen zu gehorchen, und ging zur Pumpe. Je eher sie bekamen, was sie wollten, desto eher würden sie wieder verschwinden.

Sie ließ Wasser in die Tränke laufen und trat zur Seite. Das Pferd des toten Soldaten hatte sich zurückgezogen und wartete neben der Stalltür.

Bella Rossa betrachtete die drei Soldaten, ihre ernsten Gesichter, die schmutzigen Uniformen und abgetretenen Stiefel. Sie holte den Lederschlauch, den sie mitnahm, wenn sie den Tag auf dem Feld verbrachte, füllte ihn mit Wasser und reichte ihn den Männern. Sie nahmen ihn dankbar an.

»Wenn ich Ihnen einen Rat geben darf, Miss«, sagte

einer von ihnen, nachdem er getrunken hatte. »Gehen Sie fort. Die kommen. In ein oder zwei Stunden werden sie hier sein. Glauben Sie mir, das sind Wilde!«

Der Mann war dunkelhaarig und noch ziemlich jung. Er hatte hohe Wangenknochen, eine kräftige Statur und eine sanfte Stimme. Die Schulterklappen seiner Jacke wurden von einer Borte geziert. Natürlich starrte er auf Bella Rossas Brüste, während er sprach, mit demselben verblüfften Gesichtsausdruck wie alle, die sie zum ersten Mal sahen. Bella Rossa hatte sich zwangsläufig an diesen Ausdruck gewöhnt, doch er erinnerte sie immer wieder daran, dass sie anders war als die anderen.

»Wir sollten von hier verschwinden, Sergeant«, sagte der nervöseste der drei Soldaten.

Der junge Mann mit den hohen Wangenknochen nickte.

»Das sind Wilde!«, wiederholte er, ohne Bella Rossa aus den Augen zu lassen. »Brutale Kerle, die kein Erbarmen kennen … Vor allem nicht bei einer Frau mit solchen … Sie verstehen schon!«

Bella Rossa seufzte ungeduldig. Ja, sie verstand.

In der Ferne waren Hufgetrappel und Explosionen zu hören. Der Lärm kam von weiter oben, flussaufwärts, abseits der Straße. Die drei Reiter waren auf dem Rückzug. Sie gaben Maussad-Vallée auf und kehrten zu ihrem Regiment zurück, das flussabwärts wartete. Wenn es so kam, wie sie befürchteten, würde sich Maussad-Vallée bald zwischen den Fronten befinden. Dann konnte niemand mehr für irgendetwas garantieren.

»Eine Stunde oder zwei, mehr nicht!«, bekräftigte der Sergeant noch einmal und gab seinem Pferd die Sporen.

Bella Rossa sah ihm nach, als er davonritt.

Die Zeit drängte und plötzlich wusste sie, was sie zu tun hatte. Das Fuhrwerk war fertig. Es gab keinen Grund mehr, noch länger zu zögern.

VIERTES KAPITEL

Die flüchtenden Soldaten hatten Panik in Maussad-Vallée gesät. Die Männer liefen von einer Farm zur nächsten und brüllten einander Warnungen zu, während die Frauen Mehlsäcke, Einmachgläser und Zuckertüten zählten.

Vieh, Wäsche und Kinder wurden hereingeholt.

Gewehre, Säbel und Munition wurden herausgeholt.

»Was treibst'n da?«, fragte Lom'Pa und verrenkte sich den Hals nach Bella Rossa. »Mach endlich 's Maul auf, Schmeißfliege!«

Sie achtete nicht auf ihn, sondern räumte die Regale aus und nahm alles herunter, was im Haus an den Nägeln hing: abgewetzte Jacken, Hüte, Werkzeuge, Töpfe, Öllampen, Messer, Pfannen und den Spiegel, den sie Romualdo Barbieri abgekauft hatte. Sie leerte auch den Vorratsschrank, in dem sie die eiserne Reserve für den Winter aufbewahrte, und stapelte alles auf der Veranda.

Lom'Pa betrachtete das Durcheinander. Ihr gesamtes Hab und Gut lag dort auf einem Haufen in der Sonne: Holzscheite, Schweinefett, Kaffee, eine mottenzerfressene Decke, die harte Seife, Fässer mit Trinkwasser, getrockneter Schinken und in Mais-Alkohol eingelegtes Obst.

»Was zum Teufel soll das?«, brüllte er ärgerlich.

Als Letztes schleppte Bella Rossa ihre Matratze nach draußen, rollte sie zusammen und verschnürte sie. Dann stemmte sie die Hände in die Hüften.

»Ich hau ab, wenn du's genau wissen willst!«

Sie wandte ihm den Rücken zu und marschierte zum Stall, vor dem immer noch das Pferd wartete, ruhig und völlig ungerührt. Bella Rossa streichelte ihm über die Flanke, öffnete weit das Tor und trat ein.

Im Stall war es furchtbar schwül. Sie ging zu dem Haufen mit Trödel, den sie in der Nische zusammengetragen hatte. Das Herz schlug ihr bis zum Hals. Es blieb keine Zeit mehr für eine Probefahrt, keine Zeit, um zu testen, ob ihre Konstruktion hielt. Schwungvoll lud sie den ganzen Kram auf, befestigte die Kessel an der Seitenwand und die Kisten an den Kesseln. Dann hob sie die Holme des Karrens an und zog ihn hinaus auf den Hof.

Auf der Veranda schäumte Lom'Pa vor Wut. Als er den umgebauten Heuwagen sah, blieb ihm fast die Luft weg.

»Willst dich also aus'm Staub machen, was? Wie deine Mutter! Komm her, dann setzt's was, Rotznase!«

Während Lom'Pa sie mit Vorwürfen überhäufte, lud Bella Rossa die Matratze, die Vorräte und alles, was im Haus gewesen war, auf den Wagen. Sie warf einen Blick zu den Schweinen hinüber. Am liebsten hätte sie sie mitgenommen, aber das war unmöglich. Der Karren war jetzt schon zu schwer.

Sie ging in den Stall, holte die Joche, legte sie den Kühen um und führte die Tiere nach draußen. Dort spannte sie sie an die Deichsel des Wagens, trat einen Schritt zurück und betrachtete das Ganze. Sie lächelte. Ihr Prärieschoner war abfahrbereit.

»Luder!«, stieß Lom'Pa hervor.

Vor lauter Zorn gab er einen Schuss auf das Gespann ab. Natürlich verfehlte er sein Ziel, aber die Kühe bekamen einen Schreck und hätten fast die Ladung umgeworfen. Ärgerlich stürmte Bella Rossa auf die Veranda.

Sie baute sich vor ihrem Vater auf und riss ihm das Gewehr aus den Händen. »Alter Esel!«

Ohne ein weiteres Wort ging sie einmal um ihn herum, packte die Griffe des Rollstuhls und schob ihn energisch zum Karren.

Nachdem das Regiment der flüchtenden Soldaten weitergezogen war, legte sich eine trügerische Stille über den Ort. Irgendwo stromaufwärts ging der Krieg weiter. Eine wilde Armee rückte im Schutz der Maisfelder vor. Die Bedrohung lastete schwer auf Bella Rossas Schultern und auf diesem gottverlassenen Fleckchen Erde, wo sie die ersten zwanzig Jahre ihres Lebens verbracht hatte. Sie ahnte, dass von allen Katastrophen, die sie bisher durchgestanden hatte, diese besonders katastrophal sein würde.

Mit einem Ruck hob sie Lom'Pa aus dem Rollstuhl. Keuchend kletterte sie auf das Trittbrett und setzte den Alten im Wagen ab. Als er protestierte, sagte sie: »Halt die Klappe, oder ich lass dich hier bei den Schweinen.«

Kleinlaut kroch Lom'Pa unter die Plane. Eigentlich wusste er ganz genau, dass Bella Rossa den Ton angab. Das war schon immer so gewesen, auch wenn er es sich nie eingestehen wollte. Hatte er nicht für sie damals die Farm erweitert? Für sie die Felder bestellt und sich verschuldet, um die paar Tiere zu kaufen? Hatte er nicht für sie das Dach reparieren wollen, damit sie nachts nicht vom Regen geweckt oder krank wurde?

»Wo willst'n hin, verrückte Furie?«, rief er und versuchte sich aufzusetzen. »Und was is mit meinem Rollstuhl? Warum nimmste den nich mit?«

Bella Rossa hatte sich auf die Bank gesetzt, die sie quer über den Holmen des Karrens angebracht hatte. Von hinten konnte Lom'Pa nur ihren imposanten Rücken, die kräftigen Schultern und die zerzauste und verschwitzte rote Mähne sehen. Sie hielt einen Stock aus biegsamem Holz in der Hand, mit dem sie den Kühen leicht auf den Hintern schlug. Mit einem Ruck setzte sich der Wagen in Bewegung.

»Wo bringste mich hin?«, jammerte Lom'Pa. »Haste was zu trinken dabei? Fahr lieber schnell noch zu O'Brady und hol Nachschub.«

»Halt die Klappe!«, wiederholte Bella Rossa.

Sie lenkte den Wagen auf den Weg. Das Pferd des toten Soldaten lief mit ruhigen Schritten nebenher. Es war wirklich ein seltsames Pferd. Offensichtlich hatte es beschlossen, mit ihnen auf Reisen zu gehen.

Rund um die Farm, in den Feldern und am Flussufer knisterte der Nachmittag. Wie Milliarden von Funken setzten die Insekten das trockene Gras in Brand. Bella Rossa sah nicht zurück, weder um die Erinnerung an ihr bisheriges Leben mitzunehmen noch um Emmett Earp Auf Wiedersehen zu sagen, der gerade mit seinen Kindern im Schlepptau angelaufen kam.

»Ich schenk dir die Schweine!«, rief sie, bevor sie davonfuhr.

Emmett winkte nur. Er würde sich niemals ganz sicher sein, aber in diesem Moment glaubte er, Bella Rossa zum ersten Mal lachen zu hören.

FÜNFTES KAPITEL

Je länger sie am Fluss entlangfuhr, desto besser wurde Bella Rossas Stimmung. Der Wagen schien stabil und gut ausbalanciert zu sein. Die Räder drehten sich einwandfrei um die gut eingefetteten Naben. Die Bank war zwar nicht unbedingt bequem, aber Bella Rossas dicker Hintern federte die Stöße des holprigen Pfades ab. Vorne zogen die beiden Kühe folgsam ihre Last, während das Pferd sie überholte und als Vorhut den Weg erkundete. Hinten schimpfte Lom'Pa wie üblich auf Gott und die Welt.

»Wo haste bloß das ganze Zeugs her?«, knurrte er. »Was für 'ne Schnapsidee! Willste, dass ich hier hinten zerquetscht werde? Ich schmeiß den ganzen Krempel raus, haste gehört, Kratzbürste?«

»Finger weg von meinen Sachen!«, gab Bella Rossa zurück. »Sonst schmeiß ich dich raus, kapiert?«

Natürlich wusste der Alte nichts von ihren Plänen. Er hatte keinen Schimmer, wofür die vielen Töpfe, Pfannen, Bürsten, Kannen und Kerzenleuchter gut sein sollten. Ganz zu schweigen von den Messern, Sieben und Löffeln, die vor seinen Blicken verborgen in den Kisten lagen. Es waren Dutzende! Wenn sie die für dreißig Cent das Stück verkaufte, wäre sie bald eine reiche Frau.

Ihr Plan war einfach: Sie wollte flussabwärts fahren, bis sie auf das Soldatenbataillon traf, sich eine Weile unter dessen Schutz begeben und dann, wenn der Krieg weitergezogen war, mit ihrer Ware von Ort zu Ort reisen bis zur großen Stadt … und vielleicht sogar bis zum Ozean? Später könnte sie Ware nachkaufen und gegen Lebensmittel tauschen. Dieses Nomadenleben wäre immer noch besser als das erdrückende und trostlose Dasein, das sie in Maussad-Vallée gefristet hatte.

Während sie den Planwagen unter der erbarmungslosen Präriesonne stromabwärts lenkte, dachte sie an ihre Mutter, Ornella Bonini. Sie konnte sich noch ein wenig an sie erinnern. Vor allem an ihre Schreie, ihr Weinen und die Schläge, die auf sie niedergeprasselt waren, wenn Lom'Pa zu viel getrunken hatte. Im Winter hatte sie im Matsch gekniet und gebetet, ihr Mann möge aufhören sie zu verprügeln. Ornella Bonini hatte ihren Glauben, ihre Bibel und ihre Gebete gehabt, aber nichts davon hatte sie vor Lom'Pas Gürtel schützen können. Deshalb hielt sich Bella Rossa lieber an die Töpfe. Außerdem war ihre Mutter nicht mehr dazu gekommen, ihr das Beten beizubringen. Alles in allem war sie nicht länger als sechs oder sieben Jahre in Maussad-Vallée gewesen. Während dieser Zeit hatte sie Lom'Pa kennengelernt und sich nach einem Trinkgelage von ihm schwängern lassen, woraufhin sie ihn hatte heiraten müssen und ein Kind bekam, das sie später verließ. Heute gefiel Bella Rossa der Gedanke, denselben Weg zu nehmen wie ihre Mutter, dieselbe Erleichterung zu empfinden, Maussad-Vallée endlich hinter sich zu lassen, und sie vielleicht irgendwo am anderen Ende des Kontinents wiederzutreffen.

»Hab sie gefunden!«, rief Lom'Pa plötzlich. »Wolltst mich wohl verdursten lassen, du erbärmliche Hündin, was?«

Bella Rossa hörte, wie er eine der Schnapsflaschen öffnete, die sie unter der Decke versteckt hatte. Der Vorrat war ziemlich dürftig und würde höchstens drei oder vier Tage reichen. Aber so lange hatte sie wenigstens ihre Ruhe vor Lom'Pa.

Vor ihr lag der Weg im Schatten der Tulpenbäume und Ulmen, die am Wasser wuchsen. Die vorbeiziehenden Soldaten hatten ihre Spuren hinterlassen: abgebrochene Zweige, tiefe Spurrinnen der Fuhrwerke und von den Pferdehufen aufgewühlte Erde. Davon abgesehen wies nichts darauf hin, dass der Krieg so nah war. Geschwätzige Spottdrosseln zwitscherten im Gebüsch und flogen ab und zu über den Fluss, gefolgt von Schwalben oder winzigen Zaunkönigen. Die Ruhe und Trägheit der

Tage schienen sich nicht im Geringsten vom erbitterten Kriegstreiben der Menschen und ihrer Armeen stören zu lassen.

Bella Rossa summte ein Lied, das sie vor langer Zeit auf einem der seltenen Feste in Maussad-Vallée gelernt hatte. Es war eine ziemlich melancholische irische Ballade, aber sie kannte kein anderes. Also sang sie es einmal, zweimal und noch einmal, während Lom'Pa einschlief, ohne die Flasche loszulassen.

Nach einer Weile mussten sie den Pfad verlassen, weil ihnen umgestürzte Bäume den Weg versperrten. Bella Rossa schlug den Kühen mit dem Stock auf den Rücken und der Karren holperte über die Steine.

Die Erschütterungen ließen Bella Rossas Brüste beben, wogen und auf und ab hüpfen. Sie verzog das Gesicht. Manchmal kam es ihr vor, als wäre ihr Busen kein Teil von ihr. Er schien ein Eigenleben zu führen, wie zwei Tiere, die sich an ihren Oberkörper klammerten. Hin und wieder verglich sie ihre Brüste auch mit zwei überdimensionalen Puddingportionen oder Kleiesäcken. Die Dinger waren so was von lästig! Einmal hätte sie sie fast mit Lom'Pas großer Schere abgeschnitten. Doch sie hatte es sich anders überlegt, als sie das kalte Metall auf der Haut gespürt hatte.

Der Fluss machte eine Biegung und dahinter sah die Landschaft plötzlich völlig anders aus. In der Ferne zeichneten sich Hügel ab, die die Eintönigkeit der Felder unterbrachen. Am Fuß der Hügel kräuselten sich kleine Wäldchen aus dicht stehenden Bäumen. Bella Rossa war noch nie so weit gekommen. Mit klopfendem Herzen hielt sie den Wagen an. Auch das Pferd blieb sofort stehen, die Ohren gespitzt.

Die Vögel waren verstummt. Man hörte nur noch das Rauschen des Flusses, die Fliegen und Lom'Pas Schnarchen unter der Plane. Über dieser scheinbar ruhigen Landschaft lag eine unbestimmte Erwartung, eine Art Spannung. Um dieses unangenehme Gefühl zu verscheuchten, trieb Bella Rossa die Kühe wieder an.

»Auf geht's!«, rief sie.

Das Pferd zögerte, doch als der Wagen anfuhr, trabte es ebenfalls weiter.

In diesem Moment bemerkte Bella Rossa eine Rauchsäule über den Bäumen. Es hatte keine Detonation gegeben, also musste es sich um ein Lagerfeuer handeln, das die Soldaten angezündet hatten.

»Wir sind also auf dem richtigen Weg«, murmelte sie zuversichtlich.

Sie hoffte, den jungen Sergeant wiederzutreffen, der sie vor dem Krieg gewarnt hatte. Sie hatte ihm Wasser angeboten und in dieser trockenen Gegend wusste man sich an ein solches Geschenk zu erinnern. Mit der Borte auf seinem Uniformrock konnte er bestimmt dafür sorgen, dass sie im Lager bleiben durfte.

Die Rauchwolken stiegen gemächlich in den klaren

Himmel. Je weiter Bella Rossa fuhr, desto gelassener und fröhlicher wurde sie. Die Vögel hatten wieder zu singen begonnen und schnappten über der Wasseroberfläche nach Mücken. Wie hätte sie ahnen können, was ihr bevorstand?

SECHSTES KAPITEL

Bis Bella Rossa endlich den Fuß der Hügel erreichte, hatten sich die Kampfhandlungen beschleunigt. Dieser Krieg gehorchte, wie alle Kriege, seinen ganz eigenen, verschlungenen Gesetzen, die niemand wirklich verstand. Entgegen allen Erwartungen hatten diejenigen, die der Sergeant als »Wilde« bezeichnet hatte, einen Bogen um Maussad-Vallée gemacht. Ihre Truppen waren weiter nördlich vorbeigezogen, quer durch die Maisfelder, weit weg vom Fluss, bevor sie wieder nach Süden schwenkten, in Richtung des Waldes.

Als Bella Rossa ihren Karren auf einen Pfad lenkte, der zwischen Roteichen und Silber-Ahorn hindurchführte, befand sie sich daher, ohne es zu wissen, am Rand des Schlachtfelds.

Bei den ersten Kanonenschlägen bebte die Erde und das Laub an den Bäumen stellte sich auf.

Lom'Pa schreckte hoch. »Was treibst'n da?«

Bella Rossa hatte den Wagen angehalten. Verunsichert sah sie zum Pferd. Ob es ihr den richtigen Weg zeigen würde? Immerhin hatte es einem Soldaten gehört. Also musste es doch wissen, wie man sich im Krieg verhielt! Doch das Tier war stehen geblieben, scharrte mit den Hufen und schien keine Ahnung zu haben, was zu tun war.

Der Wald wurde von weiteren Explosionen erschüttert, Vögel flogen kreischend auf und Hasen sprangen erschreckt durch das Unterholz davon. Pistolenschüsse knallten und Brandgeruch breitete sich in der heißen Luft aus.

»Fahr weiter!«, schrie Lom'Pa. »Sonst knall'n die uns ab!«

Bella Rossa sprang vom Wagen. Der Pfad war schmal, der Wagen passte gerade so zwischen den dicht stehenden Eichen hindurch. Umkehren war ein Ding der Unmöglichkeit, zumal die Kühe nicht besonders viel Grips hatten. Sie ging zum Pferd.

»Was meinst du?«, murmelte sie. »Du kennst doch den Krieg! Bella Rossa lässt sich von so 'n paar Kanonenschüssen nich aufhalten, oder?«

Das Tier senkte den Kopf. Sie spürte seinen feuchten Atem auf ihrer Hand und nahm diese Liebkosung als Ermutigung.

»Wirst mir Glück bringen«, sagte sie. »Auf geht's!«

Während sie zurück auf den Wagen kletterte, pfiffen

die Gewehrkugeln durch den Wald und das Geräusch ihrer Einschläge hallte von den Bäumen wider.

Doch Bella Rossa war überzeugt, unter dem magischen Schutz des Pferdes zu stehen, und hatte keine Angst. Dieses Mal war Lom'Pa trotz des Alkohols der Vernünftigere. Er rief, sie solle weiterfahren, fort von hier, die Lage werde brenzlig.

Trotz allem erreichte das Gespann die Lichtung, auf der die Soldaten ihr Lager errichtet hatten. Eine Kugel hatte die Plane durchschlagen, sonst waren keine Schäden zu vermelden. Auf der Lichtung hingegen sah es gar nicht gut aus. Verletzte schleppten sich hinter umgestürzte Artilleriegeschütze, Tote starrten mit verblüfften Mienen in den Himmel und die Lebenden kämpften weiter, umgeben von beißendem Rauch, der in den Augen brannte. Der Boden war übersät von Hüten, umgeworfenen Feldkoffern, Waffen, Fässern und leeren Patronenhülsen. Dazwischen lag eine niedergetrampelte Fahne. Aber am schlimmsten war der Lärm. Das Kriegsgetöse war kaum zu ertragen.

»Gehen Sie in Deckung!«, brüllte ein Soldat, als Bella Rossa auf die Lichtung fuhr.

Er winkte ihr zu, doch Bella Rossa war so gebannt von dem Anblick, der sich ihr bot, dass sie ihn weder sah noch hörte.

Ein Kanonenschuss pulverisierte einen Wagen und Holzsplitter flogen gen Himmel. Die Soldaten im Lager feuerten zurück. In diesem Moment entdeckte Bella Rossa den jungen Sergeant mit den hohen Wangenknochen. Er saß aufrecht auf seinem Pferd, ritt mit gezücktem Säbel von einem Ende der Lichtung zum anderen und brüllte Befehle.

Bella Rossa richtete sich auf ihrer Bank auf. »Sergeant!«

Doch dann sah sie, wie er mitten im Ritt von einer Kugel getroffen wurde, nach hinten flog und vom Pferd stürzte. Im selben Moment spürte Bella Rossa ein furchtbares Brennen im Bauch. Sie brach auf der Bank zusammen.

»He, das is nich der richtige Moment zum Ausruhen!«, schnauzte Lom'Pa. »Fahr gefälligst weiter, verdammtes Weibsbild, wird's bald?«

Er hockte in einer unbequemen Haltung eingeklemmt zwischen Kleiderhaufen und gusseisernen Töpfen und wurde immer wütender

»Gleich setzt's was!«, keuchte er, während er versuchte, zu seiner Tochter zu kriechen. »Höchste Zeit, dir 'n bisschen Vernunft einzuprügeln, Spatzenhirn!«

Bella Rossa hielt sich mit beiden Händen den Bauch und verzog das Gesicht. Der Schmerz breitete sich aus, bohrte sich in ihre Eingeweide und lähmte ihre Gedanken. Blaue Rauchwolken hüllten den Wagen ein. Die Kanonen der beiden feindlichen Lager nahmen den Wald unter Dauerbeschuss, die Soldaten rannten kopflos umher und alles versank in einem gespenstischen Nebel.

Als Lom'Pa Bella Rossa endlich an der Schulter fasste, kippte sie hintüber. Dem Alten verschlug es glatt die Sprache. Reglos lag sie in seinen Armen und auf ihrem Kleid breitete sich ein Blutfleck aus.

Bis ans Ende seiner Tage würde sich Lom'Pa an diesen seltsamen Moment mitten im heftigsten Kriegsgetümmel erinnern. An diesem Tag hatte er das Auge des Todes auf Bella Rossas Kleid gesehen, das ihn mit seiner roten Pupille böse anstarrte.

SIEBTES KAPITEL

Nach dieser Schlacht verlagerte sich der Krieg wieder gen Osten. Die Überlebenden der feindlichen Armee ergriffen die Flucht und ließen Leichen und verbrannte Bäume zurück. Die unversehrten Soldaten nahmen die Verfolgung auf, während die Verletzten auf der Lichtung blieben, zusammen mit dem Bataillonsarzt, dem Koch und zwei Fahnenträgern, die sich freiwillig als Krankenpfleger gemeldet hatten.

Der Arzt hatte alle Hände voll zu tun. Mit einem Tuch vor dem Mund beugte er sich über die am Boden liegenden Körper und versuchte, die Lebenden von den Toten zu unterscheiden. Er rettete das Leben einiger Soldaten und schloss die Augen vieler anderer, die anschließend sang- und klanglos unter den Silber-Ahornbäumen begraben wurden.

Bella Rossa hatte drei Kugeln in den Bauch bekommen. Sie wurde zu den Verletzten in ein Zelt gelegt und man spannte schamhaft ein Laken zwischen ihrer Trage und den übrigen, weil sie die einzige Frau war.

Während der ersten Tage glaubte der Arzt nicht, dass sie durchkommen würde. Er hatte zwei Metallkugeln aus ihrem Bauch geholt, aber an die dritte kam er einfach nicht heran. Sie irrte durch die verschlungenen Windungen ihrer Eingeweide und wich seiner Pinzette immer wieder aus, so dass ihm schließlich nichts anderes übrig blieb, als sie dort zu lassen, wo sie war.

»Ich geb ihr zwei Tage, dann hat das Fieber sie dahingerafft«, raunte er seinen Hilfskrankenpflegern zu. »Armes Mädchen …«

Die beiden Fahnenträger starrten auf Bella Rossas Brüste und nickten, tief bewegt von der Ungerechtigkeit des Krieges.

Lom'Pa war in einem kleineren Zelt etwas abseits von den anderen untergebracht worden. Der Alte redete zu viel und zu laut und ging allen auf die Nerven. Sobald er den Arzt sah, rief er: »He, Doc! Was is mit meiner Tochter? Sag mir, dass sie durchkommt, oder ich ramm dir dein verdammtes Skalpell in'n Bauch!«

Der Arzt schüttelte den Kopf. Die Verzweiflung des Alten mit den gelähmten Beinen ging ihm zu Herzen, aber er wollte ihn weder anlügen noch falsche Hoffnungen wecken.

»Deine Tochter ist jung, das ist ihr Glück. Außerdem

hab ich selten so eine Kämpfernatur gesehen! Ich hab getan, was ich konnte. Jetzt heißt es abwarten …«

Der Koch versorgte Lom'Pa mit Essen und seiner Ration Kaffee. Der Alkohol hingegen war ausschließlich den Kranken vorbehalten. Tagelang schrie und bettelte der Alte nach einem Schluck Schnaps, vergebens.

Schließlich war er derjenige, der das Fieber bekam.

Unter den Verletzten befand sich auch der junge Sergeant, der vor Bella Rossas Augen vom Pferd gefallen war. Ihm war der rechte Arm abgenommen worden und nun lag er mit einem dicken Verband um den Ellbogen auf seiner Trage. Er war bei Bewusstsein und wurde den ganzen Tag von so heftigen Phantomschmerzen geplagt, dass er die fürchterlichsten Grimassen schnitt. Doch er beklagte sich nie. Er ertrug die Qualen mit einer grimmigen Resignation und lehnte selbst die ihm zustehende Alkoholration ab. Als sich der Arzt darüber wunderte, zuckte er nur fatalistisch mit den Schultern, bevor er sich mit zusammengebissenen Zähnen nach seinen Kameraden erkundigte.

»Zwei Tote heute«, seufzte der Arzt. »Aber Soldat Thompson hat sich erholt und Soldat MacMillan hat wieder angefangen zu essen. Es gibt also auch den einen oder anderen Lichtblick!«

»Und das junge Fräulein?«, erkundigte sich der Sergeant.

»Nichts Neues. Sie gibt nicht auf, aber sie ist immer noch bewusstlos. Ihr Vater hingegen wird's überleben. Das Fieber hat ihm vorläufig das Maul gestopft, so dass wir wenigstens eine Weile Ruhe vor ihm haben.«

Dieser Zustand des Wartens und der Ungewissheit hielt noch eine Zeit lang an.

Doch im Lauf der Tage gab es immer weniger Tote, und einige Verwundete begannen, mit kleinen Schritten zwischen den Zelten umherzugehen.

Der Sergeant gehörte auch zu ihnen.

Sobald er einen Fuß vor den anderen setzen konnte, besuchte er Lom'Pa und Bella Rossa. Er fühlte sich verantwortlich für ihr Unglück. Wenn er ihnen nicht zur Flucht geraten hätte, würden sie immer noch ruhig und friedlich auf ihrer Farm in Maussad-Vallée leben. Der junge Mann quälte sich mit dem Gedanken, sie in den Tod geschickt zu haben. Er stahl sich hinter das Laken zu Bella Rossa und dort, geschützt vor neugierigen Blicken, sprach er mit seiner sanften Stimme zu ihr.

»Nur Mut! Sie müssen kämpfen, Miss! Sie dürfen jetzt nicht aufgeben. Sie haben Temperament, da bin ich sicher. Schicken Sie den Tod zum Teufel!«

Unermüdlich lief er um die Trage herum und verscheuchte die Fliegen, die sich auf Bella Rossas reglosem Körper niedergelassen hatten. Dann blieb er einen Moment stehen und blickte nachdenklich in ihr blasses, eingefallenes Gesicht.

Er betrachtete ihre roten Haare, die neben ihrem Körper liegenden Hände ... und ihren Busen, der unter der Decke aufragte und sich im Rhythmus ihrer Atmung hob und senkte. Diese Hügel aus Fleisch und Blut, diese lebendigen weiblichen Wölbungen faszinierten den Sergeant. Es war, als würden sie ihn magisch anziehen, stärker und immer stärker. Ihm brach der kalte Schweiß aus und sein Herz klopfte so heftig unter seiner Uniform, dass es beinahe wehtat.

Atemlos hastete er zurück auf die andere Seite des Lakens und floh aus dem Zelt, als würde es in Flammen stehen.

Lom'Pas Fieber war schließlich gesunken. Stark geschwächt und trübselig lag er auf seinem Feldbett, schimpfte leise vor sich hin und verlangte nicht einmal mehr nach etwas zu trinken.

»Ich war heute bei Ihrer Tochter«, berichtete der Sergeant. »Sie scheint sich allmählich zu erholen.«

»Hat sie mit dir geredet?«, fragte Lom'Pa.

»Ein bisschen«, log der Sergeant.

Er hoffte, mit dieser kleinen Lüge zur schnelleren Genesung des Alten beizutragen. Was war falsch daran, die Realität ein bisschen zu beschönigen, wenn man sie damit erträglicher machen konnte? Der Sergeant war zwar Soldat, aber er hatte die Seele eines Künstlers. Um den alten Mann zu unterhalten, erzählte er ihm Geschichten, die er irgendwann einmal gehört hatte, oder sang ihm etwas vor und klopfte mit dem Fuß den Takt dazu.

»Wie heißt du eigentlich?«, fragte Lom'Pa eines Tages.

»Jaroslaw Modrzejewski«, antwortete der Sergeant mit einem breiten Lächeln. »Aber alle nennen mich Jaro.«

Er erzählte Lom'Pa, wie er, kaum zwölf Jahre alt, mit seinen Eltern aus Polen gekommen war. Er beschrieb ihm die schmutzigen Unterkünfte und die Not in den Städten an der Küste, wo es zu wenig Brot und zu viel Gewalt auf den Straßen gab. Er erklärte ihm, wie sich in den Armenvierteln sämtliche Nationalitäten mischten, sobald die Menschen von Bord der klapperigen Frachtschiffe gegangen waren, wie man sich auf zehn verschiedenen Sprachen beschimpfte und alle um einen Platz an der Sonne kämpften.

»Immerhin hab ich lesen und schreiben gelernt«, fügte er mit einem Anflug von Stolz hinzu. »Ich konnte singen und Geige spielen. Aber wozu? Mit Musik lässt sich kein Geld verdienen.«

Nachdem er sich jahrelang mit kleinen Diebstählen über Wasser gehalten hatte, war Jaroslaw zur Armee gegangen, um einem Schicksal als kleiner Gauner zu entkommen, das ihn nirgendwohin geführt hätte, außer an den Galgen.

»Doch jetzt frage ich mich, ob die Armee mich behalten wird. Glauben Sie, die haben Arbeit für einen einarmigen Polen?«

Lom'Pa schlug sich lachend auf die gelähmten Schenkel.

»Wir zwei zusammen, wir würden 'nen ganzen Kerl ergeben! Du gefällst mir, Kleiner, ich mag dich!«

Das war die Wahrheit. Seit Lom'Pa das Auge des Todes auf Bella Rossas Kleid gesehen hatte, und seit er zur Enthaltsamkeit verdammt unter der Zeltplane lag, war er seinen Mitmenschen nicht mehr ganz so feindlich gesinnt. Er schätzte die Besuche des Arztes, er hörte den Soldaten Thompson und MacMillan gerne zu, wenn sie sich beim Kartenspielen in die Haare kriegten, er mochte die Gespräche mit dem Koch über die Zubereitung von Bohnen und am allerliebsten lauschte er den Geschichten von Jaroslaw Modrzejewski.

»Gib's zu, du hast inner Stadt bestimmt 'n paar Mädchen vernascht, oder?«, bemerkte Lom'Pa eines Abends. »Mit deinen schönen Reden und deiner hübschen Visage. Warum biste nich verheiratet?«

Ein seltsames Lächeln erschien auf Jaros Gesicht, aber er behielt seine Erinnerungen für sich.

»Was ist mit Ihnen?«, gab er zurück. »Bei so einer Tochter muss die Mutter ja eine wahre Perle gewesen sein!«

»Wie man's nimmt ...« Lom'Pa seufzte. »War 'ne Italienerin. Hat tagein, tagaus die Nase nur in ihr verdammtes Gebetbuch gesteckt, dabei hätt ich Hilfe auf'm Feld und im Stall brauchen können. Zum Teufel mit ihr und ihrer ganzen bigotten Sippe! Das Einzige, was sie nich verbockt hat, war, mir Bella Rossa zu lassen.«

Plötzlich griff Lom'Pa nach Jaros Arm und sah ihm ernst in die Augen.

»Lass die Finger von ihr, kapiert? Ich weiß, dass sie ihre Reize hat, bin ja nich blind. Aber ich schwör dir, wenn du sie gegen ihren Willen anfasst, wirst du's bitter bereuen.« Er deutete mit dem Kinn nach draußen. »Was meinste, warum unser Wagen voller Töpfe is? Glaub mir, die sind nich nur zum Bohnenkochen da!«

Jaro nickte. Er sah zwar keinen Zusammenhang zwischen Bella Rossas Rundungen und den Töpfen, da er die Geschichte von Yuri Bendel nicht kannte, aber er hatte die Warnung verstanden.

»Niemand wird Ihre Tochter anfassen«, sagte er. »Ich gebe Ihnen mein Wort.«

Doch das war leichter gesagt als getan. Im Lager herrschte unerträgliche Langeweile. Der Sommer zog sich hin, immer noch genauso heiß, immer noch genauso trocken, und es gab keinerlei Abwechslung. Wie hätten die Soldaten diese Frau mit den unglaublichen Brüsten, die seit vielen Tagen direkt vor ihrer Nase im Zelt schlief, nicht beachten sollen? Zumal die meisten von ihnen wegen des Krieges seit Monaten keine Frau mehr gesehen hatten! Jaroslaw hörte sie über Bella Rossa reden und ihre derben Scherze machen. Einige hatten den Arzt im Verdacht, etwas zu viel Zeit mit Bella Rossas Pflege zu verbringen.

»Das Schwein nutzt garantiert die Gelegenheit und spannt gratis bei ihr!« Sie lachten und versicherten einander, dass sie unter diesen Umständen auch gerne Medizin studiert hätten.

Jaroslaw versuchte mit allen Mitteln, sie von dieser fixen Idee abzulenken. Abends am Feuer sang er ihnen aus voller Kehle Gedichte aus seiner Heimat vor:

»In Gold und Seide gehen die Soldaten,
Sie trinken gut, nichts fehlt zu ihrem Glück,
Sie werden dich in allem wohl beraten,
Und reich nach Hause senden dich zurück:
Dann wird dein Rock von Silberschnüren blitzen,
Am Silberbandelir dein Gindzal sitzen.«

Danach sangen seine Kameraden andere Lieder aus anderen Ländern, aber irgendwann fing immer wieder jemand von Bella Rossa an, die bewusstlos unter der Zeltplane lag. Jaroslaw seufzte, streckte sich auf dem noch warmen Boden aus, zählte die Sterne und dachte darüber nach, dass die Welt eine andere wäre, wenn die Poesie die Macht hätte, das Verlangen der Menschen zu stillen.

Tagsüber kümmerte er sich um das Pferd und die beiden Kühe, weil er keine Lust zum Kartenspielen hatte. Manchmal döste er unter den Zweigen der Bäume vor sich hin wie ein Sonntagsfischer. Oder er spazierte ziellos zwischen den Roteichen entlang und überlegte, was er als Einarmiger mit seinem Leben anfangen sollte.

Er dachte sich tausend kleine Ablenkungen aus, aber in Wirklichkeit war er ebenfalls besessen von Bella Rossas Brüsten, und zwar so sehr, dass er irgendwann den Kopf verlor.

So geschah schließlich trotz Lom'Pas Warnung, was geschehen musste.

ACHTES KAPITEL

Bella Rossa tauchte langsam aus den Tiefen des Komas auf, benommen von der Reise, die sie so nah an den Tod herangeführt hatte. Sie wusste weder, wo sie sich befand, noch, was geschehen war, aber sie fühlte sich erschöpfter als nach einer Nacht voller Albträume. Ihr Bauch schmerzte und sie fror, aber sie konnte sich nicht bewegen, um sich aufzuwärmen. Jeder Muskel, jedes Stückchen Haut war so schwer wie Stein.

Ein leises Rascheln sagte ihr, dass sich jemand direkt neben ihr befinden musste. Es war eine leicht bedrohliche Gegenwart, sie hörte einen keuchenden Atem, der ein bisschen wie eine Eule klang. Während sie versuchte, die Augen zu öffnen, fühlte sie plötzlich etwas seltsam Warmes auf ihrer Brust.

Vor Überraschung begann ihr Herz heftig zu klopfen und sie schaffte es, die Lider anzuheben.

Nachdem sich ihre Augen an die Helligkeit gewöhnt hatten, erblickte sie endlich die Gesichtszüge desjenigen, der neben ihr stand. Es war ein junger Mann mit braunen Haaren und hohen Wangenknochen. Sie erkannte den Sergeant sofort und erinnerte sich, wie er während der Schlacht vom Pferd gefallen war und sie ihn für tot gehalten hatte … Gegenwärtig schien er bei bester Gesundheit zu sein, auch wenn ihm ein Arm fehlte.

Aber das Seltsamste war, was er mit seinem gesunden Arm machte. Bella Rossa fragte sich, ob es einen Zusammenhang mit der warmen Berührung auf ihrer Brust gab …

Sie schaffte es, den Kopf zu heben, und diese Bewegung erregte die Aufmerksamkeit des Sergeants.

Als Jaroslaw Bella Rossas weit geöffnete Augen bemerkte, hätte er fast aufgeschrien. Er biss sich auf die Lippe und sah dabei auf entwaffnende Weise aus wie ein schuldbewusster kleiner Junge, den man bei einer Dummheit erwischt. Rasch zog er die Hand weg und murmelte etwas in einer fremden Sprache.

Er wich zurück, stolperte und hielt sich am Feldbett fest. Schließlich verstummte er und blieb wie erstarrt stehen.

Jaroslaw Modrzejewski würde sich bis an sein Lebensende an diesen Moment erinnern. Der Moment, in dem Bella Rossas Blick sein Herz und sein ganzes Wesen durchbohrte. Ihr Blick war so schnell, präzise und schmerzhaft wie eine Gewehrkugel. Darüber vergaß er ganz seine Hand, diese sündige Hand, die gerade Bella Rossas Brüste gestreichelt hatte. Er vergaß alles, sogar seinen Namen. Nur eins wusste er ganz genau: Er hatte sich verliebt!

Jaroslaw schwankte und wurde knallrot. Schnell hob er die am Boden liegende Decke auf und bedeckte die entblößte Brust der jungen Frau, bevor er das Zelt in der Gewissheit verließ, dass sein Leben endlich wieder einen Sinn hatte.

Der Sergeant rannte los und suchte den Arzt. Während er ihn zum Zelt bugsierte, erklärte er ihm, ohne näher ins Detail zu gehen, er sei gerade dabei gewesen, als Bella Rossa die Augen aufgeschlagen habe.

Der Arzt verschwand hinter dem Laken.

Als er wiederauftauchte, machte er ein ratloses Gesicht. Das Wunder, das sich soeben ereignet hatte, war einfach unerklärlich! Bella Rossa war aus einem unendlich tiefen Schlaf erwacht, mit einer Bleikugel im Bauch, und litt dennoch, soweit er es feststellen konnte, weder an Fieber noch an einem Gedächtnisverlust oder irgendwelchen anderen Folgeerscheinungen.

»Auch ihre Sprache hat sie nicht verloren«, fügte der Arzt hinzu. »Übrigens hat sie nach Ihnen verlangt, Sergeant. Ich weiß nicht, warum, aber sie wirkte ziemlich verärgert.«

Jaroslaw wäre vor lauter Scham am liebsten im Erdboden versunken. Eine Weile überlegte er hin und her und wusste nicht, was er tun sollte. Sein Handeln war nicht zu entschuldigen! Er hatte seinem Verlangen nachgegeben, gegen Lom'Pas Verbot verstoßen und sein Versprechen gebrochen. Er hatte Bella Rossa ohne Erlaubnis angefasst! Wie konnte er sie dazu bringen, ihm zu verzeihen?

Er murmelte einige Worte auf Polnisch. Er jammerte und klagte. Er sah zum Himmel und suchte dort nach einem Halt, einem Ausweg, einem Hinweis, wie er seinen Fehler wiedergutmachen konnte.

In diesem Moment fiel ihm Lom'Pas rätselhafte Anspielung auf die Töpfe wieder ein und er ahnte, was es damit auf sich hatte. Er holte einen Topf aus dem Wagen, atmete tief durch und trat hinter das Laken.

Bella Rossa erwartete ihn mit gerunzelter Stirn und vor Wut dunklen Augen. Bevor sie auch nur ein Wort sagen konnte, kniete sich Jaroslaw neben das Feldbett.

»Schlagen Sie kräftig zu, ich habe es verdient!«, sagte er und hielt ihr den Topf hin.

Mit zitternden Händen nahm Bella Rossa den Topf und hob ihn über den Kopf des Sergeants. Nachdem sie so lange im Koma gelegen hatte, war sie noch recht geschwächt.

Der Schlag, den sie ihm versetzte, ließ Jaroslaw Sterne

sehen, aber er verlor nicht das Bewusstsein. Er erhob sich, etwas benommen und erleichtert, seine Strafe erhalten zu haben.

Dann verneigte er sich demütig vor Bella Rossa.

»Ich tue alles für Sie«, verkündete er. »Wenn Sie es erlauben, werde ich Ihnen überallhin folgen und Sie beschützen. Ihr Vater schätzt meine Gesellschaft, er hat es mir selbst gesagt. Ich kann nicht mehr in den Krieg ziehen, weil ich einen Arm verloren habe, aber ich reiche Ihnen die Hand, die mir noch bleibt. Und … ich reiche Ihnen auch mein Herz.«

Während er sprach, verschlang er Bella Rossa mit den Augen. Seine sanfte Stimme klang so aufrichtig! Er war so höflich und so hübsch in seiner Uniform! Bella Rossa hatte einen Mann noch nie so erstaunt angesehen. Sie schauderte und ihre Verwirrung wuchs, als ihr klar wurde, wie widersinnig ihre Gefühle waren: Trotz seines ungebührlichen Verhaltens konnte sie den Sergeant nicht hassen.

»Bringen Sie den Topf wieder zurück«, sagte sie nur. »Wir brauchen ihn noch.«

Und so brach die größte Katastrophe von allen über Bella Rossa herein, schlimmer als eine Heuschreckenplage, schlimmer als eine Überschwemmung, schlimmer als der Krieg oder eine Pockenepidemie: ihre Liebesgeschichte mit Jaroslaw Modrzejewski, die soeben ihren Anfang genommen hatte.

Zweiter Teil

NEUNTES KAPITEL

Natürlich veränderte die Liebe Bella Rossa.

Sie, die Männern immer misstraut hatte, gestattete Jaroslaw alles. Er durfte sie minutenlang ansehen, ohne dass sie ihn anblaffte. Er durfte stundenlang mit ihr reden, ohne dass sie sich langweilte. Er durfte sie umarmen, küssen und ihre Haut berühren, ohne dass sie wütend wurde. Er durfte seinen Kopf an ihre nackte Brust lehnen und sie streicheln, ohne dass sie Ekel empfand. Schlimmer noch, sie liebte es, seine Hand zu spüren, die leicht und warm über ihre Haut strich. Sie liebte alles, was von ihm kam.

Sie hatte keine Lust mehr, drohend ihre Töpfe zu schwingen, zu beißen, zu schlagen oder ihr Gewehr anzulegen. Die animalische Gewalt, die ihr bisher das Überleben ermöglicht hatte, war nicht mehr notwendig. Jaroslaw sang ihr Lieder vor, brachte sie zum Lachen und sie gab sich voller Wonne diesen neuen Gefühlen hin.

Manchmal, wenn sie allein war, betrachtete sie sich in dem kleinen Spiegel von Romualdo Barbieri. Sie versuchte, die geheimnisvollen Zeichen dieser Verwandlung auf ihrem Gesicht zu entschlüsseln und zu verstehen, was mit ihr passierte. Die Situation hatte etwas Beängstigendes, wenn man es genau betrachtete: Zwanzig Jahre lang hatte sie Schläge bekommen (und welche ausgeteilt) und sich an die Härte und Strenge des Lebens gewöhnt. Sie hatte verbissen alle von sich gestoßen, die sich ihr nähern wollten … und nun tauchte dieser hübsche Sergeant auf und sie streckte im Handumdrehen die Waffen! Bella Rossa glaubte zwar weder an Gott noch an den Teufel, aber sie fragte sich dennoch, ob da nicht ein bisschen Hexerei im Spiel war. Und wenn sie so allein vor ihrem Spiegel saß, beschloss sie, sich zusammenzureißen und Jaroslaw ein wenig mehr Widerstand entgegenzubringen.

Doch sobald er vor ihr stand, lösten sich all ihre Vorsätze in Luft auf.

Er betrat das Zelt, setzte sich neben sie, richtete seinen blauen Blick auf ihr Gesicht und sie war verloren. Was für eine Wonne!

Im Lauf der Tage und Wochen akzeptierte sie ihre überschwänglichen Gefühle und die Freudenausbrüche, die ihr Herz taumeln ließen. Sie sah nur noch in den Spiegel, um sich zu vergewissern, dass sie hübsch war.

Eines Nachts besuchte Jaroslaw sie in ihrem Zelt. Es war mild und man hörte nur die friedlichen Geräusche des nächtlichen Waldes und hin und wieder den wehmütigen Schrei eines Ziegenmelkers in den Baumkronen. Jaroslaw schlüpfte zu ihr unter die Decke. Sie lächelten einander an und Bella Rossa stellte keine Fragen mehr.

Diese Nacht war ihre erste wirkliche Liebesnacht. Nach diesen süßen, aus der Zeit gefallenen Stunden, die wie im Rausch vergangen waren, hatte Bella Rossa keine Zweifel mehr: Jaroslaw war ihr Geliebter, ihre große Liebe, der Mann ihres Lebens.

Im Morgengrauen schob er die Decke zurück. Er wollte das Zelt unauffällig verlassen, um den spöttischen und neidischen Blicken seiner Kameraden zu entgehen. Bella Rossa sah zu, wie er seine Hose anzog und versuchte, sie zuzuknöpfen. Das war gar nicht so leicht mit einer Hand. Mit gesenktem Kinn schimpfte er vor sich hin. Diese verdammten Hosenschlitze waren einfach nicht für Einarmige gemacht!

Während er sich abmühte, begann Bella Rossa zu kichern. Jaro legte einen Finger an die Lippen und warf ihr einen flehenden Blick zu, aber sie konnte sich nicht halten und prustete los.

Damit war das gesamte Bataillon über die nächtlichen Ereignisse auf dem Laufenden.

»Der Sergeant ist eine gute Medizin«, bemerkte der Arzt lächelnd, als er Bella Rossas tägliche Fortschritte begutachtete. »Sie werden zusehends gesünder.«

Bella Rossa konnte schon wieder aufstehen und herumlaufen. Jeden Tag ein bisschen mehr. Sie besuchte die Kühe, das Pferd, Lom'Pa und die anderen Soldaten, die sich übrigens sehr anständig benahmen. Keine dreckigen Witze mehr und keine verstohlenen Blicke auf ihren Busen, Sergeant Modrzejewski passte auf.

Bella Rossa stand vor dem Zelt, fest auf beiden Beinen, und atmete tief die warme Luft ein. Fast hätte sie all dies nie mehr wiedergesehen. Die Bäume, die Steine, die Insekten im Gras …

Sie fuhr mit den Fingerspitzen über ihre Narben.

Sie hoffte ständig auf eine überraschende Berührung von Jaroslaws Hand.

Sie setzte sich unter die Bäume und betrachtete den Himmel zwischen den grünen Zweigen. Ihr Herz schlug schneller und die ganze Welt schien auf sonderbare Weise zu erbeben. Die Zukunft leuchtete in den schönsten Farben: Sie hatte Maussad-Vallée hinter sich gelassen und besaß die Liebe und ihre Töpfe. Jetzt musste sie nur noch den Kontinent erkunden, reich werden und ihre Mutter wiederfinden, dann wäre alles perfekt.

ZEHNTES KAPITEL

Zwei Monate später

»Sieben gusseiserne Kessel, drei Kamingalgen, vier Blasebälge in gutem Zustand und zwei, die repariert werden müssen. Sechs Töpfe mit Füßen, ein Wasserkessel, fünf Warmhalteplatten, dreizehn Pfannen. Zehn Nudelhölzer, drei Kupferschalen, sieben stählerne Wiegemesser, drei Eierschneider, dreizehn Reiben aus Weißblech, eine einfache Waage, zwei Sackwaagen, achtundzwanzig Töpfe, davon fünfzehn aus Gusseisen, vier Kaminschaufeln, vier Brotschieber, acht Gurkengläser, ein Dörrgerät, zwei Brotkästen, fünf an der Wand zu befestigende Salzbüchsen, vierzehn Tontöpfe, sechs Töpfe aus Weißblech und neun aus Steingut, zehn Flaschen aus geblasenem Glas, drei Medizinfläschchen, ein Rosinenentkerner, vier Pralinenförmchen, sechs Eispickel, acht Eimer und vierzehn Ofenbürsten. Eine Futterraufe, fünf Flaschenbürsten, elf Wasserkrüge, sieben Kaffeemühlen, drei Bierfässer, zwei Mostschaufeln, vier Pfeffermühlen, eine

Gewürzdose aus Rosenholz, fünf Stößel und drei Mörser. Zwölf Milchsiebe, achtzehn Kannen, dreizehn Buttermesser, sechs Schaumlöffel, fünfzehn Schalen, ein Stoßbutterfass, zwei Drähte zum Käseschneiden, zwei Waschtröge, sieben Fleischklopfer, sechs Wäschebürsten, neun Bügeleisen, vier Kohleneimer, elf Bettpfannen aus Ton, zwei viereckige Fußwärmer, achtundfünfzig Messer und siebenundzwanzig Löffel, eine Form zum Kerzengießen, einundzwanzig Kerzenständer aus Zinn, sieben Öllampen und drei Teppichklopfer. Hast du alles?«, fragte Bella Rossa.

Jaroslaw lächelte ihr zu. Seit sie wieder zum Leben erwacht war, an dem besagten Tag im Zelt, konnte er nicht aufhören, sie zu betrachten. Er wurde nicht müde, ihr beim Gehen zuzusehen, sie sprechen zu hören und jeden Morgen dabei zu sein, wenn sich ihr flammend roter Haarschopf vom Kissen erhob. Bella Rossa war wie eine dieser Wüstenpflanzen, von denen man denkt, sie seien vertrocknet und verbrannt, die jedoch beim kleinsten bisschen Regen wieder zu grünen und zu blühen beginnen.

»Hast du alles, ja oder nein?«, wiederholte sie und ließ sich erschöpft auf der Kante des Karrens nieder.

Er beugte sich über das Heft, das auf seinen Knien lag. »Ich war gerade bei ›fünf Flaschenbürsten‹. Du bist zu schnell für mich.«

Sie seufzte. Es war ihre Idee gewesen, eine Inventur

zu machen, doch wenn Jaroslaw sich nicht etwas mehr Mühe gab, waren sie in drei Tagen noch nicht fertig!

»Kannste jetzt schreiben oder biste nur 'n armseliger Lügner?«

»Ich war Rechtshänder!«, verteidigte sich Jaroslaw.

»Jetzt biste Linkshänder. Wenn du 'n guter Kaufmann werden willst, musste schneller werden.«

»Wozu die Eile? Hast du wichtige Termine?«

Jaroslaws sarkastische Bemerkungen waren immer voller Zärtlichkeit. Bella Rossa zuckte mit den Schultern. Natürlich wartete niemand auf sie und ihre Ware, aber sie hatte die Nase voll davon, auf dieser Lichtung festzusitzen, während anderswo tausend interessantere Dinge passierten. Jetzt, wo sie wieder gesund war, wollte sie weiterziehen. Und zwar so schnell wie möglich!

»Du hast versprochen, mir zu helfen«, sagte sie.

»Das tue ich doch«, versicherte Jaroslaw.

»Unsinn! Du träumst vor dich hin, das seh ich genau.« Bella Rossa schüttelte seufzend den Kopf. »Aber aus 'nem Träumer wird nie 'n guter Kaufmann.«

»Genauso wenig wie ein guter Soldat«, fügte Jaroslaw hinzu und zeigte auf seinen Armstumpf. Ein Schatten zog über sein Gesicht, aber er hatte sich sofort wieder im Griff. »Meinst du, ich könnte wenigstens ein guter Ehemann sein?«

Bella Rossa zuckte zusammen und wurde rot, wie jedes Mal, wenn er ihr Liebesverhältnis in aller Öffentlichkeit erwähnte. Sie hasste es, rot zu werden! Es war ein Zeichen von Schwäche und das konnte sie nicht ausstehen.

»Es wird erst geheiratet, wenn wir's zu was gebracht haben«, verkündete sie entschlossen.

In diesem Punkt war sie unnachgiebig. Ihrer Meinung nach war eine Hochzeit kein Liebesbeweis, sondern nur eine Laune von Jaroslaw.

»Na gut.« Er lächelte. »Was kommt nach ›fünf Flaschenbürsten‹?«

Sie setzten die Bestandsaufnahme fort, Bella Rossa auf Knien im Wagen, zwischen den ausgepackten Waren, und der Sergeant im Schneidersitz auf dem Boden, über seinem Federhalter schwitzend.

Auf der Lichtung hingen die Soldaten herum, lustlos und untätig. Einige hielten unter den Bäumen Mittagsschlaf, andere fetteten ihre Gewehre ein, weil sie auf die Jagd gehen wollten. Lom'Pa leistete dem Koch Gesellschaft und half ihm, die von Würmern zerfressenen getrockneten Erbsen zu verlesen.

Seit Wochen geschah nichts mehr. Der Krieg schien sich endgültig in Luft aufgelöst zu haben und die Verwundeten auf der Lichtung waren in Vergessenheit geraten. Sie hatten weder weitere Befehle bekommen, noch hatte sich irgendein Vorgesetzter blickenlassen. Sie hätten hundert Jahre hier leben können, ohne dass sich jemand um ihr Schicksal geschert hätte. Es war, als hätten sich die Eichen und Ahornbäume rund um das Lager geschlossen und sie vom Rest der Welt abgeschnitten. Es herrschte gähnende Langeweile. Die Soldaten warfen Bella Rossa verstohlene Blicke zu und beneideten Jaroslaw Modrzejewski darum, ihre Gunst gewonnen zu haben. Dass diese Brüste ausgerechnet einem Einarmigen zugefallen waren, war allerdings die reinste Verschwendung!

Jaroslaws Gedanken gingen in eine ähnliche Richtung, wenn auch aus anderen Gründen. Er fand keinerlei Rechtfertigung für dieses neue Glück. Womit hatte er es verdient, am Leben zu sein und geliebt zu werden, wo doch so viele andere tot waren und niemals Bella Rossas weiche Lippen spüren würden? Er machte sich keine Illusionen: Früher oder später würde sie genug von ihm haben. Er würde sie verlieren, so wie er seinen Arm verloren hatte und noch andere Dinge, die er tief in seinem Inneren verschloss.

Als die Inventur beendet und jedes Teil gewissenhaft in das Heft eingetragen worden war, wollte Bella Rossa noch ein letztes Mal nach den Kühen sehen.

»Was ist mit dem Pferd?«, fragte Jaro. »Kommt es auch mit?«

Bella Rossa ließ die Finger durch die Mähne des Pferdes gleiten. Sie hatte sich immer gern um Tiere gekümmert, ihre Haut und ihr Fell berührt und ihre warme, ursprüngliche Anwesenheit gespürt. Als kleines Mädchen war sie oft in den Stall geflohen, wenn Lom'Pa sie geschlagen hatte, auf der Suche nach dieser Wärme. Sie warf Jaroslaw einen Blick zu. Seit er ihr Liebhaber war, fand sie bei ihm denselben Trost.

»Dies Pferd gehört nur sich selbst«, sagte sie mit einem Lächeln. »Entweder kommt's mit oder eben nicht.«

Am Tag der Abreise trabte das Pferd zum Wagen hinüber, stellte sich neben die Kühe und wartete. Seine Augen glänzten sanft hinter den langen Wimpern. Es schien ebenfalls froh zu sein, die Lichtung zu verlassen.

Als Bella Rossa gerade ihre Morgentoilette beendete, kam der Arzt zu ihr ins Zelt. Er machte ein seltsames Gesicht. Bella Rossa wusste, dass er sie ungern ziehen ließ, solange die letzte Kugel noch in ihrem Bauch saß. Sie hatten unzählige Male darüber geredet, aber sie wollte auf keinen Fall länger warten.

»Fangen wir nicht wieder davon an.« Der Arzt lächelte. »Sie wissen, wie ich darüber denke, aber ich kann Sie schließlich nicht bis ans Ende aller Tage auf Ihrem Feldbett festbinden.«

»Stimmt genau.« Bella Rossa packte ihren Holzkamm und den Spiegel ein. »Ihr Quacksalber seht einfach immer zu schwarz.«

Der Arzt seufzte. »Ich hoffe, Sie haben Recht. Es gibt allerdings eine Sache, derer ich mir sicher bin. Darüber würde ich gern mit Ihnen sprechen …« Er sah verlegen auf seine Stiefelspitzen. »Vielleicht leben Sie noch hundert Jahre mit dieser Kugel im Bauch«, begann er, »aber Sie können nicht mehr … Sie werden niemals …«

Bella Rossa stützte die Hände in die Hüften. »Sehn Sie mir ins Gesicht, Doc. Was werd ich niemals?«

Er hob den Kopf und dachte: Wie schade, ein so wunderbares Mädchen! Das Leben ist ungerecht.

»Sie werden niemals Kinder bekommen können«, murmelte er. »Diese Diagnose ist endgültig.«

Bella Rossa verzog keine Miene. Einen Moment stand sie reglos da.

»Is das alles?«, fragte sie.

Der Arzt nickte. »Ich wollte, dass Sie die Wahrheit wissen.«

»Danke«, antwortete sie und schnürte ihr Bündel. »Jetzt müssen wir aber los.«

Alles war bereit: Lom'Pa saß auf einem Fass und lehnte sich gegen einen Stapel Leinensäcke, Bella Rossa hatte auf der Bank neben Jaroslaw Platz genommen und die gesamte Ladung war sortiert, eingepackt und festgezurrt.

Die Soldaten, der Koch und der Arzt hatten sich um den Wagen versammelt. Der Sommer ging zu Ende. Ein recht kühler Nordwind hob die Plane an und die Männer stellten die Kragen ihrer Jacken hoch. Jaroslaw hatte seine Uniform gegen eine Hose und ein Leinenhemd getauscht. In den rechten Ärmel hatte er auf Höhe des Ellbogens einen Knoten gemacht.

»Viel Glück!«, sagte der Arzt zu Bella Rossa. »Und vergessen Sie nicht, Sergeant, dass sie eigentlich gar nicht mehr auf dieser Welt sein dürfte. Jeder neue Tag ist ein Wunder. Passen Sie gut auf sie auf!«

»Das verspreche ich hoch und heilig«, antwortete Jaro, die Hand auf dem Herzen.

Der Koch stieg auf das Trittbrett, zog eine Flasche unter seiner Jacke hervor und hielt sie Jaroslaw hin. »Die gehört Ihnen, Sergeant. Ich hab sie in Ihrem Feldkoffer gefunden. Nehmen Sie die Flasche mit, vielleicht können Sie sie noch gebrauchen.«

»Was für'n Schnaps is'n das?«, fragte Lom'Pa mit plötzlich erwachtem Interesse.

»Polnischer«, gab Jaro zurück und stellte die Flasche zur Seite.

Bella Rossas Ungeduld wuchs. Sie hob den Stock und schlug den Kühen auf den Rücken.

»Auf geht's!«, rief sie.

Die Soldaten sahen ihr traurig nach. Was blieb ihnen jetzt noch? Weder der Krieg noch der Tod noch diese außergewöhnliche Frau hatte sie gewollt ... Die Männer fühlten sich so niedergeschlagen und verlassen wie ein Wurf Welpen.

Als der Wagen zwischen den Bäumen hindurchrumpelte, spürte Bella Rossa eine ungeheure Erleichterung.

Jetzt ging ihre Reise richtig los. Dieses Mal würde ihr kein Krieg in die Quere kommen. Endlich würde sie ihr Leben leben! Endlich würde sie es zu etwas bringen und eine andere Luft atmen als die der Prärie, wo man nur schnell oder langsam verhungern konnte.

»Wo fahren wir hin?«, fragte Jaroslaw.

»Nach Westen, wie die Pioniere. Wenn wir ihrer Route folgen, finden wir bestimmt irgendwann unser Glück und werden reich.«

Jaroslaw nickte. Letztlich war er immer nach Westen gezogen, seit er seine polnische Heimat verlassen hatte. Diese Richtung zog ihn an wie ein Magnet und er wehrte sich nicht dagegen. An den Reichtum glaubte er zwar nicht so recht, aber Bella Rossas Begeisterung wirkte ansteckend. Wenn man die Preise, die er auf jeden zu verkaufenden Artikel geschrieben hatte, zusammenrechnete, belief sich der Wert ihrer Ware auf genau dreihundertsiebenundzwanzig Dollar und zwölf Cent. Das war mehr, als er jemals besessen hatte. Doch bevor sie das Geld wirklich in der Hand hielten, mussten sie erst mal Kundschaft finden. Und ehrlich gesagt hatte Jaro noch nie jemanden getroffen, der einen Eierschneider oder einen Rosinenentkerner brauchte.

Er seufzte. Während Bella Rossa den Planwagen durch den Eichenwald lenkte, träumte er von den Städterinnen, zierliche, parfümierte Damen, denen sie diese sinnlosen Dinge verkaufen konnten.

»Ich tät ’nen Schluck von deinem polnischen Fusel probiern«, sagte Lom’Pa plötzlich. »Das würd mich stärken, verstehste, Söhnchen?«

›Söhnchen‹, so nannte Lom’Pa ihn neuerdings. Jaroslaw drehte sich um. Der Alte, der immer noch auf seiner Tonne saß, lächelte mitleiderregend. Er hatte seit Monaten keinen Tropfen Alkohol mehr getrunken. Sein sonst immer knallrotes Gesicht hatte einen gräulichen Farbton angenommen.

»Aber nur ’nen kleinen Schluck«, befahl Bella Rossa. »Das muss noch länger reichen, wir haben ’nen weiten Weg vor uns.«

Jaro öffnete die Flasche und nahm selbst einen Zug, bevor er sie Lom’Pa gab. Der Alkohol brannte in seiner Kehle, sein Magen wurde heiß und ihn überkam ein leichter Schwindel.

»Ist es nicht merkwürdig?«, fragte er Bella Rossa.

»Was?«

»Unser Leben! Du, ich, der Krieg, einfach alles! Es ist, als würde jedes Unglück ein bisschen Glück mit sich bringen und umgekehrt. Wenn ich nicht in Armut gelebt hätte, wäre ich kein Soldat geworden. Dann hätte ich meinen Arm nicht verloren … aber ich hätte auch dich nicht getroffen! Alles, was passiert, ist auf seltsame Weise miteinander verbunden. Heißt das etwa, ich sollte mich glücklich schätzen, arm geboren worden zu sein?«

Bella Rossa verdrehte die Augen und nahm Jaroslaws

Hand. Warum musste er immmer alles kommentieren, herumgrübeln und sich den Kopf zerbrechen? Für sie war die Sache einfach: Sie war glücklich und sie hatte keine Lust, die Dinge komplizierter zu machen, als sie waren.

»Küss mich«, sagte sie. »Wenn wir erst mal reich sind, wirste schon merken, ob dir deine Armut fehlt!«

ELFTES KAPITEL

Nachdem sie den Wald hinter sich gelassen hatten, nahm der Planwagen die Hügel in Angriff. Erst ging es nur leicht bergauf, doch bald wurde die Steigung stärker und die Kühe mussten sich ordentlich anstrengen. Der schmale Weg wand sich zwischen Felsen, Wurzeln und Sträuchern hindurch. Unerbittlich schwenkte Bella Rossa ihren Stock.

»Weiter!«, rief sie. »Ihr habt drei Monate auf der faulen Haut gelegen! Jetzt zieht gefälligst diesen Wagen, ihr lahmen Viecher!«

Das Pferd hatte keinerlei Schwierigkeiten mit dem Hang. Es tänzelte voraus, verschwand in einer Senke und trabte mit wehender schwarzer Mähne zurück zum Wagen. Sein Anblick war eine Augenweide und seine Bewegungen waren kraftvoll und elegant. Im Vergleich dazu wirkte der Wagen langsam und träge wie eine Schnecke. Bei jeder Unebenheit des Weges stießen die an der Seitenwand hängenden Töpfe gegeneinander und klapperten laut. Jaroslaw runzelte die Stirn und Lom'Pa klammerte sich an seiner Tonne fest. Allmählich verlor der Alte seine gute Laune und begann zu murren.

»Mein armer Hintern! Der is schon ganz grün und blau! Dieser verdammte Karren! Ich hatte so schön meine Ruhe, aber das Fräulein musste ja unbedingt weiterziehen! Will was von der Welt sehen, genau wie ihre verflixte Erzeugerin. Das liegt ihr wahrscheinlich im Blut!«

Ein tiefes Schlagloch ließ ihn verstummen, doch dann schimpfte er weiter.

»Meine armen Arme! Die sind schon fast abgestorben … Ihr wollt mich umbringen, stimmt's? Wenn ich wenigstens noch 'nen Schluck von dem polnischen Fusel kriegen könnte, das wär 'ne echte Hilfe. Aber davon gebt ihr natürlich nichts ab, ihr selbstsüchtigen Teufel!«

Erst versuchten Jaroslaw und Bella Rossa das Gejammer zu ignorieren, doch nach einer Weile waren sie so genervt, dass sie ihm die Flasche in die Hand drückten, um ihre Ruhe zu haben.

»Also, wie nennt man dies Gesöff bei euch, Söhnchen?«, fragte Lom'Pa, nachdem er ein oder zwei Schlucke getrunken hatte.

»Wodka. Er wird aus Roggen gebrannt. Pass auf, er ist sehr stark.«

»Dies polnische Zeug gefällt mir.« Lom'Pa seufzte. »Aber es hat 'nen unaussprechlichen Namen. Polen muss ein seltsames Land sein.«

Er trank und redete pausenlos, während sie den Hügel hinauffuhren.

»Meine Vorfahren sind auch übers Meer gekommen, Söhnchen. Da gibt's nichts zu lachen! Glaubst du, Polen is das einzige verdammte Land, in dem man guten Schnaps brennen kann? Oh nein, mein Junge! Meine Vorfahren stammen aus Irland! Ich sag dir, die konnten vielleicht saufen! Was glaubst du wohl, woher Bella Rossa ihre roten Haare hat? Vom Bier meiner Ahnen!«

Bella Rossa verdrehte die Augen. Wenn Lom'Pa erst mal bei seinen irischen Vorfahren angekommen war, fand er kein Ende mehr …

Endlich ließ die Steigung nach, der Weg wurde wieder breiter und der Wagen rollte leicht über ein mit Pappeln bewachsenes Plateau. Der Wind hatte sich gelegt. Genau wie Lom'Pa, der von seiner Tonne gerutscht war, nachdem er die halbe Flasche geleert hatte.

Schweigend fuhren sie durch die Landschaft. Sie überquerten einen Fluss, kämpften sich weitere Hügel hinauf, rollten über ein anderes Plateau, folgten mit den Blicken dem Flug eines Adlers und hörten in der Ferne das Heulen der Kojoten. Es roch nach Herbst, die Luft war feuchter als sonst und die Pflanzen begannen, sich langsam zurückzuziehen. Bella Rossa dachte an die Fußwärmer und Bettpfannen hinten im Wagen. Die mussten sie als Erstes verkaufen! Sie stellte sich vor, wie sie ihre Waren anpreisen würde:

»Treten Sie näher, meine Herrschaften! Bei uns gibt's alles für 'nen kuschelig warmen Winter!«

Danach würde sie die Kessel und Öllampen an den Mann bringen. Sie träumte vor sich hin, sah sich in Hotels logieren und durch die fabelhaften Städte spazieren, von denen ihr Romualdo Barbieri erzählt hatte.

Sie fragte Jaroslaw, ob er schon mal in einem Hotel übernachtet hatte. Er schüttelte den Kopf. Er kannte nur die einfachen Pritschen der Elendsviertel und die Feldbetten der Armee.

»Weißte denn wenigstens, was 'ne *Badewanne* is?«, fragte Bella Rossa weiter.

»Hab davon gehört.«

»Das würd ich zu gern mal ausprobiern.« Bella Rossa seufzte.

Sie träumte weiter von den Annehmlichkeiten einer anderen Welt. Sie ahnte, dass sie eine Menge Töpfe würde verkaufen müssen, bis sie diesen Grad von Luxus, diesen Gipfel der Modernität erreicht hatte, an dem man sich mit heißem Wasser wusch.

Plötzlich hörten sie das Kläffen eines Kojoten. Es würde bald Nacht werden und sie hielten an, um ein Lager aufzuschlagen.

Jaroslaw machte Feuer. Bella Rossa breitete die mottenzerfressene Decke im Gras aus und kletterte in den Wagen, um ein paar Scheiben getrockneten Schinken abzuschneiden. Lom'Pa war mit einem furchtbaren Kater erwacht. Ihm platzte fast der Schädel und er war ungewöhnlich wortkarg. Er redete weder vom Wodka noch von einem anderen Schnaps oder seinen glorreichen, Bier trinkenden Vorfahren.

An diesem Abend, dem ersten, nachdem ihre Reise richtig begonnen hatte, aßen die drei Hausierer schweigend. Sie betrachteten die Flammen, die Funken, die wie Glühwürmchen durch die Luft flogen, und sahen zu, wie der Himmel langsam schwarz wurde. Als es völlig dunkel geworden war, rückten sie noch enger zusammen.

Etwas abseits grasten die Kühe. Das Pferd lauschte reglos den Geräuschen der Nacht. Es raschelte, zischte und knackte im Gebüsch, wenn ein Tier vorbeihuschte, vielleicht eine Schlange oder ein Luchs auf der Jagd. Zum ersten Mal dachte Bella Rossa mit einem Hauch von Sehnsucht an Maussad-Vallée. Sie fragte sich, wie es ihren Schweinen ging und ob Emmett sich gut um sie kümmerte. Sie erinnerte sich an das Dach, die Mauern und die beinahe gemütliche Hütte ihrer Farm und schauderte. Sie spürte, wie es um sie herum atmete, wie sie von unsichtbaren, bedrohlichen Wesen eingekreist wurde. Sie legte sich neben Jaroslaw und schmiegte sich mit klopfendem Herzen an seinen Rücken.

»Hast du Angst?«, fragte er zärtlich.

»Nie im Leben!«, erwiderte Bella Rossa.

ZWÖLFTES KAPITEL

Erst vier Tage später erblickten sie wieder Anzeichen menschlicher Zivilisation. Der Wagen hatte sich tapfer durch die Hügel gekämpft und rollte nun gleichmäßig über die Prärien der Great Plains. Abgeerntete Weizenfelder bedeckten die Erde mit ihren toten, spitzen Stacheln. In der Ferne drängten sich ein paar Häuser um einen großen Baum.

»Na endlich!«, rief Lom'Pa. »Hab schon gedacht, dies verdammte Land wär völlig verlassen!«

Der Weg führte zwischen den Feldern hindurch direkt auf das Dorf zu. Seit dem Morgen war es bedeckt und die Wolken hingen schwer und unbeweglich über dem Land. Die Windräder hinter den Häusern standen still, nichts regte sich. Man hätte meinen können, das Dorf sei nicht mehr bewohnt.

»Coyote Range«, las Jaroslaw auf dem Holzschild am Ortseingang. Genau in diesem Moment bellte ein Hund.

»Gut«, seufzte Bella Rossa. »Jetzt müssen wir nur noch die Besitzer von diesem Köter finden.«

Sie lenkte die Kühe bis zu dem Baum und hielt das Fuhrwerk an. Inzwischen bellten mehrere Hunde im Wechsel, ihr Kläffen hallte vom einen Ende des Ortes bis zum anderen wider, aber es war immer noch kein Mensch zu sehen. Die unsichtbaren Hunde und die reglosen Windräder hatten etwas Bedrohliches. Jaroslaw holte sein Gewehr hervor.

Bella Rossa sprang vom Wagen. Die Siedlung bestand aus acht Häusern, die alle gleich aussahen. Sie waren aus Holzbrettern zusammengezimmert und hatten flache, moosbedeckte Dächer. Schmale Fenster ohne Gardinen schienen einen zu beobachten. Diese Ansammlung von Holzbaracken rund um den einzigen Baum wirkte wie eine Verschwörung. Es war, als würden sie sich Geheimnisse zuflüstern, sobald man ihnen den Rücken zudrehte.

»He!«, rief Bella Rossa. »Jemand zu Hause?«

Nur das Bellen der Hunde und das metallene Geräusch über den Boden schleifender Ketten antworteten ihr.

»Vergiss es«, sagte Lom'Pa. »In diesem Kaff machste garantiert keine Geschäfte. Sind hier alle tot, oder was?«

Bella Rossa zuckte mit den Schultern. Sie wollte nicht glauben, dass das Dorf verlassen war. In den letzten vier

Tagen hatten sie eine Menge Trinkwasser verbraucht und auch das Essen würde bald knapp werden. Sie mussten sich unbedingt mit neuen Vorräten eindecken. Bella Rossa ging zum nächstbesten Haus, rief noch einmal und öffnete die Tür. Jaroslaw folgte ihr mit gezücktem Gewehr.

Im Innern roch es nach Brot. In einer Ecke des Zimmers war ein Tisch gedeckt, mit Tellern aus Blech, Biergläsern und einer Kerze in einem kleinen Becher. Bella Rossa ging zum Ofen. Er war noch warm. Auf einer Schnur am Fenster trocknete Wäsche.

»Sie können nich weit sein«, murmelte sie.

Sie ging wieder hinaus und betrat das Nachbarhaus. Es war schmutzig und stank nach Bull-Durham-Tabak. Auch hier war niemand.

Als Bella Rossa und Jaroslaw zum Wagen zurückgingen, rief Lom'Pa nach ihnen. Er zeigte mit zitterndem Finger zum Himmel. Kurz hinter dem Dorf kreiste ein Schwarm Aasgeier langsam unter der dichten Wolkendecke.

»Das gefällt mir nich«, knurrte der Alte. »Wir sollten uns lieber aus'm Staub machen.«

Bella Rossa warf Jaroslaw einen fragenden Blick zu. Er nickte ernst. »Nimm das Gewehr und rühr dich nicht vom Fleck. Bin gleich wieder da.«

Bella Rossa stieg in den Wagen, während Jaro zum ersten Haus zurückeilte. Kurze Zeit später kam er mit einem Armvoll gestohlener Lebensmittel wieder heraus. Er warf sie Bella Rossa zu.

»Wasser!«, rief sie leise. »Such nach Wasser!«

Jaroslaw rannte zum nächsten Haus, verschwand darin und rollte ein Fass aus der Tür. Die Hunde bellten immer noch und am Himmel drehten die Aasgeier ihre Unheil verkündenden Runden.

»Lass uns abhauen«, keuchte Jaroslaw, nachdem er das Fass eingeladen hatte.

Der Karren rollte unter den drohenden Blicken der Häuser durch Coyote Range. Bella Rossa lief es kalt den Rücken hinunter. Sie hatten keine Wahl. Sie mussten der Straße folgen und an der Stelle vorbeifahren, über der die Vögel kreisten.

Wenige Augenblicke später waren sie dort.

Das ganze Dorf war versammelt. Männer, Frauen, Kinder und Alte standen auf einer Weggabelung im Kreis. Sie schrien und warfen Steine auf etwas in der Mitte. Als sie das Hufgeklapper des Pferdes hörten, drehten sich alle gleichzeitig um.

»Verschwindet!«, rief ein Mann mit schiefer Visage.

»Wir woll'n hier keine Fremden!«, fügte eine Frau mit blatternarbigem Gesicht hinzu.

Ein Junge warf einen Stein nach dem Wagen.

»Mach das nicht noch mal!«, drohte Jaroslaw und richtete sein Gewehr auf die Ansammlung.

Die Männer zuckten zusammen. Einige spuckten auf

den Boden. Mit klopfendem Herzen lenkte Bella Rossa die Kühe bis zur Kreuzung, während die Bewohner von Coyote Range sie anstarrten wie ein Rudel Wölfe.

»Macht, dass ihr fortkommt, und zwar 'n bisschen plötzlich!«, schnauzte ein Alter. »Wir brauchen hier niemanden!«

»Ihr habt Glück, dass uns eure Hautfarbe gefällt!« Ein bärtiger Mann mit einer Glasscherbe in der Hand lachte auf. »Das können nich alle von sich behaupten.«

Ein paar andere Männer rissen ihre zahnlosen Münder auf und begannen ebenfalls zu lachen. Jaroslaw richtete die Gewehrmündung auf sie. Trotz seiner bäuerlichen Kleidung war nicht zu übersehen, dass er Soldat gewesen war und selbst mit links jedes Ziel treffen konnte. Das Lachen erstarb, während das Pferd, die Kühe und der Wagen die Gruppe passierten.

Im letzten Moment wagte es Bella Rossa, einen Blick auf den Mittelpunkt der Versammlung zu werfen. Auf das, was die Leute gerade mit Steinen beworfen hatten.

Ein schwarzer Mann lag am Boden. Die Steine hatten ihn übel zugerichtet und er zuckte im Todeskampf. Sein Hemd hing in Fetzen herunter, so dass man seinen blutigen Oberkörper sehen konnte, und sein Gesicht … sein Gesicht …

Bella Rossa wurde schlecht. Stöhnend beugte sie sich über den Rand des Karrens und übergab sich.

»Diese Dreckskerle …«, murmelte Jaroslaw.

Lom'Pa saß bleich und starr auf seiner Tonne und sagte kein Wort. Über ihnen kreisten immer noch die Aasgeier am bleiernen Himmel und warteten darauf, dass die Menschen ihnen ihren Anteil an der zu Tode gequälten Beute überließen.

DREIZEHNTES KAPITEL

Bella Rossa hatte immer geglaubt, Maussad-Vallée sei der abgelegenste, trostloseste und primitivste Ort des ganzen Kontinents. Sie hatte seine Bewohner stets für zurückgebliebene Dummköpfe und hirnlose Dreckschweine gehalten. Wie sonst sollte man Yuri Bendel, Bror Svenberg und all die anderen nennen? Und trotzdem … Was sie gerade in Coyote Range gesehen hatte, wäre in Maussad-Vallée niemals geschehen.

»Diese Leute sind vom Essen aufgestanden und haben ihre Bohnen stehenlassen, um … um 'nen Menschen zu töten!« Ihre Stimme war voller Bitterkeit. »Sie haben Steine aufgehoben und diesen Kerl quer durch die Felder gejagt. Dann haben sie ihn erledigt wie 'nen Hund! Weil er keiner von ihnen war! Weil er schwarz war!«

Sie war fassungslos. Sie war angewidert. Sie sah Jaroslaw an und rief: »Glaubst du, die setzten sich gleich einfach wieder an 'n Tisch und essen weiter?«

Der Sergeant starrte mit kaltem, hartem Blick auf die

Straße. Er schwieg. Er wusste nicht, was er auf Bella Rossas Empörung antworten sollte. In seinem früheren Leben und im Krieg hatte er schon so viel Schreckliches gesehen. Massaker, Blutbäder, zerstückelte Körper … Und jedes Mal überkam ihn dasselbe furchtbare Gefühl der Machtlosigkeit und das schlechte Gewissen, lebend davongekommen zu sein.

Auch Lom'Pa sagte nichts. In seinem alten Säufer-Kopf gab es schon viel zu lange keine tröstenden Worte mehr.

Als sie an diesem Abend ihr Lager in den Feldern aufschlugen, war es Bella Rossa, die die Wodkaflasche öffnete. Sie trank, bis sie fast keine Luft mehr bekam. Dann schlang sie die Arme um die Knie, legte das Kinn auf ihre zusammengedrückten Brüste und blickte weinend ins Feuer.

Lom'Pa und Jaroslaw leerten die restliche Flasche. Sie hatten Bella Rossa noch nie weinen sehen. Ihr Kummer war so tief und so berechtigt, dass die beiden diesen Moment der Andacht respektierten, als hätten sie eine Kirche betreten. Sie fühlten sich klein angesichts dieses gewaltigen Leids und wenn einer von ihnen ein Gebet gewusst hätte, hätte er es im Gedenken an den schwarzen Mann von Coyote Range gesprochen. Aber Lom'Pa hatte nichts von dem behalten, was Ornella Bonini ständig vor sich hin gemurmelt hatte, und Jaroslaw kannte nur polnische Gedichte.

Nicht weit vom Feuer grasten die Kühe und die eisernen Schnallen ihrer Halfter klirrten leise. Das Pferd war in der Dunkelheit verschwunden, um seine nächtliche Freiheit zu genießen. Es lag eine große Einsamkeit über der Prärie, und Bella Rossa kauerte sich in der unheimlichen Finsternis zusammen und fragte sich, ob Romualdo Barbieri sie nicht angelogen hatte. Wo waren all die Damen in Reifröcken, die es kaum erwarten konnten, Tassen aus Porzellan zu kaufen? Wo waren die netten Farmersfrauen, die von Stoßbutterfässern und Drähten zum Käseschneiden träumten? Wo waren die Arbeiter, die Werkzeug brauchten?

»Vielleicht sollten wir besser Waffen und Särge verkaufen«, sagte sie aus einer plötzlichen Eingebung heraus. »Damit würden wir garantiert reich werden.«

Sie streckte die Beine aus, wandte den anderen den Rücken zu und schloss die Augen.

Später legte sich Jaroslaw zu ihr. Er nahm sie fest in seinen einzigen Arm und bedauerte, nicht zwei Arme zu haben, um sie besser beschützen zu können. So schliefen sie ein, während unzählige Fragen durch ihre Köpfe kreisten wie die Aasgeier über Coyote Range.

Am nächsten Morgen setzten sie ihre Reise fort.

Sie kamen nur langsam voran und ihre Herzen waren genauso schwer wie der Planwagen. An diesem Tag sahen sie nichts als flaches Land und die Staubwolken einer wilden Bisonherde in der Ferne.

Die nächsten beiden Tage waren genauso eintönig. Zu allem Überfluss kam auch noch ein kühler Wind auf, der über die Erde fegte und das Gras aufwirbelte. Es war zum Verzweifeln.

Jaroslaw wollte auf die Jagd gehen, aber es gab nichts zu jagen. Kein einziger Damhirsch, keine Gans, nicht mal ein Truthahn.

Sie mussten sich das Wasser und die Lebensmittel einteilen und Lom'Pa auf seiner Tonne erklärte, der Hintern täte ihm so weh, dass er lieber sterben würde.

Am leeren Himmel, der schwer auf der Erde lastete, zogen ständig Wolken auf und zerfielen wieder, und das war die einzige Abwechslung.

Am Ende des vierten Tages, als Bella Rossa sich gerade fragte, ob sie nicht verrückt werden würden, wenn sie noch länger durch diese Einöde fuhren, tauchten in der Ferne zwei Reiter auf.

Jaroslaws Hand glitt zum Kolben seines Gewehrs. Im Abendlicht zogen sich die Schatten der beiden Gestalten wie lange bedrohliche Krallen über den Boden. Kein Wagen, kein Trupp. Auf den ersten Blick wirkten die Männer so frei und düster wie Kopfgeldjäger.

»Verdammt!«, murmelte Lom'Pa. »Neuer Ärger …«

Unwillkürlich hatte Bella Rossa das Tempo gedrosselt. Sie spürte ihren Herzschlag in der Schläfe und ihre Hände waren feucht.

Doch als die Fremden näher kamen, sah sie, dass es nur zwei harmlose Reisende waren, die seltsame Gerätschaften mit sich führten.

Die Männer zügelten ihre Pferde und zogen die Hüte zum Gruß. Sie lächelten wie höfliche Nachbarn, denen man auf der Straße begegnet. Jaroslaw entspannte sich und Bella Rossas Besorgnis löste sich endgültig in Luft auf, als die Männer mit starkem französischem Akzent zu sprechen begannen.

»Es ist uns ein Vergnügen, Ihren Weg zu kreuzen, meine Herrschaften«, verkündete der eine etwas außer Atem. »Man kann nicht gerade sagen, dass in dieser Gegend viele Leute unterwegs sind.«

»Erlauben Sie bitte, dass wir uns vorstellen«, fuhr der andere fort. »Hippolyte und Eugène Nachon, Fotografen.«

Darauf folgte verblüfftes Schweigen. Für Bella Rossa schienen die beiden Franzosen geradewegs einer anderen Welt entstiegen zu sein. Sie trugen geknöpfte Westen, taillierte Jacketts und Krawatten. Sie besaßen sogar Taschenuhren, deren Ketten aus ihren Westentaschen hervorschauten.

»Wir sind mit der Eisenbahn aus dem Osten gekommen«, erklärte der eine, um das Schweigen zu brechen. »Leider konnten wir nur bis Story Point fahren, weil die Strecke noch im Bau ist. Deshalb reisen wir jetzt zu Pferde weiter.«

»Wir suchen nach Indianern«, fügte der andere hinzu.

»Indianer?«, fragte Jaroslaw leicht amüsiert. Dann schüttelte er den Kopf. »Dort, wo wir herkommen, gibt es keine Indianer. In dieser Richtung finden Sie nur ein Dorf namens Coyote Range und ich rate Ihnen sehr davon ab, einen Fuß hineinzusetzen.«

Die Franzosen wechselten einen frustrierten Blick. Bella Rossa konnte ihre Enttäuschung gut nachvollziehen. Sie waren so weit gereist und jetzt fanden sie nicht, wonach sie suchten.

»Haben Sie vielleicht 'n bisschen Wasser?«, erkundigte sich Bella Rossa.

Die beiden Reisenden zeigten auf die Kanister, die an ihren Sätteln festgeschnallt waren.

»Was is mit Wein?«, fragte Lom'Pa hoffnungsvoll. »Hab gehört, ihr Franzmänner wascht euch damit sogar den Hintern.«

Eugène und Hippolyte brachen in fröhliches Gelächter aus, wodurch ihre Anwesenheit in dieser kargen Landschaft, in der es so wenig Anlass zur Fröhlichkeit gab, noch unwirklicher erschien.

Lom'Pa machte ein beleidigtes Gesicht, aber seine Laune besserte sich schnell wieder, als einer der Männer eine Flasche hervorholte. Sie enthielt eine Flüssigkeit von der Farbe reifer Himbeeren.

»Burgunderwein«, verkündete er. »Wir haben eine

ganze Kiste voll davon. Eigentlich ist der Wein als Geschenk für die Indianer gedacht, aber es spricht nichts dagegen, ihn vorher zu kosten. Natürlich nur, wenn genug für unsere Morgentoilette übrig bleibt!«

Die Fotografen lachten wieder.

Hinter ihnen stand die Sonne wie ein riesiger, rot glühender Ball tief am Horizont. Es war höchste Zeit, das Nachtlager aufzuschlagen. Jaroslaw sprang leichtfüßig vom Wagen und die beiden Franzosen saßen mit steifen Bewegungen ab.

»Hol mich endlich hier runter, dumme Gans!«, schimpfte Lom'Pa. »Sonst saufen die ihren Wein noch ohne mich!«

Die Sonne sank auf die andere Seite des Erdballs und eine tintenschwarze, fast sternenlose Nacht verschlang die Ebene. Es wurde plötzlich kalt. Zum Glück lagen noch ein paar Holzscheite und etwas Speck im Wagen. Davon abgesehen heiterten die beiden Fotografen und ihre Weinflasche den Halt erheblich auf.

»Hab noch nie so was Göttliches getrunken«, verkündete Lom'Pa, nachdem er den französischen Wein mehrmals probiert hatte. »Wie heißt das? Burgunder? Noch so 'n Zungenbrecher, aber eins is klar: Das Zeug is richtig gut! Vielleicht nich ganz so gut wie irisches Bier, aber es brennt nich so inner Kehle wie dies polnische Gesöff neulich …«

Er redete noch eine Weile weiter und zählte sämtliche

Alkoholsorten auf, die er kannte, bevor sein Kinn auf die Brust sank und er von einer Sekunde auf die andere einschlief.

Bella Rossa hatte sich an Jaroslaw geschmiegt und betrachtete die Fremden über die Flammen hinweg. Sie hatte noch nie einen Fotografen gesehen. Die Gesichter der Brüder waren freundlich und gut rasiert und sie ließen sich ihren Speck auf eine Weise schmecken, die Bella Rossa sehr französisch fand.

Nachdem sie sich die Finger an ihren Taschentüchern abgewischt hatten, erzählten die beiden, ein wissenschaftliches Institut habe sie beauftragt, mit den Indianerstämmen in Kontakt zu treten, weil diese angeblich vom Aussterben bedroht seien. Sie sollten die Erinnerung an diese Völker auf Fotopapier bannen.

»Wie funktioniert'n das?«, wollte Bella Rossa wissen.

»Das ist ganz einfach!« Hippolyte lächelte. »Man braucht nur eine Camera obscura, ein Objektiv, Linsen sowie versilberte und mit Jod bedampfte Kupferplatten …«

Bella Rossa runzelte die Stirn. Das einzige Wort, das sie kannte, war ›Linsen‹, und sie hatte keine Ahnung, was die Erinnerung an die Indianer mit Hülsenfrüchten zu tun haben sollte.

»Sind Sie etwa noch nie fotografiert worden?«, wunderte sich Eugène.

Bella Rossa schüttelte den Kopf. Solche neumodischen Erfindungen waren leider noch nicht bis Maus-sad-Vallée vorgedrungen. Sie hatte ja nicht mal die Eisenbahn gesehen! Von Fotografien ganz zu schweigen …

»Morgen früh führen wir es Ihnen vor«, versprach Hippolyte. »Eine Frau wie Sie wird auf den Kupferplatten sicher einen bleibenden Eindruck hinterlassen.«

Natürlich sah er dabei verstohlen auf Bella Rossas Brüste. Doch es war nur der fachmännische Blick des Künstlers auf sein Modell, der nichts Begehrliches hatte.

Todmüde streckte sich Bella Rossa im Gras aus, den Kopf auf Jaros Knien. Sie ließ sich von den Stimmen der drei Männer einlullen, die die Unterhaltung auf ruhige, fast schon vornehme Weise fortsetzten, ohne sich um die Finsternis zu kümmern, die das Lager umzingelte. Bevor sie einschlief, dachte sie, dass einen unterwegs nicht nur böse Überraschungen erwarteten, sondern manchmal auch welche, die einen etwas lehrten. Das tröstete sie ein wenig.

»Nicht bewegen!«, befahl Hippolyte Nachon.

Mit von der morgendlichen Brise zerzausten Haaren dirigierte er die Aufnahme. Bella Rossa hatte darauf bestanden, mit Jaroslaw und Lom'Pa fotografiert zu werden. Lom'Pa thronte auf seiner Tonne und musterte misstrauisch den Apparat.

»Wozu soll'n das gut sein?«, meckerte er. »Auf so 'ne

verrückte Idee kann auch nur ’n Weibsbild kommen! Stundenlang vor diesem Teil rumsitzen und Däumchen drehen, das is nix für mich! Und wer sagt denn, dass das nich doch gefährlich is?«

Jaroslaw versuchte, sich das Lachen zu verbeißen. Er hatte Lom’Pa mehrfach versichert, dass er in der Stadt viele Menschen gesehen hatte, die für ein Foto posierten, ohne Schaden genommen zu haben, doch der Alte vertraute der Technik nicht.

»Nerv nich und halt still!«, knurrte Bella Rossa. »Das wirste ja wohl noch schaffen.«

»Dein Glück, dass ich nich mehr laufen kann, verdammtes Luder! Soll’n die Herrn Fotografen ihre Mätzchen doch mit den Indianern machen, das is mir egal, aber ich mach hier bestimmt nicht …«

»Achtung!«, rief Hippolyte. »Jetzt bitte nicht mehr bewegen!«

Die drei Modelle erstarrten. Bella Rossa lehnte lächelnd an Jaros Schulter, Jaro hatte den Arm um ihre Taille gelegt und Lom’Pa saß mit weit aufgerissenen Augen neben ihnen auf seiner Tonne.

Eugène war hinter einem schwarzen Tuch verschwunden, das an der Rückseite des auf einem Stativ stehenden Fotoapparats herunterhing. Hippolyte schwenkte mit gestreckten Armen eine Art Lampe, die so rund wie das Auge eines Zyklopen war. Plötzlich explodierte etwas mit einem trockenen Knall und ein grelles Licht leuchtete auf. Bella Rossa unterdrückte einen Schrei und Lom'Pa fiel hintüber von seiner Tonne, wie vom Blitz getroffen.

Dichter weißer Qualm breitete sich in der kühlen Morgenluft aus. Bella Rossa hielt den Atem an, während Jaro hustend lachte. Als sich der Rauch verzog, beugte er sich über Lom'Pa.

»Verdammt, ich bin tot!«, stöhnte der Alte mit bleichem Gesicht.

Jaroslaw, der vom Lachen und Husten Seitenstechen hatte, half ihm, sich aufzurichten, und ließ ihn dann im Gras sitzen, damit er sich von dem Schreck erholen konnte.

Brennend vor Neugier näherte sich Bella Rossa dem Fotoapparat. Sie war furchtbar enttäuscht, als Eugène ihr erklärte, dass es zahlreicher Arbeitsschritte bedurfte, bevor die Abzüge fertig waren.

»Aber vielleicht haben Sie ja eine Adresse, an die wir die Fotografie schicken können?«, erkundigte sich Hippolyte.

»Wir haben nur unsren Wagen«, sagte Bella Rossa frustriert.

Das war zugegebenermaßen keine zuverlässige Adresse.

Die Gebrüder Nachon hatten beschlossen nach Norden zu reiten, um dort weiter nach Indianern zu suchen. Vielleicht würden sie auf dem Rückweg, wenn sie ihren

Auftrag erfüllt hatten, ja ebenfalls nach Westen ziehen. In diesem Fall würden sie Bella Rossa finden und ihr mit Freuden den Abzug überreichen.

»Es wird ein Leichtes sein, Ihrer Spur zu folgen«, tröstete sie Hippolyte. »Niemand, der Ihren Weg kreuzt, wird Ihre Schönheit je vergessen.«

»Ja, ja«, seufzte Bella Rossa. »Ihr Franzosen redet viel, wenn der Tag lang is. Das weiß man sogar in Maussad-Vallée!«

»Wir werden Ihnen das Gegenteil beweisen«, versicherten die beiden Fotografen und packten ihre Ausrüstung zusammen.

Bella Rossa warf etwas Erde auf die Glut, Jaroslaw hob Lom'Pa und seine Tonne in den Wagen und dann trennten sich ihre Wege.

Die beiden Gestalten waren noch lange zu sehen, während sie sich unter dem launischen Himmel entfernten. Irgendwann waren sie verschwunden und die Prärie war wieder so trist und verlassen, dass Bella Rossa sich fragte, ob sie sich die Begegnung nicht nur eingebildet hatte. Glücklicherweise schimpfte Lom'Pa immer noch auf die Gebrüder Nachon und ihre teuflischen Gerätschaften. Was bewies, dass es kein Traum gewesen war!

Bella Rossa seufzte. Das Zusammentreffen mit den Franzosen hatte bei ihr das bittere Gefühl hinterlassen, viel zu lange abseits einer Welt gelebt zu haben, in der die Kunst der Fotografie etwas völlig Normales war, genauso wie Badewannen wahrscheinlich. In diesem Moment ahnte sie noch nicht, dass sie die beiden Fotografen tatsächlich eines Tages wiedersehen würde.

VIERZEHNTES KAPITEL

Am nächsten Tag erblickten sie weitere Häuser. Bella Rossa versteifte sich voller Sorge auf ihrer Bank. Jaroslaw hatte schon sein Gewehr hervorgeholt, doch noch bevor sie die ersten Gebäude erreicht hatten, merkten sie, dass dieser Ort völlig anders war als Coyote Range.

Hier waren die Häuser höher und reihten sich an einer breiten Straße entlang, die am anderen Ende in eine hügelige Ebene führte, als würde die Stadt die Grenze zwischen zwei Landstrichen bilden. Vor den Steinfassaden der Häuser standen Karren, Schafe drängten sich blökend hinter einem Schuppen und in der Ferne konnte man Bauern erkennen, die in den umliegenden Feldern arbeiteten. Dieser Ort wirkte lebendig und nicht so schäbig und heruntergekommen wie Coyote Range.

»Willkommen in Medicine Field. Hier herrscht der Friede des Herrn«, las Jaroslaw auf einem frisch gestrichenen Schild am Anfang der Hauptstraße.

»Schätze, du kannst dein Schießeisen wieder wegstecken, Söhnchen«, bemerkte Lom'Pa vergnügt.

Jaroslaw sah zu den Ladenschildern, die an den Giebeln der Häuser prangten. Es gab einen Gemischtwarenladen, einen Barbier, einen Schmied und sogar einen Drugstore und eine Post! Trotz des Windes, der eine Menge Staub aufwirbelte und den Tieren die stacheligen Kugeln wilder Disteln zwischen die Hufe wehte, trotz des Gestanks nach Mist und des getrockneten Schlamms auf der Straße kam der Ort dem, was man sich unter einer zivilisierten Welt vorstellte, ziemlich nahe.

Als der Wagen auf die Post zurollte, zog ein Mann im schwarzen Anzug und mit beeindruckend breiten Schultern den Hut und rief dem Fuhrwerk einen gut gelaunten Gruß zu. Er lächelte, so dass man die schneeweißen Zähne in seinem heiteren Gesicht sehen konnte, und zeigte auf das Pferd, das neben dem Wagen hertrottete.

»Ein schönes Tier haben Sie da. Ein Morgan Horse, stimmt's? Wollen Sie zum Markt?«

Bella Rossa zügelte die Kühe.

»Es gibt hier einen Markt?«, fragte Jaroslaw interessiert.

»Immer in der letzten Woche des Monats«, antwortete der Mann. »Aber auch wenn Sie aus einem anderen Grund nach Medicine Field gekommen sind, seien Sie herzlich willkommen!«

Er reichte Jaroslaw freundlich die Hand. »Ich bin

Reverend Ole Garson. Ich muss mich beeilen, meine Schäfchen erwarten mich!«

Er hob den Zeigefinger und in diesem Moment läutete eine Glocke, hell und fröhlich.

»Da hören Sie es!«, rief er. »Das ist der Ruf des Herrn! Nachher werde ich Sie umso freudiger empfangen.«

Bella Rossa sah dem Reverend nach, der mit eiligen Schritten auf die Kirche zuging.

»Ich hab noch nie 'nen Mann Gottes aus der Nähe gesehen«, murmelte sie.

Sie musste an ihre Mutter denken, Ornella, die Fromme, Ornella, die Bibelleserin. Dieser Mann hätte ihr bestimmt gefallen. Sie nahm sich vor, den Reverend bei Gelegenheit zu fragen, ob ihm vor fünfzehn Jahren eine Gruppe italienischer Pioniere begegnet war, die wie sie durch die Great Plains gezogen waren.

Vor der Kirche warteten ein paar Frauen auf den Beginn des Gottesdienstes und unterhielten sich angeregt. Sie trugen Kleider mit Bändern, Hüte, Handschuhe und Schleier. Das war endlich die elegante und vornehme Kundschaft, auf die Bella Rossa gewartet hatte!

Sie lächelte. »Schätze, wir werden 'n Weilchen in Medicine Field bleiben.«

Sie beugte sich zu Jaroslaw und drückte einen Kuss auf seine bärtige Wange. Er hatte ebenfalls glänzende Augen. Und selbst Lom'Pa, den kaum noch etwas beeindrucken konnte, zeigte eine gewisse Begeisterung für diesen kleinen Ort, der so unverhofft auf ihrem Weg aufgetaucht war. Er deutete auf eine große Tränke vor dem Gemischtwarenladen.

»Die Viecher haben Durst«, rief er. »Und ich auch!«

Leider gab es kein Hotel in Medicine Field, was eine herbe Enttäuschung für Bella Rossa war. Hier war es Sitte, dass die Einheimischen Reisende beherbergten, wie Reverend Ole Garson ihnen nach dem Gottesdienst erklärte.

»Bei mir im Haus wäre noch Platz«, fügte er hinzu. »Es ist nur eine bescheidene Unterkunft, aber Sie würden sich dort sicher wohlfühlen, Miss.«

Während sie sich unterhielten, kamen einige Leute am Fuhrwerk vorbei. Männer in städtischer Kleidung und mit Krawatten und hübsche Frauen in Stiefeletten, denen Jaroslaw hinterherstarrte. Der Reverend hingegen hatte nur Augen für Bella Rossa. Sie spürte seine begehrlichen Blicke auf ihrem Busen. Aber da er ein Mann Gottes war, beschloss sie, keinen Anstoß daran zu nehmen.

»Nur keine Umstände«, gab sie zurück. »Wir schlafen im Freien, das sind wir gewohnt.«

»Ich bestehe aber darauf«, sagte der Reverend mit sanfter Stimme. »Wir finden sicher auch noch ein Zimmer für Ihren Vater und Ihren Herrn Bruder.«

»Ich bin nicht ihr Bruder«, bemerkte Jaro und lachte.

»Ah …«, machte der Reverend. Er verbarg seine Missbilligung hinter einem Lächeln. »Auch in diesem Fall kann ich leider nicht erlauben, dass Sie hier Ihr Lager aufschlagen. Sie müssen das verstehen, wir haben nun mal unsere Gesetze. Wir leben im Frieden des Herrn und es ist für uns eine Frage der Ehre, unseren Nächsten bei uns aufzunehmen und für ihn zu sorgen.«

Er zeigte mit einer weit ausholenden Geste auf das umliegende Land, bevor er weitersprach. »Medicine Field bildet die Grenze zwischen der Ebene, die Sie gerade durchquert haben, und einer Gegend, die wir das Land der Rothäute nennen …«

Bella Rossa unterbrach ihn. »Sind diese Rothäute zufällig Indianer?«

Der Reverend nickte. Er hatte selbst zwar noch nie mit diesem Volk zu tun gehabt, misstraute jedoch seiner Hinterhältigkeit und riet jedem, ihm aus dem Weg zu gehen. Bella Rossa dachte an Eugène und Hippolyte, die nach Norden ritten und sich so wahrscheinlich gerade von dem entfernten, was sie suchten.

»Das Land der Rothäute ist vollkommen anders«, erklärte Garson. »Dort gibt es Flüsse, Gebirge und Wälder. Außerdem treiben sich nachts Wölfe und Schwarzbären herum. Einige kommen bis hierher.«

Er legte seine große Pranke auf Bella Rossas Schulter. Sie zuckte zusammen.

»Aber am gefährlichsten sind die Alligatoren«, fügte er hinzu. »Diese Tiere können Sie im Handumdrehen in Stücke reißen! Medicine Field ist ein wunderbarer Ort, aber jede Medaille hat ihre Kehrseite, nicht wahr? So hat es unser Schöpfer gewollt.« Er sah sie freundlich an. »Ich versichere Ihnen, ich möchte nicht für Ihren Tod verantwortlich sein. Deshalb ist es meine heilige Pflicht, Sie bei mir aufzunehmen. Denken Sie an die Alligatoren!«

Dieser Mann mit seinen schwarzen Kleidern und den weißen Zähnen, der mit so viel Nachdruck sprach, verwirrte Bella Rossa. Sie warf Jaroslaw einen fragenden Blick zu.

»Wir wollen keinen Ärger machen«, sagte er. »Wir möchten nur auf dem Markt unsere Waren verkaufen.«

»Ich sehe schon, Sie sind ein kluger und anständiger junger Mann.« Der Reverend nickte zufrieden. »Dann ist die Sache abgemacht: Ich suche Ihnen ein Zimmer und die junge Dame kommt mit zu mir.«

Bella Rossa runzelte die Stirn. Sie wollte nicht von Jaroslaw getrennt werden. Er spürte ihre Vorbehalte, nahm sie am Arm und zog sie zur Seite.

»Denk an das Geld, das wir hier verdienen können …«

»Tu ich ja«, murrte sie. »Aber warum müssen wir uns trennen? Es gibt doch sicher irgend'ne Scheune, in der Platz für uns drei ist.«

»Du hast doch die Geschäfte und all die gut gekleideten Damen gesehen!«, rief Jaroslaw begeistert. »In Medicine Field gibt es eine Menge Geld! Und ich glaube, dieser Reverend hat großen Einfluss. Wir sollten ihn nicht verärgern. Geh mit zu ihm. Ich kümmere mich um Lom'Pa.«

Er schob Bella Rossa zurück zum Wagen und drückte dem Reverend als Zeichen des Einverständnisses die Hand.

»He, Moment mal!«, rief Lom'Pa plötzlich beunruhigt. »Ich hab hier gar keinen Saloon gesehen und meine Kehle is so trocken wie 'ne Wüste! Raus mit der Sprache, Reverend, wo ham Sie Ihren verdammten Saloon versteckt?«

Der Mann Gottes erstarrte, sein Lächeln verschwand und er warf Lom'Pa einen strengen Blick zu. »Medicine Field ist keiner dieser Orte des Satans, wo die Menschen ihre Seele für den Rausch und die Lasterhaftigkeit verkaufen. Wenn Sie auf das Feuer der Trunksucht aus sind, müssen Sie weiterziehen.«

Lom'Pa zuckte mit den Schultern, beugte sich gefährlich weit auf seiner Tonne vor und rief Bella Rossa zu: »Hoffe, wir hängen nich ewig in diesem Kaff rum. Teufel noch mal, der Pfaffe klingt ja fast wie deine verdammte Mutter!«

»Halt die Klappe!«, gab Bella Rossa zurück. »Wir bleiben, so lang's nötig is, kapiert?«

Das Gespräch hatte ihr die Laune verdorben. Wortlos nahm sie ihr Bündel vom Wagen, ließ Jaroslaw und Lom'Pa vor dem Gemischtwarenladen stehen und folgte dem Reverend zu seinem Haus. Es ärgerte sie, wie Jaroslaw mit ihr geredet hatte. Er hatte sie herumkommandiert und sich kein bisschen dafür interessiert, ob sie einverstanden war, woanders als er zu schlafen. Diese Trennung kam so plötzlich! Was sollte sie von alldem halten?

Stumm und mürrisch marschierte sie hinter dem Reverend her. Doch als sie sein Haus betrat, löste sich ihre schlechte Laune augenblicklich in Luft auf.

»Das soll 'ne bescheidene Hütte sein?«, rief sie. »Das is doch … der pure Luxus!«

»Ich bitte Sie, Miss«, murmelte Ole Garson. »Sie lassen mich erröten. Ich lege Wert darauf, in Armut zu leben. Weltlicher Besitz bedeutet mir nichts. Aber ich kann die Geschenke meiner Schäfchen nicht ablehnen … Das ist ein grausamer Widerspruch, den ich nicht zu lösen vermag.«

Das Haus verfügte über zahlreiche geräumige Zimmer, deren Wände mit Gemälden geschmückt waren. An einem Kamin, in dem ein kleines Feuer knisterte, standen mehrere Sessel. Wandbehänge, Spitzen, Vasen, Teppiche … Es war fast, als hätte der Reverend Romualdo Barbieris Wagen geplündert!

Etwas eingeschüchtert folgte Bella Rossa ihm über eine Treppe aus gewachstem Holz nach oben. Dort gingen von einem Flur ein halbes Dutzend Räume ab. Garson führte sie ins hinterste Zimmer.

»Fühlen Sie sich wie zu Hause«, sagte er.

Bella Rossa, die schon vorher völlig überwältigt gewesen war, stieß einen Schrei aus. Mitten im Zimmer, auf einem kleinen Podest zwischen dem Himmelbett und der Frisierkommode, thronte … eine Badewanne!

»Eins meiner Gemeindemitglieder hat mir die Wanne von einer Reise an die Ostküste mitgebracht. Es steht mir nicht zu, sie selbst zu benutzen, deshalb habe ich sie in dieses Zimmer stellen lassen, damit meine Gäste davon profitieren können. Wenn ich es richtig verstanden habe, haben Sie eine lange Reise hinter sich. Würden Sie gerne ein Bad nehmen?«

Bella Rossa blieb wie versteinert auf der Türschwelle stehen, unfähig, ihre Begeisterung in Worte zu fassen.

»Ich lasse Sie jetzt allein«, sagte Garson. »Schließlich habe ich Ihrem Vater und Ihrem Begleiter versprochen, mich um eine Unterkunft für sie zu kümmern, und ich möchte die Herren nicht länger warten lassen. Um sieben gibt es Abendessen. Ich zähle auf Sie … genauso wie Gott unser Herr!«

Er schloss die Tür. Bella Rossa blieb allein zwischen all den Möbeln und dem Zierrat zurück. Ein großes Holzkreuz über dem Bett erinnerte die Gäste daran, dass sie sich bei einem Diener der Kirche befanden, aber davon abgesehen …

»Genauso hab ich mir immer ’n Hotel vorgestellt«, murmelte Bella Rossa.

Und auf ihrem vom Straßenstaub schmutzigen Gesicht leuchtete ein strahlendes Lächeln auf.

FÜNFZEHNTES KAPITEL

An diesem Abend traute sich Bella Rossa nicht, ein Bad zu nehmen, weil sie nicht wusste, wie man die Wanne benutzt. Sie zog sich aus und wusch sich das Gesicht wie immer über einer Waschschüssel mit einem Stück Seife, das sie auf der Frisierkommode fand.

Sie holte ein sauberes Kleid, den Holzkamm mit den fehlenden Zähnen und den kleinen Spiegel aus ihrem Bündel, setzte sich auf das Himmelbett und betrachtete ihr Spiegelbild.

Sie verzog das Gesicht. Plötzlich schämte sie sich ein bisschen für ihr wildes Äußeres, die von Wind und Sonne gegerbte Haut und die langen, flammend roten Haare. Was für ein Kontrast zu den hübschen Damen vor der Kirche! Mit ihren Bändern und Hutschleiern hatten sie so zart und fein ausgesehen. Auch Jaroslaw hatten ihre hübschen Puppengesichter gefallen …

»Ich hab seinen Blick sehr wohl bemerkt«, sagte Bella Rossa laut.

Zum ersten Mal spürte sie einen unangenehmen Stich im Herzen und ihr wurde flau im Magen.

Sie ließ den Spiegel auf die Daunendecke fallen. Plötzlich explodierte ein Schmerz in ihrem Bauch, als würde die verlorene Kugel durch ihre Eingeweide rollen. Es verschlug ihr den Atem und sie musste sich auf dem Bett ausstrecken.

Sie schloss die Augen. Der Schmerz wurde stärker und stärker, er schnürte ihr den Magen zusammen, bis ihr die Tränen über die Wangen liefen. Auf einmal fühlte sie sich so schrecklich einsam! Warum hatte Jaro sie allein gelassen? Warum hatte er die Hand des Reverends so eifrig geschüttelt wie ein Viehhändler nach einem erfolgreichen Geschäft? Warum hatte er nicht darauf bestanden, dass sie zusammenblieben?

Als Bella Rossa die Augen wieder aufschlug, fiel ihr Blick auf das große Holzkreuz an der Wand.

Ihre Tränen versiegten.

Dieses einfache, nüchterne Kreuz schien auf sie herabzuschauen. Bella Rossa meinte ein Gesicht darauf zu erkennen, das sanfte Gesicht einer Frau, die sich tröstend über sie beugte. Sie kannte dieses Gesicht! Sie hatte es schon immer gekannt!

»Mama?«, murmelte sie, von einem leichten Schwindel erfasst.

Langsam ließ der Schmerz nach, er verschwand aus ihrem Magen und ihrem Herzen wie eine Welle, die sich zurückzog. Sie atmete wieder ruhiger und eine Stimme drang an ihr Ohr.

»Miss? Geht es Ihnen gut?«

Mühsam richtete sich Bella Rossa auf. Vor ihr stand ein junges Mädchen mit weit aufgerissenen Augen.

»Ich hab ein Stöhnen gehört und wollte nachsehen, ob Sie Hilfe brauchen«, erklärte das Mädchen. »Ich heiße Nita.«

Sie machte eine unbeholfene Verbeugung.

»Ich bin das Hausmädchen. Ich diene Reverend Garson und unserem Herrn und stehe Ihnen stets zu Diensten, solange Sie unser Gast sind. Der Reverend schickt mich, um Sie zum Abendessen zu holen. Aber Sie sehen so müde aus …«

»Geht schon.« Bella Rossa setzte sich auf die Bettkante. »Es ist nichts.«

Sie fuhr sich mit der Hand über die Stirn. Sie war so verschwitzt, als hätte sie den Tag auf dem Feld verbracht. Das Holzkreuz über dem Bett sah wieder ganz normal aus.

»Haben Sie gar kein Bad genommen?«, wunderte sich Nita. »Morgen früh bringe ich Ihnen heißes Wasser. Es wird Ihnen gefallen! Alle Damen, die die Badewanne ausprobiert haben, waren begeistert.«

»Sind hier oft Damen?«

»Oh ja, fast immer. Reverend Garson ist sehr großzügig, müssen Sie wissen. Mich zum Beispiel hat er aufgenommen, als ich Waise geworden bin. Ich verdanke ihm alles. Können Sie gehen?«

Bella Rossa erhob sich. Noch etwas benommen folgte sie Nita aus dem Zimmer, durch den langen Flur und die gewachste Holztreppe hinunter bis ins Esszimmer.

Dort war ein großer Tisch gedeckt, an dem ein Dutzend Gäste saßen, die sich leise unterhielten. Es waren nur Frauen.

»Hier kommt unser neuer Gast!«, rief Ole Garson fröhlich. »Heißen wir sie willkommen!«

Die Frauen richteten ihre Blicke auf Bella Rossa und stimmten ein Lied an. Der Text war ziemlich seltsam. Es ging um den Herrn, der den Sündern vergab und sie in seinem Haus aufnahm. In diesem Haus gab es ein Licht, das die Herzen der Sünder erhellte und sie rettete. Wovor sie gerettet wurden, blieb unklar.

Als das Lied zu Ende war, bedankte sich Bella Rossa mit einem schüchternen Nicken. Sie war es nicht gewohnt, dass für sie gesungen wurde, und noch weniger, dass man ihr ein Licht versprach. Sie fühlte sich schrecklich unwohl.

»Nehmen Sie in unserer Mitte Platz!« Der Reverend zeigte auf den Stuhl neben sich.

Während Nita und zwei andere Hausmädchen die Speisen auftrugen, bombardierten die Frauen am Tisch Bella Rossa mit Fragen.

»Wie heißen Sie? Woher kommen Sie? Wie alt sind

Sie? Was tun Sie in Medicine Field? Haben Sie schon zum Herrn gefunden? Schmecken Ihnen das Ragout und der Apfelkuchen?«

Bella Rossa versuchte, alle Fragen so gut wie möglich zu beantworten. Als ihre Gesprächspartnerinnen erfuhren, dass sie eine fliegende Händlerin war, stießen sie kleine Freudenschreie aus. Sie versprachen alle, zum Markt zu kommen, der übermorgen stattfinden sollte, und ihr etwas abzukaufen.

»Sehen Sie, bei uns sind die Dinge ganz einfach«, raunte ihr der Reverend zu. »Der Herr hat Sie zu uns geführt und Sie werden hier sehr gute Geschäfte machen, glauben Sie mir.«

Das Essen war ein wahres Festmahl und Bella Rossa entspannte sich allmählich. Die Gesellschaft war so fröhlich und wohlwollend! Die Frauen hörten gar nicht mehr auf, ihr Fragen zu stellen. Als sie erzählte, wie sie bei der Schlacht auf der Lichtung drei Kugeln in den Bauch bekommen und Jaroslaw seinen Arm verloren hatte, traten den Damen Tränen in die Augen.

»Keine Angst, ich hab's ja überlebt.« Bella Rossa lächelte.

»Gott wacht über Sie, keine Frage!«, riefen die Frauen verzückt. »Er hat ein Wunder getan und Sie sind fast so etwas wie eine Heilige!«

Bella Rossa wusste nicht, was sie dazu sagen sollte, und schwieg verwirrt. Diese Menschen waren so viel gebildeter als sie und wussten so viel besser über alles Bescheid! Warum sollte sie ihnen nicht glauben? Vielleicht gab es Gott ja wirklich – Ornella Bonini hatte schließlich auch an ihn geglaubt!

»Gibt's hier Italiener?«, fragte sie den Reverend.

»Es kommen alle möglichen Leute durch Medicine Field. Sicher auch Italiener.«

»Kennen Sie die Morellis und Boninis? Die sind aus demselben Nest wie ich. Is vielleicht fünfzehn Jahr her, dass sie weg sind.«

»Fünfzehn Jahre?«, rief Ole Garson. »Vor fünfzehn Jahren gab es Medicine Field noch gar nicht. Damals stand hier nur eine erbärmliche Hütte, in der dieser arme Nataniel Adams gehaust hat. Ein seltsamer Quacksalber, von der unsere Stadt ihren Namen hat … Stellen Sie sich vor, er war mit den Rothäuten befreundet und hat ihre Heilkunst gelernt. Man erzählt sich, er habe mehrere Hundert Pioniere vor dem sicheren Tod gerettet, aber wenn Sie mich fragen, ist das nur eine Legende.«

Bella Rossa war ein wenig enttäuscht, aber sie fragte trotzdem weiter. »Lebt dieser Nataniel noch? Wo kann man ihn finden?«

Der Reverend wandte den Blick zum Himmel. »Wenn er nicht verdammt wurde, ist er zu unserem Herrn heimgegangen. Friede seiner Seele.«

Die Mahlzeit war zu Ende, Ole Garson klatschte in

die Hände und verkündete, es sei Zeit, schlafen zu gehen. Bella Rossa war tatsächlich todmüde.

Nita begleitete sie zu ihrem Zimmer. Beim Eintreten zögerte Bella Rossa. Das Kreuz über dem Bett machte ihr ein wenig Angst.

»Glaubst du an den ganzen Kram?«, fragte sie das Hausmädchen. »Ich meine, an Gott, das Licht und an Wunder?«

»Natürlich!«, antwortete Nita. »Dass wir hier sind und es Menschen wie Reverend Garson auf dieser Erde gibt, verdanken wir Gott dem Herrn. Er ist überall um uns herum. Und er hilft uns, wenn wir Sorgen haben. Man muss nur lernen, ihm zuzuhören.«

Bella Rossa nickte unschlüssig. Darüber musste sie nachdenken. Seit ihrer Geburt hatte sie so viele Katastrophen erlebt, dass sie sich nur schwer vorstellen konnte, jemand würde über sie wachen. Aber vielleicht wären die Dinge ohne himmlischen Beistand ja noch viel schlimmer ausgegangen. Wer konnte das schon wissen?

Bevor sie einschlief, merkte sie, dass sie von all der Aufregung Kopfschmerzen bekommen hatte. Sie seufzte ratlos. Das Leben außerhalb von Maussad-Vallée, wo immer alles gleich blieb, schien ziemlich kompliziert zu sein. Wie gerne wäre sie jetzt bei Jaroslaw gewesen und hätte in seinem Arm gelegen!

SECHZEHNTES KAPITEL

Am nächsten Morgen holte Nita Bella Rossa zum Frühstück ab. Ole Garson war allein im Esszimmer, vor sich auf dem Tisch einen Teller mit Krapfen und Trockenobst. Als sein Gast erschien, lächelte er und zeigte auf einen Stuhl ihm gegenüber.

Nachdem Bella Rossa sich gesetzt hatte, reichte er ihr ein Päckchen.

»Das ist für Sie. Öffnen Sie es!«

Bella Rossa zog die Augenbrauen hoch. Es war das erste Mal in ihrem Leben, dass sie ein Geschenk bekam. Neugierig riss sie das Papier auf.

»Das ist eine Bibel«, erklärte der Reverend. »Das einzige Buch, das uns auf dem Weg unseres Lebens leiten kann. Wenn ich es richtig verstanden habe, besitzen Sie keine.«

Bella Rossa strich über den schwarzen Einband aus dickem Leder. Sie rümpfte die Nase.

»Hab leider nie lesen gelernt …«

»Das ist völlig unwichtig!« Der Reverend legte die Hand auf Bella Rossas Arm. »Gott weiß sich jedem mitzuteilen. Es reicht, wenn Sie diese Bibel bei sich haben, dann wird Er Sie erkennen.«

Er lächelte und zeigte dabei seine Zähne, die glänzten wie weißes Porzellan. Bella Rossa dankte ihm etwas verlegen. Vielleicht konnte Jaroslaw ihr das Buch ja vorlesen. Das wäre ein guter Zeitvertreib, wenn sie abends in den Bergen ihr Lager aufschlugen … Bei diesem Gedanken klopfte ihr Herz plötzlich schneller. Seit sie aufgewacht war, hatte sie keinen einzigen Moment an Jaro gedacht! Wo hatte sie nur ihren Kopf? Sie erhob sich unvermittelt.

»Ich muss zu Jaro, die Kühe füttern und Lom'Pa beim Anziehen helfen. Wo sind sie?«

Der Reverend schüttelte den Kopf. »Nicht so eilig! Ich habe mit Ihrem Begleiter gesprochen. Heute Vormittag möchte ich Ihnen etwas zeigen, einen wunderbaren Ort. Die Kutsche steht schon bereit. Kommen Sie!«

Bella Rossa wollte protestieren, aber das Lächeln des Reverends lähmte sie buchstäblich. Er hatte eine Art, sie anzusehen und mit ihr zu sprechen, die sie völlig willenlos machte. Also folgte sie ihm nach draußen.

»Sie werden sehen«, versicherte Ole Garson, als er ihr auf den Kutschbock half. »Sie werden diesen kleinen Ausflug nicht bereuen!«

Er ließ die Peitsche knallen und die beiden Pferde

zogen die Kutsche in flottem Tempo die Hauptstraße entlang. Die Sonne war schon lange aufgegangen. Ein unermesslich weiter, klarer Himmel wölbte sich über der Stadt. Die Bewohner gingen in den Geschäften ein und aus, Kinder liefen hinter einem Reifen her und jeder, an dem die Kutsche vorbeifuhr, blieb stehen, um den Reverend mit einem strahlenden Lächeln zu grüßen.

Bald verließ die Kutsche die Straße und bog in einen Weg ein, der ins Indianergebiet führte. Die Landschaft änderte sich. Die Felder wurden von Weiden abgelöst, auf denen dichtes, dunkelgrünes Gras und Bäume mit verzweigtem Geäst wuchsen. Das Weideland erstreckte sich in sanften Hügeln bis zu den Ausläufern des Gebirges. Der erste Schnee des Jahres hatte sich wie eine kleine weiße Haube auf den Gipfel des höchsten Berges gelegt und man konnte die Schluchten und Spalten in den steil abfallenden Felswänden erahnen. Diese Gegend wirkte majestätisch und einschüchternd, sie strahlte eine wehmütige Pracht aus, als würde sie aus einer längst vergangenen Zeit stammen, lange bevor die ersten Menschen gelebt hatten. Beim Eindringen in diese Landschaft schien man etwas sehr Ursprüngliches zu stören.

»Ist Ihnen kalt?«, fragte Ole Garson besorgt, als Bella Rossa schauderte.

»Nein«, antwortete sie. »Ich mach mir nur Sorgen um

Lom'Pa. Er hasst es, wenn nich alles seinen gewohnten Gang geht. Ich wär lieber …«

»Sie sind ein guter Mensch«, unterbrach sie der Reverend. »Und Ihre Sorge ist der Beweis Ihrer großen Nächstenliebe. Ich habe gleich gesehen, dass Sie die Seele einer wahren Christin haben.«

Bella Rossa massierte unauffällig ihren Bauch. Die Krapfen lagen ihr schwer im Magen. Ihre Narben begannen wieder zu zwicken und von dem ständigen Gerede des Reverends wurde ihr ganz schwindelig.

»Keine Ahnung, ob ich 'ne Christin bin oder nich«, murrte sie. »Ich weiß nur, dass Lom'Pa 'ne echte Nervensäge is. Wenn wir zurück sind, müssen Sie mich sofort zu ihm bringen.«

»Natürlich«, versicherte Ole Garson.

Plötzlich zeigte er auf etwas in der Ferne. »Sehen Sie diese Schlucht dort drüben im Westen? Dahin fahren wir.«

Er schwang die Peitsche und die Pferde liefen schneller.

»Es ist ein ganz besonderer, einzigartiger Ort«, fuhr er etwas lauter fort, um das Getöse der Räder auf den Steinen zu übertönen. »In dieser Schlucht liegt die Wiege von Medicine Field. Wenn Sie bei uns Handel treiben und wirklich gute Geschäfte mit meinen Brüdern und Schwestern machen wollen, müssen Sie vorher diesen Ort gesehen haben.«

Während er mit der einen Hand die Kutsche lenkte, legte er die andere auf Bella Rossas linken Oberschenkel. Sie bekam eine Gänsehaut, wagte es aber nicht, etwas zu sagen.

»Das ist es doch, was Sie wollen, oder?«, fragte der Reverend. »Geschäfte machen, wirklich gute Geschäfte?«

Er begann zu lachen. Bella Rossa stockte der Atem. Sie nickte nur. Seine Hand auf ihrem Bein brannte wie Feuer. Sie biss die Zähne zusammen, während Garson immer erregter weitersprach.

»Mein liebes Kind! Sie müssen erst noch verstehen, was der Sinn des Lebens wirklich ist. Meine Aufgabe ist es, Sie zu dieser Schlucht zu führen, denn dort werden Sie eine Offenbarung haben.«

Er trieb die Pferde an und sie stürmten vorwärts. Der Fahrtwind peitschte Bella Rossa ins Gesicht und hinterließ ein eisiges Gefühl auf ihren Wangen.

»Dort werden Sie das Licht sehen!«, rief der Reverend. »Folgen Sie ihm!«

Er beugte sich zu Bella Rossa hinüber, bis er so nah war, dass sie seinen Atem spüren konnte. Sie wurde von der wilden Fahrt durchgeschüttelt und verlor fast das Gleichgewicht. Der Himmel drehte sich. Dichter Nebel breitete sich lautlos in ihrem Kopf aus. Sie schloss die Augen.

Als sie die Augen wieder öffnete, lag sie auf einer Decke. Der Himmel befand sich wieder an seinem üblichen Platz und alles war ruhig und still. Reverend Garson beugte sich über sie.

»Wie geht es Ihnen? Besser?«

Er lächelte und bleckte die Zähne wie ein Wolf. Bella Rossa rieb sich die Schläfen und setzte sich mühsam auf.

»Wir sind in der Schlucht«, erklärte Ole Garson. »Alles ist gut. Ruhen Sie sich aus.«

Er hielt ihr eine kleine Flasche hin, die einen nach Menthol riechenden Schnaps enthielt.

»Niemand wird etwas davon erfahren«, säuselte er. »Trinken Sie einen Schluck. Das ist eine Art … Medizin.«

Als Bella Rossa wieder etwas zu Kräften gekommen war, sah sie sich um. Die Schlucht war tief, finster und kühl. Sie lag wie eine Wiege mitten im Weideland. An ihrem Grund hatten Quell- und Regenwasser einen See gebildet, auf dem Wasserpflanzen wuchsen, die seine Oberfläche mit einem grünen Film überzogen. Am Ufer stand eine Blockhütte.

»Dies ist die Hütte von Nataniel Adams«, erklärte Garson.

Er beugte sich noch weiter zu Bella Rossa. Seine Stimme wurde weich und einschmeichelnd. »Ich muss Ihnen etwas gestehen. Als ich vor sieben Jahren an diesen Ort kam, war ich eine verlorene, gequälte Seele. Ich suchte etwas, aber ich wusste nicht, was. So wie Sie, nicht wahr? Und dann ist mir Gott erschienen. Er hat mir befohlen, in der Nähe dieses grünen Sees eine Stadt zu gründen. Ich habe ihm gehorcht. Seitdem pilgert jedes Mitglied unserer Gemeinde in diese Schlucht, um dem Herrn zu danken. Es ist ein Ort der Geburt, ein Ort des Neubeginns im Glauben. Ihre Ohnmacht war nur der erste Schritt zum Herrn.«

Bella Rossa wusste nicht, was sie denken sollte. Die Worte des Reverends klangen so mitreißend und überzeugend. Sie konnte sich auf nichts anderes mehr konzentrieren. Der Reverend streichelte ihre Wange. Sie zuckte nicht einmal mehr zusammen.

»Lassen Sie Ihn zu sich kommen. Sie sind bereit. Er erwartet Sie.«

»Wo?«, fragte Bella Rossa schwach.

»Dort drüben, in der Blockhütte.«

Sosehr Bella Rossa in den folgenden Jahren auch ihr Gedächtnis durchforstete, sie würde sich niemals daran erinnern, was in dieser Hütte geschehen war.

Zurück in Medicine Field taten ihr Bauch und Brust weh und sie fühlte sich krank, vermutlich von dem Menthol-Schnaps und der ganzen seltsamen Stimmung, die ihr den Geist vernebelt hatte. Ole Garson fuhr sie nicht zu Lom'Pa und Jaroslaw. Er brachte sie in sein Haus.

Nita hatte ein heißes Bad eingelassen, ohne auf Anweisungen zu warten. Das tat sie immer, wenn eine Dame von der Pilgerfahrt zur Schlucht zurückkehrte.

Bella Rossa blieb lange im dampfenden Wasser, halb bewusstlos und tieftraurig.

SIEBZEHNTES KAPITEL

Früh am nächsten Morgen klopfte Jaroslaw beim Reverend. Er war ein wenig beunruhigt, weil Bella Rossa noch nicht aufgetaucht war. Es wurde höchste Zeit, zum Markt zu fahren, wenn sie einen guten Platz für den Wagen bekommen wollten.

Nita öffnete die Tür. »Die junge Dame schläft noch.«

»Dann wecken Sie sie, bitte!«

Nita ließ ihn herein und bat ihn, im Esszimmer zu warten. Er solle sich so viel Obst nehmen, wie es ihm beliebe, sie sei gleich wieder da.

Jaroslaw war bester Laune. Er wärmte seine Hand am Kamin. Der Herbst begann in dieser Gegend früh und es wurde von Tag zu Tag kälter. Er betrachtete die Bilder, den Nippes und die Vorhänge. Medicine Field war zweifellos eine außergewöhnliche Stadt, davon hatte er sich während der letzten beiden Tage überzeugen können. Alles hier war schön, luxuriös und üppig. Ein wahres Paradies!

»Wir müssen Sorge tragen für das, was der Herr uns gegeben hat«, begann der Reverend ohne Umschweife, als er ins Zimmer trat. »Meinen Sie nicht auch?«

Jaroslaw zuckte zusammen. Der Hausherr stand direkt vor ihm, die Hände sittsam vor dem Bauch gekreuzt.

»Ich möchte Bella Rossa abholen«, erklärte Jaroslaw.

»Nita hat mir gesagt, dass Sie hier sind. Bitte, setzen Sie sich doch. Ich lasse uns Kaffee bringen.«

»Es ist nur … wir haben es eilig. Gleich beginnt der Markt und Lom'Pa wartet im Wagen.«

Der Reverend setzte sich an den Tisch. Er seufzte. »Ich fürchte, Sie müssen auf unseren charmanten Gast verzichten …«

»Ist Bella Rossa krank?« Jaroslaw wurde blass. »Jetzt reden Sie schon! Hat sie Bauchschmerzen? Der Arzt hat mir eingeschärft …«

»Keine Sorge«, unterbrach ihn der Reverend. »Sie war ein wenig … nun, sagen wir mal, erschüttert, aber jetzt geht es ihr wieder gut. Sie betet.«

»Sie betet?« Jaroslaw versagte die Stimme.

»Ja.«

Der Reverend legte die Hände übereinander und schwieg. Jaroslaw blieb verblüfft stehen, unfähig, sich zu bewegen. In einer Ecke des Zimmers zeigte ein Uhrenpendel mit einem kalten und metallischen Ticken die vergehenden Sekunden an.

»Wie sind Sie in Medicine Field aufgenommen worden?«, erkundigte sich Ole Garson plötzlich, als würde er aus einer tiefen Meditation erwachen.

»Wie wir aufgenommen worden sind?«, wiederholte Jaroslaw verwirrt. »Nun ja … ich muss sagen …« Er wurde rot und stammelte ein paar floskelhafte Dankesworte.

»Die Frauen in unserer Gemeinde haben einen großen Sinn für Gastfreundschaft«, bestätigte Garson mit einem verschwörerischen Lächeln. »Die Durchreisenden wissen das für gewöhnlich zu schätzen. Unsere Häuser sind schlicht, aber man hat alles, was man braucht, nicht wahr? Selbst die Anspruchsvollsten finden hier eine bestimmte Art von Frieden. Eine Ruhepause für Geist oder Körper, je nachdem.«

Jaroslaw runzelte die Stirn. Garson brachte ihn aus der Fassung. Das durfte er sich nicht länger bieten lassen.

»Wo ist Bella Rossa? Sie muss …«

»Ts, ts, ts«, machte der Reverend. »Ich habe es Ihnen bereits gesagt. Sie betet. Nichts darf das Gebet einer reinen Seele stören. Das wäre ein unverzeihliches Sakrileg.«

Jaroslaw wurde heiß. Er wollte gerade etwas Scharfes erwidern, als Nita zurückkam.

»Die junge Dame möchte nicht herunterkommen«, murmelte sie. »Ich soll Ihnen sagen, dass sie ihre Ware nicht mehr auf dem Markt verkaufen will, weil dies kein Ort für eine redliche Christin sei.«

Jetzt verlor Jaroslaw die Fassung. »Dummes Zeug!«, rief er. »Was soll das Gefasel? Sie lügen! Lassen Sie mich zu ihr!«

Der Reverend sprang auf. Er war groß, breitschultrig und strahlte diese besondere Selbstsicherheit aus, die der Glauben den Erleuchteten verleiht.

»Sie befinden sich im Haus eines Mannes des Friedens«, verkündete er. »Hier ist jeder frei. Ihre Gefährtin hat sich entschieden. Sie müssen ihre Entscheidung respektieren.«

Während er sprach, drängte er Jaroslaw zurück zur Tür.

»Sie hat das Licht gesehen. Jetzt kann ihre verirrte Seele im Glauben wiedergeboren werden. Lassen Sie sie in Ruhe. Gehen Sie! Sie will Sie nicht mehr sehen!«

Jaroslaw bekam keinen Ton heraus. Die Unverfrorenheit des Reverends hatte ihn so überrumpelt, dass er sich wortlos hinauswerfen ließ. Als die Tür hinter ihm ins Schloss fiel, pochte das Blut in seinen Schläfen und die Wut übermannte ihn. Wer war dieser Reverend wirklich? Was war das für eine Stadt, die überall den Frieden des Herrn verkündete und es wagte, ihm Bella Rossa wegzunehmen? Was sollte das für eine Tugend sein, auf die der Reverend pochte, während er ihn in einem Freudenhaus unterbrachte, wo in den letzten beiden Tagen ständig halb nackte Mädchen durch sein Zimmer spaziert waren? Woher kamen all das Geld, all die Damen in feinen Stiefeln und all die kultivierten Herren? Jaroslaw hatte sich von den Annehmlichkeiten dieser Stadt einlullen lassen, aber das war jetzt vorbei! Er kannte Bella Rossa gut genug, um zu wissen, dass sie niemals freiwillig auf ihre Töpfe verzichten würde. Und was war mit ihrer Liebe? Kein Gott der Welt durfte sie auf diese Weise zerstören!

Vor Wut brodelnd wie ein Vulkan lief er zum Wagen.

»Was'n los?«, fragte Lom'Pa, als Jaro allein zurückkehrte. »Wo steckt sie denn, die fette Kuh? Sag jetzt nich, sie pennt noch!«

Jaroslaw griff nach seinem Gewehr.

»Achtung, gleich gibt's Ärger«, sagte er nur.

Er ging auf das Haus des Reverends zu.

Um diese Uhrzeit war in der Stadt bereits eine Menge los. Die Händler strömten aus dem ganzen Umland herbei und verstopften die Hauptstraße. Vor den Läden wurden die Verkaufstische aufgebaut und niemand achtete auf den wütenden Jaroslaw.

Er klopfte mit dem Gewehrkolben gegen die Tür.

»Mach auf, du dreckiger Lügner! Mach auf oder ich schlage alles kurz und klein!«

Er hämmerte so lange weiter, bis Ole Garson wieder erschien. Der Reverend stand mit einem Revolver in der Hand auf der Schwelle. Er lächelte nicht mehr und richtete den Lauf der Waffe auf Jaroslaw.

»Verschwinden Sie, junger Mann. Diejenigen, die vor

Ihnen gewaltsam in mein Haus eindringen wollten, können nicht mehr davon berichten. Sie schmoren in der Hölle.«

Mit seinem einzigen Arm zielte Jaroslaw auf den Reverend.

»Sie haben es selbst gesagt, Sie Scharlatan: Wir müssen Sorge tragen für das, was der Herr uns gegeben hat. Geben Sie mir Bella Rossa zurück!«

Die Szene, die sich vor dem Haus abspielte, zog nun doch einige Blicke auf sich. Schaulustige blieben stehen. Als sie sahen, dass ihr Reverend bedroht wurde, schnauzten sie Jaroslaw an. Einige gingen näher heran und beschimpften ihn. Ein verzerrtes Grinsen erschien auf dem Gesicht des Reverends.

»Wer Ole Garson auch nur ein Haar krümmt, hat die ganze Stadt gegen sich. Waffe runter, junger Mann. Sonst enden Sie am Galgen.«

Hinter Jaroslaw versammelten sich immer mehr Menschen. Einige Frauen begannen zu kreischen, die Männer ballten die Fäuste. Der Reverend wandte sich an sein Publikum.

»Dieser Einarmige, dieser Nichtsnutz will unserer Gemeinde eine junge Frau entreißen, die das Licht gesehen hat! Er will sich zwischen sie und den Allmächtigen stellen! Er hält sich für stärker als unseren Herrn! Können wir das zulassen?«

Feindseliges Gemurmel erhob sich. Jaroslaw war wie

versteinert. Der Reverend stand genau in seiner Schusslinie, aber er konnte nicht abdrücken. Bei der kleinsten Bewegung würde sich ganz Medicine Field auf ihn stürzen. Es war eine hoffnungslose Situation. Aber das Spiel war noch nicht zu Ende …

Ohne sich umzudrehen, rief er: »Bella Rossa ist meine Frau! Wer sind Sie, dass Sie an ihrer Stelle entscheiden? Ihr Vater sitzt dort hinten im Wagen. Er wartet auf seine Tochter. Wir sind nur einfache Händler und suchen keinen Streit. Lassen Sie sie gehen!«

»Ja, gehen Sie!«, erwiderte der Reverend mit dröhnender Stimme. »Aber diese wunderbare, reine Frau, diese Christin bleibt unter Christen! Sie ist nicht Ihre Frau! Sie hat unseren Herrn geheiratet!«

In diesem Moment öffnete sich im ersten Stock mit lautem Getöse ein Fenster und Bella Rossas rote Mähne erschien. Sie beugte sich hinaus, das Gesicht verstört und voller Tränen.

»Jaro!«, rief sie.

Sämtliche Blicke richteten sich auf sie. Der Reverend zuckte zusammen und Jaroslaw packte den Gewehrkolben fester, ohne seinen Widersacher aus den Augen zu lassen.

»Die sind alle komplett verrückt!«, schrie Bella Rossa. »Ich will hier weg!«

Sie schlug um sich, als jemand sie an den Schultern packte und zurück ins Zimmer ziehen wollte.

»Lass mich nich allein, Jaro!«

Plötzlich ertönte ein Schuss hinter der Menge und die Leute begannen zu schreien. Ole Garson riss überrascht die Augen auf, als er den Schützen erblickte. Jaroslaw verstand zwar nicht so richtig, was hier los war, aber er nutzte die Verwirrung, um zum Reverend zu springen und ihm den Lauf seines Gewehrs gegen den Hals zu drücken.

»Lass die Waffe fallen!«, stieß er zwischen zusammengepressten Zähnen hervor.

Die verdutzte Menge starrte den Eindringling an, der es gewagt hatte zu schießen. Garson verzog das Gesicht. Er schwankte auf seinen langen Beinen. Schließlich musste er sich dem Druck von Jaros Gewehr beugen und seinen Revolver fallen lassen. Die Waffe polterte die Stufen hinunter und landete im Staub. Erst jetzt warf Jaroslaw einen Blick zu dem Neuankömmling hinüber.

Der Mann war eher klein und saß ohne Sattel auf einem indianischen Pferd. Obwohl sein zerfurchtes Gesicht und die weißen Haare, die sich unter seinem Hut kräuselten, darauf schließen ließen, dass er nicht mehr der Jüngste war, strahlte er eine unglaubliche Kraft aus.

»Ole Garson, du dreckiger Mistkerl!«, rief er. »Gib diesem Mann, was er verlangt!«

Er lud sein Gewehr durch und ein paar Frauen ergriffen die Flucht. Panik breitete sich aus. Die Mauer aus

Menschen, die sich gerade noch schützend um ihren Anführer gestellt hatten, begann zu bröckeln. Die Männer zogen sich geduckt in die Geschäfte zurück. Kurze Zeit später stand fast niemand mehr vor dem Haus des Reverends und eine tödliche Stille lag über der Stadt.

Oben am Fenster stöhnte Bella Rossa. Unten stand Ole Garson im Türrahmen und sein Adamsapfel zuckte, während Jaroslaw ihm die Gewehrmündung an den Hals drückte.

Es wurde kein Wort mehr gesprochen. Der Unbekannte trieb sein Pferd an und richtete seine Waffe auf den Reverend. Mit einem Kopfnicken gab er Jaroslaw zu verstehen, dass er seine Frau holen konnte.

Jaro überließ Ole Garson seinem Schicksal, rannte ins Haus, die Treppe hinauf, schubste Nita und das andere Hausmädchen, die sich in den Flur geflüchtet hatten, beiseite und trat ins hinterste Zimmer. Als er Bella Rossa in die Arme nahm, spürte er ihre vom Fieber heiße Haut. Er sammelte rasch ihre Sachen ein und stützte sie auf dem Weg nach unten. Bella Rossa war sehr schwach, aber sie konnte gehen.

Als sie die Türschwelle erreichten, war Ole Garson auf die Knie gesunken. Mit dem Kinn auf der Brust betete er im Angesicht des Todes. Die Straße war leer. Die Planen über den verlassenen Verkaufstischen flatterten im Wind.

Jaroslaw führte Bella Rossa zum Wagen.

»Na endlich!« Lom'Pa seufzte. »Was zum Teufel war'n los?«

Der Alte hatte die ganze Zeit auf seiner Tonne festgesessen und nichts sehen können. Er hatte nur die Schreie, Schüsse und Drohungen gehört und war kalkweiß im Gesicht.

Bella Rossa kroch unter die Plane und lehnte sich gegen die Säcke. Jaroslaw sprang auf die Bank und trieb die Kühe an. Neben dem Wagen setzte sich das treue Pferd in Bewegung. Als sie am Haus des Reverends vorbeifuhren, nickte Jaroslaw dem Mann zu, der ihnen aus der Klemme geholfen hatte.

So verließen die drei Hausierer Medicine Field, während das Schweigen des Schreckens schwer auf der Stadt lastete. Der Markt war wie ausgestorben, niemand kaufte oder verkaufte etwas. Der Wind trieb die stacheligen Kugeln wilder Disteln vor sich her. Der Friede des Herrn, der auf dem Schild am Eingang der Stadt angekündigt wurde, hatte den Ort verlassen. Bella Rossa wurde vom Fieber geschüttelt, ausgelöst von den Drogen, die Ole Garson ihr eingeflößt hatte.

Als sie die Hauptstraße verließen und in das Indianergebiet einbogen, spuckte Jaroslaw auf die Erde.

ACHTZEHNTES KAPITEL

Eine knappe Stunde später, als sie die Schlucht mit dem grünen See hinter sich gelassen hatten, holte der Unbekannte auf dem indianischen Pferd sie ein. Jaroslaw begrüßte ihn mit einem respektvollen Nicken. Dieser alte Mann, der voller Würde auf seinem gescheckten Pferd saß, flößte ihm grenzenloses Vertrauen ein. Als der Fremde vorschlug, ihm zu folgen und unter seinem Schutz zu bleiben, zögerte Jaroslaw keine Sekunde. Bella Rossa befand sich im Fieberwahn. Sie brauchte Ruhe und Pflege.

»Ich weiß, wie wir sie zurückholen können«, versicherte der Mann. »Ich kenne die Drogen des Reverends.«

Sie setzten ihren Weg gemeinsam fort, mit ernsten Gesichtern, und erreichten die Ausläufer des Gebirges, ohne einer Menschenseele begegnet zu sein. Die Nacht brach herein. Ein eisiger Wind wehte durch die Täler und bald stieg weißer Dunst aus den Nüstern der Pferde.

Der Mann führte seine Schutzbefohlenen zu einer Höhle, deren Eingang hinter dichtem Gebüsch versteckt war. Er half Jaroslaw dabei, Lom'Pa und Bella Rossa in die Höhle zu tragen und sie ganz hinten auf Decken zu legen. Dann begann er, immer noch schweigend, ein großes Feuer in einem Kreis aus schwarz verkohlten Steinen anzufachen. Jaroslaw bewunderte seine präzisen und ruhigen Bewegungen. Dieser Mann gehörte zu den Menschen, in deren Gegenwart der Wahnsinn der Welt ein wenig nachzulassen schien.

»Wer sind Sie?«, fragte er schließlich.

»Mein Name ist Nataniel Adams.«

Ohne weitere Erklärungen wühlte Nataniel in mehreren Kisten, die in der Nähe der Feuerstelle standen, und kniete sich neben Bella Rossa. Er fühlte ihre Stirn und ihren Puls, öffnete ihren Mund und roch an ihrem Atem. Lom'Pa und Jaroslaw sahen zu, während sie sich die klammen Hände wärmten. Das trockene Knacken der brennenden Zweige hallte zwischen den Wänden der Höhle wider. Die feuchte Luft bebte im Schein der Flammen.

»Ich könnt 'nen kleinen Muntermacher brauchen«, bemerkte Lom'Pa zaghaft. »Die Kälte sitzt mir so tief in'n Knochen, dass es verboten werden müsste!«

»Ich hab Whiskey da«, sagte Adams. »Bedienen Sie sich.«

Jaroslaw stand auf und fand eine volle Flasche in einer

der Kisten. In den anderen waren Leinensäcke und verschiedene Vorräte. Es war genug, um einer Belagerung standzuhalten. Ihr seltsamer Retter schien in dieser Höhle zu leben, wie ein Tier. Es war ein merkwürdiger Unterschlupf, aber Nataniel Adams war schließlich auch ein ungewöhnlicher Mensch.

Jaro kehrte ans Feuer zurück und hielt Lom'Pa die Flasche hin. Der Alte genehmigte sich sofort einen kräftigen Schluck.

»Hier, Söhnchen, trink auch was!« Seufzend gab er Jaro den Whiskey zurück. »Is besser als der Champagner von den Huren in Medicine Field!«

Jaroslaw warf einen ängstlichen Blick zu Bella Rossa. Er wollte lieber nicht darüber sprechen, was in den letzten Tagen geschehen war, genauso wenig wie über die besonderen Umstände ihrer Unterbringung. Wenn Bella Rossa erfuhr, wer ihre Gastgeberinnen gewesen waren, würde sie ihm garantiert die Augen auskratzen.

»Ich nehme an, Garson hat Sie bei Miss Kathleen einquartiert«, sagte Nataniel Adams.

»Miss Kathleen, genau!« Lom'Pa lachte auf. »Man kann sagen, was man will, aber sie weiß genau, was ihre Kundschaft braucht, um sich zu entspannen!«

Wieder sah Jaroslaw besorgt zu Bella Rossa, doch sie war zu krank, um etwas mitzubekommen.

»Ich kenne Garsons faule Tricks«, fuhr Adams fort. »Sie sind nicht die Ersten, die Bekanntschaft mit den seltsamen Sitten von Medicine Field machen, und Sie werden auch nicht die Letzten sein. Eine Kirche und ein Bordell, der Reverend nennt das ›Geist und Körper in Einklang bringen‹.«

Während er sprach, hatte er ein Stoffsäckchen geöffnet. Er gab den Inhalt in einen Becher und vermischte ihn mit einer Flüssigkeit aus seinem Fundus. Jaroslaw ging näher heran. Bella Rossas Wangen leuchteten feuerrot. Adams flößte ihr langsam das Gegengift ein.

»Sie wird jetzt tief und fest schlafen. Morgen ist sie wieder auf den Beinen, das garantiere ich Ihnen.«

Er erhob sich, räumte seine Mittelchen weg und wühlte in den Kisten. Als er zum Feuer kam, hielt er eine große Forelle in den Händen.

Er lächelte. »Die hab ich heute früh geangelt.«

Er spießte den Fisch auf und hielt ihn über die Flammen.

Bella Rossa hatte aufgehört zu wimmern und ihr Gesicht entspannte sich. Die Nacht hüllte die drei Männer ein, während ihnen allmählich der Duft der gebratenen Forelle in die Nase stieg. Draußen schnaubten die Kühe und Pferde.

»Wenn Sie nicht eingegriffen hätten, hätte ich den Reverend getötet«, sagte Jaroslaw plötzlich.

»Eines Tages wird es so kommen.« Nataniel seufzte. »Der Wahn dieses Mannes bringt ihn früher oder später ins Grab. Doch dann gibt es ein Blutbad in Medicine

Field. Die Bevölkerung ist ihm absolut hörig. Die Menschen setzen ihren Glauben und ihre Hoffnung in diesen Verrückten.«

»Warum hatte er solche Angst vor Ihnen? Er ist leichenblass geworden, als Sie aufgetaucht sind. Als hätte er einen Geist gesehen.«

Nataniel Adams lächelte geheimnisvoll. »Wollen Sie das wirklich wissen?«

Jaro nickte.

Also erzählte der alte Mann ihnen seine Geschichte, während sich der verlockende Duft des gebratenen Fisches in der Höhle ausbreitete.

Er war noch klein gewesen, als seine Eltern sich in dieser wilden Gegend niederließen. Sein Vater war Pastor. Er hatte es sich zur Aufgabe gemacht, die Indianer zum Christentum zu bekehren. Mehr als zehn Jahre mühte er sich geduldig ab und die Indianer akzeptierten ihn und seine Familie auf ihrem Territorium. Dann kamen die Trecks der Pioniere. Reihenweise Wagen, die durch die Prärie holperten, voller in Lumpen gekleideter Kinder, erschöpfter Frauen und vom Fieber zermürbter Männer. Sie zogen in das Land jenseits des Gebirges, wo man angeblich Gold gefunden hatte. Sie hielten bei Pastor Adams, rasteten einige Tage und brachen wieder auf. Im Lauf der Monate kamen immer mehr und mehr. Schließlich fühlten sich die Indianer von dem nicht enden wollenden Strom der Siedler gestört. Die Zwischenfälle häuften sich. Eines Tages wollten der Pastor und seine Frau einen Streit zwischen Weißen und Indianern schlichten. Sie wurden beide getötet.

Nataniel seufzte. »Ich war fünfzehn Jahre alt. Dieses Land war meine Heimat. Ich liebte es. Ich war allein und voller Kummer, aber ich bin in der Blockhütte geblieben, die meine Eltern am Ufer des grünen Sees gebaut hatten. Die alten Indianer haben sich um mich gekümmert. Sie haben ihr Wissen an mich weitergegeben. Ich bin ein *Medizinmann* geworden. Ein heilender Farmer. Ein weißer Indianer.«

Er nahm den Fisch vom Feuer und zerlegte ihn in drei Teile. Sie aßen schweigend und verbrannten sich dabei die Finger. Der Fisch schmeckte rein und wild, nach Gras und Regen. Nataniel erzählte weiter.

»Vor sieben Jahren sind wieder Pionier-Trecks durch die Ebene gezogen. Einer von ihnen wurde von einem ehrgeizigen und skrupellosen Mann angeführt.«

»Ole Garson?«, fragte Jaro.

Nataniel nickte.

»Damals gab er sich noch nicht als Reverend aus. Er war nur ein intelligenter Söldner, der lesen und schreiben konnte. Er hatte Einfluss auf die anderen. Als er die Schlucht entdeckte, in der ich lebte, und meine Geschichte hörte, hat es in seinem kranken Kopf angefangen zu arbeiten. Wahrscheinlich war ihm klar, dass es bis zum Gold des Westens noch weit war, und er hoffte, gleich hier an Ort und Stelle zu Geld zu kommen.« Der alte Mann schüttelte sein weißes Haar. »Ich hätte misstrauischer sein sollen, aber das lag nicht in meiner Natur. Jetzt schon. Ich bin ein Mann voller Argwohn geworden.«

Er erzählte, wie Ole Garson sich die Geschichte rund um die Schlucht und die Hütte des alten Pastors Adams ausgedacht und behauptet hatte, dieser Ort sei heilig und vom Heiligen Geist bewohnt.

»Er hat überall herumposaunt, Gott sei ihm erschienen und hätte im Schlaf zu ihm gesprochen. Und die anderen haben ihm geglaubt! Also hat Garson ihnen befohlen, ihm dabei zu helfen, eine Stadt zu gründen, und so wurde Medicine Field geboren. In weniger als einem Jahr schossen die Häuser wie Pilze aus dem Boden. Jedes Mal, wenn ein neuer Treck kam, verlangte Ole Garson einen Wegzoll. Wer die Flüsse im Indianergebiet überqueren wollte, musste teuer dafür bezahlen. Der Reverend hatte eine Flotte aus Booten und Flößen organisiert, um das Vieh von einem Ufer zum anderen zu transportieren. Es war eine schlaue Geschäftsidee und sie hat ihn reich gemacht. Außerdem zahlen die Einwohner von Medicine Field horrende Steuern an ihn, die ihnen laut Garson das Ewige Leben garantieren! Je mehr Geld er anhäuft, desto mehr wird er respektiert. Er hat eine eigene Gemeinde gegründet, zu deren Oberhaupt er sich ernannt hat, eine Kirche gebaut und die Bewohner zu seiner Sicht der Dinge bekehrt.«

»Und Sie?«, fragte Jaroslaw.

»Ich? Ich wusste, was ein wahrer Mann Gottes ist. Ich hab gesehen, wie mein Vater gestorben ist, als er Frieden zwischen den Menschen stiften wollte. Ich empfand tiefe Verachtung für Garson. Ich habe mich ihm in den Weg gestellt und ihm widersprochen. Aber es war zu spät. Garson hat behauptet, ich sei ein böser Mensch, ein Teufel. Eines Nachts vor drei Jahren hat er einen Trupp Männer zu mir an den See geschickt. Sie haben mich bedroht und mir mein Hab und Gut gestohlen. Schließlich haben sie mich mit Öl übergossen und versucht, mich bei lebendigem Leib zu verbrennen.«

Jaroslaw riss entsetzt die Augen auf und Lom'Pa, der am Feuer lag, wagte kaum zu atmen. Nataniels Geschichte ließ ihre Herzen zu Eis gefrieren.

»Ich bin in den See gesprungen und lange unter Wasser geblieben«, erzählte Adams weiter. »Im Schutz der Dunkelheit hab ich mich am Ufer versteckt. Als die Männer gegangen sind, dachten sie, ich wäre ertrunken. Ich konnte mit letzter Kraft fliehen und fand bei meinen indianischen Freunden Zuflucht. Sie haben meine Verbrennungen behandelt, aber …« Er seufzte noch einmal. »Aber Sie haben Recht. Ich bin ein Geist. Denn in dieser Nacht haben Garsons Männer einen Teil von mir getötet.«

Auf seine Worte folgte drückendes Schweigen. Nun verstand Jaroslaw besser, warum die Bewohner von Medicine Field so entsetzt gewesen waren, als dieser Mann aufgetaucht war, den sie seit drei Jahren für tot hielten.

»Ich bin oft nach Medicine Field zurückgekehrt«, sagte Nataniel. »Ohne mich zu zeigen, unauffällig wie ein Schatten. Ich habe die Markttage genutzt, um mich unter die Händler zu mischen. Ich habe Garsons Betrügereien miterlebt und viele junge Frauen gesehen, die ihre Familie verlassen haben, um bei ihm zu bleiben und ihm zu dienen. Die meisten sind irgendwann als Prostituierte bei Miss Kathleen gelandet … Heute Morgen, als sich Ihre Frau aus dem Fenster gelehnt hat, wusste ich, dass ich sie retten kann. Dass ich eine von ihnen retten kann. Wenigstens eine! Das ist zu wenig, aber vielleicht rechtfertigt es in den Augen Gottes das Leid, das ich ertragen habe.«

Jaroslaw nickte, niedergeschlagen und das Herz voll Schmerz. Das viele Reden hatte ihren Gastgeber erschöpft. Der alte Mann wickelte sich in eine Decke und blieb reglos vor den Flammen sitzen, die langsam niederbrannten. Die Finsternis wurde immer dichter. Nur ein wenig Glut blieb im Steinkreis zurück und verbreitete einen rötlichen Schimmer.

In dieser Nacht, in der Stille der Höhle, quälten Jaroslaw die verschütteten Erinnerungen an sein eigenes Leben. Er wusste, dass Geld und Macht Wahnsinn und Verzweiflung erzeugten. Adams' Geschichte hatte ihm außerdem klargemacht, dass im Namen Gottes die schlimmsten und die wunderbarsten Dinge geschehen konnten. Lange starrte er mit weit geöffneten Augen in die Dunkelheit und fragte sich, warum das so sein musste.

Am nächsten Tag war Bella Rossa wieder auf den Beinen. Sie erinnerte sich nicht mehr an die Ereignisse des Vortages und die drei Männer beschlossen in stillem Einvernehmen, nicht mehr von Medicine Field zu sprechen. Dieses Schweigen kam allen gelegen, besonders Jaroslaw, der wegen des Bordells ein schlechtes Gewissen hatte. Er kümmerte sich umso eifriger um Bella Rossa und bedeckte sie mit Küssen und Decken.

»Lass das«, murrte sie. »Ich bin doch nich aus Zucker.«

Aus Jaroslaws Blicken schloss sie, dass sie etwas Schrecklichem entronnen war. Das machte ihr zwar zu schaffen, aber sie hatte keine Lust, sich darüber den Kopf zu zerbrechen. Wozu auch? Manchmal kann es ganz praktisch sein, von den vielen Katastrophen des Lebens einige zu vergessen.

Bella Rossa konzentrierte sich lieber auf die Gegenwart. Sie war froh, der bedrückenden Atmosphäre im Haus des Reverends entkommen zu sein, aber sie hatte nicht vor, in dieser feuchten Höhle zu verrotten. Sie wollte weiterziehen, ihren Träumen hinterher. Doch

Nataniel hatte ihre Neugier geweckt. Als er Jaro half, die Kühe anzuspannen und Lom'Pa außer Hörweite war, nutzte sie die Gelegenheit, um sich nach den italienischen Pionieren zu erkundigen.

»Vor fünfzehn Jahren sind 'n Dutzend Italiener auf Pferden durch diese Gegend gezogen. Sagt Ihnen das was?«

Nataniel runzelte die Stirn, während er die vielen Gesichter und Namen in seinem Gedächtnis durchging. Er hatte unzählige Pioniere gesehen! Schweden, Deutsche, Iren, Engländer, Holländer, mit Pferden, Eseln oder Maultieren …

»Sie hießen Bonini und Morelli«, fügte Bella Rossa hinzu.

»Lino Morelli?«

Bella Rossas Miene hellte sich auf. Sie erinnerte sich gut an Pater Morelli: ein kleiner Kerl, kräftig wie ein Ochse. Er hatte so lange in der Stadt am Hafen gearbeitet, wo die Auswanderer aus der ganzen Welt ankamen, dass er sechs Sprachen sprach und sie alle durcheinanderredete!

»Lino Morelli! Natürlich erinnere ich mich!«, rief Nataniel. »Ist fünfzehn Jahre her, aber ich hab immer noch sein Kauderwelsch im Ohr. *We andare nach montañas de gold!*«

Bella Rossa wurde schwindelig und Jaro sprang herbei, um sie zu stützen.

»Sie sind eine Weile bei mir geblieben«, erzählte Nataniel mit einem breiten Lächeln. »Eine der jungen Frauen war krank. Ich habe sie gesund gepflegt. Wie hieß sie noch gleich? Ich weiß nur noch, dass sie hohes Fieber hatte und ständig weinte … Sie sprach von einem Kind, das sie zurückgelassen hatte.«

Bella Rossas Herz zog sich zusammen und sämtliche Farbe wich aus ihrem Gesicht. Besorgt nötigte Jaroslaw sie, sich ins Gras zu setzen.

»Ornella …«, murmelte sie.

Nataniel hockte sich neben sie. »Ja, ich glaube, das war ihr Name.«

»Sie hat geweint und von 'nem Kind gesprochen?«, vergewisserte sich Bella Rossa.

»So war es.«

»Wo wollten sie hin?«, fragte Bella Rossa mit schwacher Stimme.

»Sie hatten dasselbe Ziel wie alle anderen«, erwiderte der alte Mann resigniert. »Sie waren auf der Suche nach Gold, jenseits der Berge.«

Bella Rossa klammerte sich an ihn. »Können Sie uns den Weg zeigen?«

»Ich kenne dieses Land wie meine Westentasche«, antwortete Nataniel und nahm seinen Hut ab.

So kam es, dass sie zu viert in Richtung Gebirge aufbrachen. Lom'Pa mit einer unter seinem Hintern versteckten Flasche Whiskey, Nataniel voller Stolz, diese wunderschöne Frau gerettet zu haben, Jaroslaw überglücklich, neben seiner Liebsten weiterzureisen, und Bella Rossa mit der verrückten Hoffnung, von ihrer Mutter geliebt worden zu sein.

NEUNZEHNTES KAPITEL

Die Berge flößten Lom'Pa und Bella Rossa gehörigen Respekt ein. Sie hatten ihr ganzes bisheriges Leben im Flachland verbracht und diese zerklüftete, raue und monumentale Landschaft ließ sie schwindeln. Bella Rossa zog auf ihrer Bank den Kopf ein, als sie zu den hohen Pässen hinauffuhren und sich der Weg an den steil abfallenden Felswänden entlangschlängelte. Unter den Rädern des Wagens gähnte der Abgrund. Lom'Pa ertrug diese Prüfung nur, indem er die ganze Flasche Whiskey austrank.

So waren sie tagelang unterwegs.

Es wurde immer kälter. Sie zogen alle Jacken an, die sie hatten, um nicht mit den Zähnen zu klappern.

Bella Rossa bewunderte Jaroslaw. Unermüdlich trieb er die Kühe an, den Blick fest auf Nataniels Rücken gerichtet, wie ein Seemann, der sich an einem Leuchtturm orientiert.

Sie schliefen in Höhlen, eine düsterer und unheimlicher als die andere, aßen Fische aus den Gebirgsbächen und kleine Nagetiere, die Nataniel mit Hilfe seiner Fallen fing.

Lom'Pa begann zu husten. Jaroslaw legte ihn hinten in den Wagen auf die Matratze. An den nächsten Abenden massierte ihm Nataniel die Brust mit einer brennenden Salbe. Der Alte schrie, zeterte und erfand so viele Schimpfwörter, dass Nataniel ihn schließlich husten ließ.

Sie hörten das Grollen von Gewittern.

Grelle Blitze zuckten durch die Nächte.

Eines Tages brach eine Radnabe, als der Wagen über holperiges Felsgeröll fuhr. Sie reparierten den Schaden mit Tannenästen.

An einem anderen Tag wurden sie fast von einem Gebirgsbach mitgerissen, der über die Ufer getreten war. Sie mussten im Dickicht Schutz suchen und machtlos mit ansehen, wie sintflutartiger Regen alles ringsum überschwemmte. Lom'Pa wurde nass bis auf die Knochen und hustete noch schlimmer.

Sie hörten Wölfe heulen und rochen Bären, die sich aber nie zeigten. All diese wilden Tiere lebten direkt neben ihnen, doch Nataniel hatte gelernt, sich mit der Leichtigkeit eines Schattens durch ihre Jagdgründe zu bewegen.

Während dieser Zeit sprachen sie wenig. Inmitten dieser gefährlichen und wunderschönen Natur waren Worte überflüssig. Die Erinnerungen an den Krieg, an

Coyote Range, die Fotografen in der Prärie und Medicine Field verblassten allmählich. Alles, was zählte, war weiterzufahren und zu überleben.

Doch ab und zu saßen sie abends am Feuer und Jaroslaw sang seine polnischen Lieder. Das wärmte sie zwar nicht besonders, weil es meistens um Schnee, Einsamkeit und Leid ging, aber Jaros Stimme war so schön! Bella Rossa lehnte den Kopf an seine Schulter und schloss die Augen. In diesen Momenten liebte sie ihn so sehr, dass sie glaubte, alles ertragen zu können. Nachts schliefen sie miteinander, ohne ein Geräusch zu machen, ihre Körper suchten und fanden einander in der Finsternis.

An einem nebligen Tag erreichten sie endlich das letzte Tal. Versteckt in der Biegung eines tosenden Flusses ragten die Zelte eines Indianerdorfes auf. Nataniel führte seine Gefährten in die entgegengesetzte Richtung und schärfte ihnen ein, die Indianerfamilien, die dort ihr Winterlager aufgeschlagen hatten, nicht zu stören.

Bella Rossa sprang vom Wagen und lief über das feuchte Gras, das in der Talsohle wuchs. Hier war es windgeschützt und nicht besonders kalt.

»Wir rasten zwei oder drei Tage«, erklärte ihr Führer. »Nur so lange, bis die Tiere sich ausgeruht haben. Danach verlasse ich euch. Es ist nicht weit bis zur Route nach Westen. Ihr könnt ohne meine Hilfe weiterziehen.«

Bella Rossa wusste jetzt schon, dass ihr Nataniels schweigsame und unerschütterliche Anwesenheit fehlen würde, aber sie versuchte nicht, den alten Mann zu überreden, sie noch länger zu begleiten. Beim Überqueren des Gebirges war ihr klar geworden, dass er in dieser Gegend zu Hause war, genauso wie die Bären und Wölfe. Wenn er die Grenze überschritt, würde er sich verirren.

Nataniel gab seinem Pferd einen Klaps auf den Hintern. Es galoppierte los und verschwand im Nebel. Eine Stunde später kam es zurück. Es zog eine schwere Ladung hinter sich her und trug eine indianische Frau auf dem Rücken. Als sie Jaro und Bella Rossa erblickte, machte sie ein überraschtes Gesicht, aber Nataniel redete beruhigend in ihrer Sprache auf sie ein.

»Darf ich vorstellen? Das ist Sanfte Hoffnung«, sagte er.

Sanfte Hoffnung sprang vom Pferd und schmiegte sich in Nataniels Arme. Bella Rossa und Jaro schlugen verschämt die Augen nieder, doch Lom'Pa lachte schallend.

»Meine Fresse! Spielt uns den einsamen Mann aus den Bergen vor, dabei is er in Wirklichkeit 'n alter Schwerenöter!«

Sanfte Hoffnung hatte Felle und Holzpfähle mitgebracht. Nataniel hatte vor langer Zeit ein Abkommen mit den Indianern getroffen. Jedes Mal, wenn er in ihr Tal kam, stellten sie ihm alles zur Verfügung, was er brauchte, um sich ein Tipi zu bauen. So lebte er einige Tage, abseits des Indianerlagers, aber mit einem Dach über dem Kopf, und die Stammesmitglieder statteten ihm rituelle Besuche ab. Sanfte Hoffnung richtete es immer so ein, dass sie die Erste war.

Mit vereinten Kräften machten sie sich daran, das Zelt aus Fellen aufzubauen. Bald nahm das Tipi Form an, während Lom'Pa ungläubig zusah.

»Glaubt bloß nich, dass ich mich da reinleg!«, verkündete er. »Ich schlaf nie im Leben unter der Haut von 'nem toten Tier.«

»Überlegen Sie es sich noch mal«, erwiderte Nataniel. »In einem Tipi ist es viel wärmer als in Ihrem Wagen.«

»Is mir egal! Ich klapper lieber mit den Zähnen, als tagelang nach krepiertem Bison zu stinken!«

Die anderen versuchten vergeblich ihn umzustimmen, Lom'Pa wollte nichts davon hören. Schließlich gaben Jaro und Bella Rossa entnervt auf und trugen ihn zurück in den Wagen.

Am nächsten Tag besuchte sie fast das gesamte Indianerlager. Die Kinder starrten diese seltsamen Bleichgesichter neugierig an und verpassten ihnen im Handumdrehen Spitznamen: Totes Bein, Der nur einen Arm hat und Euter-einer-Kuh. Nataniel musste sich das Lachen verbeißen, als er die Namen übersetzte.

Die Männer rauchten schweigend eine lange Pfeife, aus der duftender Rauch aufstieg.

Die Frauen umringten Bella Rossa und wollten ihre Ware sehen. Mit großen Gesten führte Bella Rossa vor, wie man eine Warmhalteplatte, eine Pfeffermühle und ein Bügeleisen benutzte. Sie hatte davon selbst zwar nur eine vage Vorstellung, aber sie war mit so viel Herzblut bei der Sache, dass die Indianerinnen sie baten, noch mal von vorne anzufangen.

Schließlich boten ihr die Frauen Mokassins, Kleider und Schmuck für einen Kerzenständer, einen Eispickel oder ein paar Töpfe aus Steingut an. Dieser Tauschhandel war das erste Geschäft, das Bella Rossa als Händlerin tätigte. Sie drehte sich zu Jaroslaw um und reckte den Daumen in die Höhe.

Er lächelte.

Während er Rauchringe in die Luft blies, warf er sehnsüchtige Blicke zu den Frauen hinüber, die unter dem kalten Nachmittagshimmel lachten und sangen. Er seufzte angesichts von so viel Schönheit.

An diesem Abend schlief Bella Rossa mit leichtem Herzen ein. Die schlimmsten Prüfungen lagen hinter ihr und die Ankunft in diesem Tal läutete bessere Zeiten ein, in denen das Leben endlich Spaß machen würde.

Doch mitten in der Nacht fuhr sie aus dem Schlaf hoch. Von draußen waren Geräusche zu hören, Rascheln und Geflüster. Sie dachte besorgt an Lom'Pa, der darauf beharrt hatte, weiterhin im Wagen zu schlafen. Was, wenn er Hilfe brauchte? Tastend erhob sie sich. Ihre Sorge wuchs, als sie feststellte, dass Jaroslaw nicht mehr im Tipi war. An seinem Platz lag nur noch ein Haufen erkalteter Decken. Sie schlüpfte in eine Felljacke und verließ das Zelt.

Der wolkenlose Himmel wölbte seine Sternenkuppel über dem Gebirge. Es war so kalt, dass das Gras gefroren war und bei jedem Schritt knirschte. Sie ging zum Wagen und spitzte die Ohren. Lom'Pa schnarchte.

Ein Knacken ließ sie zusammenfahren. Trieb sich ein Tier in der Nähe herum? Sie versteckte sich hinter dem Wagen und beobachtete zwei Schatten, die zum Tipi schlichen. Trotz der Dunkelheit erkannte sie, was sie lieber niemals gesehen hätte … Die beiden Gestalten umarmten und küssten sich glucksend. Die eine war ein junges Indianermädchen. Und die andere hätte sie unter Tausenden erkannt. Es war Jaroslaw.

Bella Rossas Beine gaben nach. Sie musste sich an das Trittbrett des Wagens klammern, um nicht umzukippen.

Ihre Augen durchbohrten die Dunkelheit und sie sah alles viel zu klar und deutlich: Jaro, der den Hals des Mädchens küsste, seine Hand, die unter ihr Kleid wanderte, und das Mädchen, das unter seinen Zärtlichkeiten erbebte.

Schließlich trennten sich die Liebenden. Der Schatten der Indianerin verschwand in Richtung Indianerlager und Jaro blieb unter der Himmelskuppel stehen, den Kopf in den Nacken gelegt, während sich sein Atem wie Nebel zu den Sternen erhob. Dann legte er das Kinn auf die Brust und verharrte eine Weile in dieser Position.

Bella Rossa hatte ihn schon oft so gesehen und wusste sofort, was er tat: Er versuchte, seine Hose mit einer Hand zuzuknöpfen.

Dritter Teil

ZWANZIGSTES KAPITEL

Dieser Zwischenfall erschütterte Bella Rossa so sehr, dass sie auf einen Schlag alle Illusionen verlor.

Sie hatte geglaubt, Jaroslaw gehöre ihr, ihre Liebe sei eine unabänderliche Tatsache und es würde reichen, aneinandergeschmiegt einzuschlafen, damit es ewig so bliebe. Sie hatte sich geirrt.

Außerdem musste sie lernen, dass die Gesetze des Handels fast so kompliziert waren wie die Gesetze der Liebe. Es war nicht damit getan, seine Ware auszustellen, um sie zu verkaufen. Reich zu werden schien viel schwieriger zu sein, als sie gedacht hatte.

Auch die Hoffnung, ihre Mutter wiederzusehen, wurde mit jedem Tag kleiner. Der Westen war ein wimmelnder Ameisenhaufen, ein riesiges, grenzenloses Land, das sich durch den Strom der unzähligen armen Goldsucher ständig veränderte. Wie sollte sie hier Ornella Bonini finden? Vielleicht hätte ihr der Glaube an Gott geholfen, ihre Reise mit derselben Überzeugung fortzusetzen, mit der sie aufgebrochen war. Aber Bella Rossa hatte die Bibel von Reverend Garson weggeworfen. Sie musste mit dem zurechtkommen, was das Leben ihr gegeben hatte: eine zu große Oberweite, ein jähzorniger Vater, zwei Kühe, ein seltsames Pferd, eine durch ihre Eingeweide wandernde Metallkugel, der Planwagen und diese unbändige Kraft, die es ihr seit ihrer Kindheit ermöglichte, alle Katastrophen zu überstehen.

Wieso schaffte sie es nicht, sich von Jaroslaw zu trennen? Lag es vielleicht daran, dass sie sich inzwischen an die vielen Katastrophen gewöhnt hatte?

Natürlich hatte sie in der Nacht, als sie ihn mit der Indianerin erwischt hatte, daran gedacht, ihn einfach sitzenzulassen und mit Lom'Pa und ihrer Ladung voller Töpfe weiterzuziehen.

Doch dann war Jaroslaw aus dem Tipi gestürmt, als er sie nicht darin finden konnte, und hatte panisch und voller Sorge nach ihr gerufen, mitten in der stillen und kalten Nacht. Schließlich hatte er sie zusammengekauert hinter dem Karren gefunden und sie fest an sich gedrückt. Er hatte sie in all ihrem Kummer aufgefangen und mit seiner sanften Stimme auf sie eingeredet. Diese Indianerin sei völlig unbedeutend, ein Nichts, ein vorübergehender Schatten. Sie würde verschwinden, ohne Spuren zu hinterlassen. Was wirklich zähle, sei die wahre Liebe, die sie beide damals in dem Zelt auf der Lichtung erfasst hatte. All dies sagte er ihr, während er ihre Wangen streichelte und ihre Augen küsste.

Bella Rossa fühlte sich verraten und gedemütigt, aber im Grunde ihres Herzens wusste sie, dass er Recht hatte. Jaro war ihr Geliebter, ihre große Liebe, der Mann ihres Lebens. Sie konnte sich einfach nicht vorstellen, ihren Weg ohne ihn fortzusetzen.

Also verabschiedeten sie sich früher als geplant von Nataniel, den Bergen und Sanfter Hoffnung und brachen gleich am nächsten Morgen auf. Der alte Medizinmann drückte ihnen schnell noch einige Beutel mit Kräutern und seltsamen Pülverchen in die Hand, die, wenn man sie rauchte, kaute, schluckte oder inhalierte, so ziemlich alles heilen konnten. Nur keinen Liebeskummer.

Vor ihnen lag die Route der Pioniere, die sie in den Teil des Landes führte, in dem der Goldrausch grassierte.

Hier war das Unterste zuoberst gekehrt, genau wie in Bella Rossas Herz. An manchen Stellen hatten Hunderte von Schaufeln die Erde durchstoßen, durchlöchert und durchwühlt. Die Goldsucher hatten dem Boden entrissen, was er verborgen hielt. Sobald die Goldadern erschöpft waren, zogen sie weiter und ließen tief in die Erde getriebene Stollen zurück, die irgendwann einstürzten.

Denn anderswo funkelte der Fels und in den Flüssen trieben Goldklumpen.

»Gold! Gold!«

Der Ruf verbreitete sich so schnell wie der Wind. Im Handumdrehen fielen die Goldsucher mit ihren Hacken, den leeren Blechnäpfen und dem wahnsinnigen Funkeln in den Augen ein. Ihre Zelte schossen wie Unkraut aus dem Boden und alle machten sich an die Arbeit: viele Männer, einige Frauen und ein paar Alte, die durch das Wasser wateten, mit einem Sieb in der Hand.

So entstanden unzählige namenlose Städte entlang der Goldrouten. Die Horden hungriger Pioniere mussten so schnell wie möglich mit Essen, Kleidern, Zerstreuung und Schnaps versorgt werden. Es wurden Viehtreiber angestellt und Kutscher, die in ihren Fuhrwerken Post und Getränke transportierten. Man suchte Krämer, Schneider, Metzgergehilfen, Zimmerleute und Tänzerinnen. Auf beiden Seiten des Gebirges verlegten chinesische Arbeiter Eisenbahnschienen, während andere mitten in der Einöde Telegrafenmasten aufstellten. Man konnte spüren, dass sich etwas Großes, Modernes und Unermessliches tat.

Wenn Bella Rossa nicht auf einen Schlag all ihrer Illusionen beraubt worden wäre, hätte sie ihre Freude an dieser Aufbruchsstimmung gehabt. Sie hätte ihre gesamte Energie in den Verkauf ihrer Töpfe gesteckt und die Geschäfte wären endlich in Schwung gekommen. Doch stattdessen irrte sie wie eine verlorene Seele durch das Land. Jaroslaws unzählige Liebesschwüre waren nichts wert gewesen. Wie oft hatte sie ihn beim Zuknöpfen seiner Hose überrascht, seit sie das Gebirge verlassen hatten?

Sie hatte aufgehört zu zählen.

Jedes Mal, wenn sie irgendwo Station machten, verdrückte er sich mit einem Mädchen in eine Scheune, ein Gebüsch oder ins Heu.

Das Leben wurde unerträglich. Hin und her gerissen zwischen Wut, Kummer und Unverständnis fand Bella Rossa nur einen Weg, ihre Gefühle auszudrücken: Sie schwieg. Und je mehr sie sich verschloss, desto häufiger suchte Jaro Trost in den Armen der Brünetten oder Blonden, die der Zufall ihm in die Arme trieb.

Gefangen in diesem Teufelskreis drohte ihre Liebe zu ersticken.

Auch sonst herrschte im Westen ein ausgesprochen stickiges Klima. Nach dem rauen Gebirgswetter wurden die drei Reisenden von der feuchten Hitze überrascht, die sich in den Tälern staute. Kein Luftzug, kein Schatten. Nichts als Kakteen, Insekten und roter Staub.

Lom'Pa meckerte von morgens bis abends. »Verdammte Mücken! Saugen mir das Blut bis auf die Knochen aus. Komm schon, Söhnchen, gib mir was zu trinken! Diese Dreckshitze hält doch kein Schwein aus!«

»Der Schnaps ist alle, das weißt du doch«, erwiderte

Jaro. Viel mehr Sorge machte ihm, dass auch die Essensvorräte allmählich zur Neige gingen.

Bella Rossa saß mit starrer Miene und aufgesprungenen Lippen neben ihm und sagte immer noch keinen Ton. Ihr sonst so lebhafter Blick war erloschen. In der letzten Woche hatten sie gerade mal zwei Kasserollen und einen Topf verkauft. Es kam kein Geld herein, aber das war ihr egal. Sie lenkte den Wagen von einem Goldgräber-Lager ins nächste und trieb dabei mechanisch die Kühe an.

»Ich dachte, wir wollten reich werden«, schimpfte Lom'Pa. »Um elendig zu verdursten, hätten wir nich so weit fahren brauchen. Bring mich zurück nach Hause, hörst du, Stummfisch?«

Natürlich antwortete Bella Rossa nicht.

So verging ein Tag nach dem anderen. Abends schlugen sie ihr Lager am Rand der nächsten halb fertigen Stadt auf, wo andere Unglückliche auf der Suche nach dem berühmten Gold die Erde durchwühlten. Bisher hatte Bella Rossa noch kein einziges Nugget zu Gesicht bekommen. Sie waren zwar in allen Köpfen, blieben aber nur selten in den Sieben der Goldsucher hängen.

Alles in allem war die Lage erbärmlich.

Vielleicht wäre es noch ewig so weitergegangen, wenn sich das Pferd nicht eines Tages hinter einer Kurve plötzlich aufgebäumt hätte, als der Wagen gerade auf einen Ort namens Justice Fork zurumpelte.

Bella Rossa zügelte die Kühe und Jaro griff nach dem Gewehr, während Lom'Pa den Hals reckte, um zu sehen, was das Tier so erschreckt hatte.

Als sie langsam weiterfuhren, erblickten sie eine Gestalt. Es war ein Mann. Er lag mit dem Gesicht im Staub mitten auf dem Weg, starr wie der Tod.

EINUNDZWANZIGSTES KAPITEL

Verdammt! Der hat garantiert keinen Durst mehr«, bemerkte Lom'Pa.

Jaro sprang vom Wagen, das Gewehr im Anschlag, und näherte sich vorsichtig dem Toten. Bella Rossa sah ihm gedankenverloren zu, ohne etwas zu sagen. Mit der Stiefelspitze drehte Jaro den reglosen Körper um.

»Armer Kerl«, murmelte er und kniete sich hin.

Der Mann war ziemlich dünn. Er hatte keine sichtbaren Verletzungen und war weder wie ein Goldsucher noch wie ein Farmer gekleidet. Wahrscheinlich handelte es sich um ein Greenhorn aus der Stadt, das verdurstet oder von einer Schlange gebissen worden war.

»Schaff ihn aus'm Weg, Söhnchen!«, rief Lom'Pa. »Dem is nich mehr zu helfen!«

Jaro zögerte kurz, bevor er die Waffe zur Seite legte und sich über den Toten beugte. In diesem Moment wurde er von einem Rascheln in den Sträuchern am Wegesrand abgelenkt. Er zog die Augenbrauen hoch, als ein kleines, pelziges Tier aus dem Gebüsch tapste, das ziemlich zutraulich zu sein schien.

»Na, so was!« Jaro lächelte. »Ein Oposs…«

Bevor er den Satz beenden konnte, packte der Tote ihn an der Kehle und griff mit einer schnellen Bewegung nach dem auf dem Boden liegenden Gewehr.

»Ganz ruhig!«, befahl die Leiche.

Lom'Pa auf seiner Tonne wurde blass und Bella Rossa schluckte vor Überraschung. Der Tote war gar nicht tot! Mit der einen Hand würgte er Jaro, während er mit der anderen den Gewehrlauf auf den Wagen richtete.

Das pelzige Tier kletterte auf die Schulter des Fremden und schmiegte sich an seinen Hals.

»Gut gemacht, Op!«, lobte ihn sein Herr.

Das kleine Tier spreizte die fächerförmigen Ohren. Sein langer Schwanz schwang durch die Luft und seine spitz zulaufende Schnauze zuckte im Takt seiner hastigen Atmung. Es war tatsächlich ein Opossum.

Der Mann stand auf und zwang Jaroslaw, dasselbe zu tun.

»Was für ein reizendes Zusammentreffen!« Er nickte Bella Rossa zu. »Ist mir eine Ehre, eine so schöne Frau auszurauben. Hab's sonst immer nur mit hässlichen, zahnlosen Goldsuchern zu tun. Das ist mal eine nette Abwechslung!«

Dann verschwand der zuckersüße Ton aus seiner Stimme. »Her mit eurem Gold! Schnell!«

Bella Rossa wusste nicht, was sie tun sollte. Seit Tagen hatte sie kein einziges Wort gesprochen. Ihre Kehle war wie zugeschnürt. Dafür hatte sich Lom'Pa inzwischen von seinem Schrecken erholt.

»Was soll das verdammte Theater?«, schimpfte er. »Seit wann brauchen Tote Gold? Lass uns vorbei, du Kanaille! Und dann fahr zurück in die Hölle, wo du hergekommen bist!«

Der Mann kniff böse die Augen zusammen. Sein staubiges Gesicht war so rissig und trocken wie Baumrinde. Bella Rossa musterte ihn interessiert. Er machte ihr nicht wirklich Angst. Doch als er die Gewehrmündung an Jaros Schläfe hielt, wurde ihr klar, dass er es ernst meinte.

»Gold her oder ich blas eurem Kumpel das Gehirn weg!«

Jaroslaw warf Bella Rossa einen langen Blick zu. Er zitterte nicht. Sein Atem ging stoßweise und er sah sie einfach nur an.

»Tja, da haste Pech gehabt!« Lom'Pa wieherte vor Lachen. »Wir ham ja nich mal mehr 'nen Tropfen Whiskey! Wenn du in diesem verdammten Karren irgendwas Wertvolles findest, sag mir Bescheid, Jungchen!«

Der Schurke drückte die Gewehrmündung noch fester gegen Jaroslaws Schläfe. Mit der anderen Hand griff er unter seine schmutzige Jacke und zog einen Revolver hervor.

»Einen Betrüger betrügt man nicht«, zischte er mit zusammengebissenen Zähnen. »Habt ihr noch nie von Zeb dem Opossum gehört? Ich krieg immer, was ich will. Versucht nicht, mich für dumm zu verkaufen!«

Bella Rossa fuhr sich mit der Zunge über die trockenen Lippen. Die Umstände erforderten, dass sie ihr Schweigen brach. Sie sah Jaro direkt in die Augen und sagte mit heiserer Stimme: »Knall ihn ab. Is mir egal.«

In Jaros Blick blitzte Verzweiflung auf.

Lom'Pa lachte. »Hör nich auf sie! Sie is komplett durchgeknallt. Hat wohl zu viel Sonne abbekommen.«

»Ich weiß genau, was ich sage«, erwiderte Bella Rossa kühl. »Knall ihn ab. Dann kann ich endlich wieder frei atmen.«

Zeb das Opossum starrte Bella Rossa verblüfft an und griff das Gewehr fester. Ihre Antwort hatte ihn völlig aus dem Konzept gebracht. Er war noch nie einer Frau begegnet, die so riesige, wunderbare Titten und gleichzeitig so ein eisiges Gesicht hatte.

Lom'Pa stieß Bella Rossa mit dem Ellbogen an.

»Schluss mit den Faxen!«, rief er. »Wenn du deinen Polen loswerden willst, is das deine Sache. Aber du kannst ihn nich einfach von dieser Witzfigur abknallen lassen wie 'nen räudigen Hund. Das is unmenschlich!«

Der Alte wandte sich an den Banditen und erklärte:

»Seit ’ner Woche reden die zwei kein Wort mehr miteinander. Deshalb ham wir kaum noch Kundschaft. Wer will schon was bei ’nem Weibsbild kaufen, das sein Maul nich aufkriegt? Durchsuch unsren Wagen, so lang du willst. Aber ich sag’s dir: Wir haben nur schlechte Laune im Angebot.«

Zeb das Opossum seufzte frustriert. Diesen dreien war nicht so leicht beizukommen wie seinen üblichen Opfern. Die Kaltblütigkeit der Rothaarigen und das Gequatsche des Alten brachten ihn ganz durcheinander. Er drückte die Gewehrmündung zwischen Jaros Schulterblätter und schubste ihn zum Wagen, während er mit dem Revolver weiter auf Bella Rossa zielte.

»Steig ein!«, befahl er.

Jaro gehorchte und der Ganove kletterte hinterher.

»Mach schon!«, ermutigte ihn Lom’Pa. »Stell von mir aus das ganze Chaos hier auf’n Kopf, dann wirste schon sehen, ob ich dich angelogen hab.«

Bella Rossa saß reglos auf der Bank und umklammerte ihren Stock. Ihr Herz klopfte immer heftiger und in ihrem Magen grollte eine dumpfe Wut. Seit einer Woche stieg diese Woge des Zorns höher und höher. Bald würde sie über die Ufer treten und alles überfluten …

Hinter ihr wühlte Zeb das Opossum auf der Suche nach Beute zwischen den Säcken und Kisten. Er hatte den Revolver weggesteckt und hielt das Gewehr auf Jaro gerichtet.

»Und?«, fragte Lom'Pa triumphierend. »Hab ich Recht? Wenn du 'nen Besen oder 'ne verdammte Wärmflasche brauchst, bedien dich ruhig. Uns kauft sowieso niemand was ab.«

Plötzlich sprang Bella Rossa auf. Sie machte einen Satz nach hinten, stürzte sich auf Zeb das Opossum, warf ihn zwischen die Töpfe und entriss ihm das Gewehr, bevor er auch nur Piep sagen konnte. Dann zog sie den Revolver unter seiner Jacke hervor, warf ihn ins Gebüsch und richtete das Gewehr mit vor Wut verzerrtem Gesicht auf Jaroslaw.

»Du Dreckskerl!«, brüllte sie. »Wenn dieser Jammerlappen es nich schafft, dir 'ne Kugel in den Kopf zu jagen, tu ich es eben!«

Jaroslaw wich erschreckt zurück und der Dieb setzte sich zitternd auf. Das kleine Opossum war von seiner Schulter gesprungen und hatte sich zwischen zwei Pfeffermühlen geflüchtet.

»Hör auf damit«, murmelte Jaroslaw.

»Nein, ich hör nich auf!«, schrie sie. »Wenn hier wer aufhört, dann du! Glaubst du, ich merk nich, dass du jedem Rock hinterherläufst? Glaubst du, ich lass mir das gefallen?«

Jaroslaw schüttelte den Kopf.

Bella Rossa verpasste einer Kiste mit Gewürzen einen wütenden Fußtritt. Die Kiste fiel um und landete auf Zebs Bein.

»Aua«, jammerte er und rieb sich den Oberschenkel. Verwirrt stellte er fest, dass sich das Blatt gewendet hatte. Sein Plan war nach hinten losgegangen. Er hatte keine Chance: Diese drei Spinner waren völlig durchgeknallt. Besonders die Rothaarige mit den riesigen Brüsten! Von ihr hielt man sich besser fern … Er machte Anstalten zu fliehen.

»Keine Bewegung!«, befahl Bella Rossa und richtete das Gewehr auf ihn.

»Also …«, stammelte Zeb das Opossum, »Ich hab jetzt alles gründlich durchsucht und … na ja … ich schätze, Sie hatten Recht. Hab nicht das kleinste bisschen Gold gefunden. Deshalb geh ich jetzt lieber und …«

»Du gehst erst, wenn ich es dir sage«, unterbrach ihn Bella Rossa. »Oder ich schick dich direkt zum Teufel, kapiert?«

Lom'Pa stieß einen ungeduldigen Fluch aus.

»Schnauze!«, fuhr ihn Bella Rossa an.

Sie war so wütend, dass sie am liebsten einfach drauflosgeballert und jedem dieser drei Taugenichtse eine Kugel in den Kopf gejagt hätte. Einer war so schlimm wie der andere. Sie hasste sie alle!

»Was kann ich tun?«, fragte Jaroslaw.

Bella Rossa starrte ihn an. Er war blass, offensichtlich sehr unglücklich und sehr ratlos, während er sie ernst ansah, die Augen so blau und tief wie zwei Bergseen. Er war so schön, dass Bella Rossa schwindelig wurde.

Was konnte er tun? Tja, das war die große Frage!

Am liebsten hätte sie gerufen: ›Liebe mich! Liebe nur mich! Kümmere dich nur um mich! Lass alle anderen Frauen links liegen!‹ Aber genauso gut hätte sie von Jaroslaw verlangen können, ihr Gefangener zu werden. Wenn sie anfing, solche Bedingungen zu stellen, was würde dann aus ihrer Liebe werden? Ein Krieg? Das war es nicht, was sie wollte. Sie wollte … sie wollte … Verdammt, es war alles so kompliziert, dass sie Kopfschmerzen bekam.

»Sag mir, was ich tun kann«, wiederholte Jaro sanft.

»Ja, sag es ihm!«, flehte Zeb das Opossum.

Bella Rossa durchbohrte ihn mit ihrem Blick. Er war dreckig und mager, ein armseliger Betrüger und hinterlistiger Feigling. Er widerte sie an.

»Nimm deine Ratte und verschwinde!« Sie nickte zu dem vor Schreck wie erstarrten Opossum hinüber. »Wenn du mir noch mal in die Quere kommst, dreh ich dir den Hals um und mach mir ’ne Pelzmütze aus dem Vieh, klar?«

Dem Banditen stand der Angstschweiß auf der Stirn, als er nach dem Opossum griff und aus dem Wagen sprang.

»Op ist keine Ratte, sondern ’n Beuteltier, du dumme Kuh!«, rief er frech.

Dann rannte er los, ohne nach rechts oder links zu schauen, während Lom’Pa sich lachend auf die Schenkel schlug und brüllte: »Schneller! Lauf schneller, du Halunke! Zeb das Opossum, dass ich nich lache! Wie wär's mit Zeb der Galgenvogel?«

Unter der Plane standen sich Jaro und Bella Rossa gegenüber und starrten einander an, ohne dass die Spannung zwischen ihnen nachließ. Bella Rossa konnte keinen klaren Gedanken fassen. Sie hatte immer noch nicht auf Jaros Frage geantwortet. Was konnte er tun? Er konnte aufhören, jedem Rock nachzulaufen, natürlich. Das wäre die richtige Antwort, aber sie würde sich nicht dazu herablassen, sie ihm zu verraten. Er musste von selbst darauf kommen, auch wenn das vermutlich noch eine Weile dauern würde.

Sie hielt das Gewehr in die Luft und gab ohne Vorwarnung einen Schuss ab. Jaro zuckte zusammen und kippte fast hintüber. Die Schrotkörner durchlöcherten die Plane und der Knall erschreckte die Kühe, das Pferd und alle anderen Tiere in der Umgebung. Es wurde laut gemuht und gewiehert und ein paar Vögel flogen kreischend auf. Der Lärm verschaffte Bella Rossa Erleichterung und war Balsam für ihre angegriffenen Nerven.

Sie atmete tief durch, warf das Gewehr in das Durcheinander hinten im Wagen und verkündete entschlossen: »Wir haben genug Zeit verloren. Auf geht's! Ich bin verdammt durstig und bis Justice Fork ist es noch 'n ganzes Stück.«

»Endlich mal ’ne vernünftige Ansage«, freute sich Lom’Pa und lächelte während der restlichen Fahrt zufrieden vor sich hin.

Als sie in Justice Fork ankamen, war die Sonne schon seit einer Weile untergegangen. Zwischen den windschiefen Hütten, die sich an den Berghang schmiegten, fanden sie einen Saloon voller betrunkener Goldsucher. Die Töne eines verstimmten Klaviers drangen aus der Tür. Die Männer stampften im Takt mit den Füßen und ihr lautes Lachen schallte nach draußen, bevor es in der Stille der Nacht verklang.

Jaro führte die Tiere zur Tränke und Bella Rossa trug Lom’Pa zum Eingang des Saloons.

»Hier sind wir richtig!«, freute sich der Alte, als er die Bierfässer sah, die weiter hinten im Raum standen. »Was feiert ihr?«

Ein großer bärtiger Mann, der neben der Tür an der Wand lehnte, gab ihm sogleich Auskunft.

»Wir haben eine neue Goldader im Berg entdeckt, erst vorgestern!«, rief er mit heiserer Stimme. »Eine herrliche Ader! Allein mit meiner Hacke hab ich schon mehr als dreihundert Gramm rausgeholt!«

Er lachte und streckte den Bauch raus, die Lippen weiß vom Schaum seines Bieres. Er ließ seine Hosenträger schnalzen. »Sie sprechen mit einem reichen Mann, meine Herrschaften!«

Als Beweis zog er ein glänzendes, leicht eingedelltes Goldnugget aus der Tasche, ungefähr so groß wie eine Weintraube. Bella Rossa bekam vor Staunen den Mund nicht mehr zu.

»Die anderen sind an einem sicheren Ort«, fuhr der Kerl fort. »Bei allem, was man so über Diebe hört, ist es besser, vorsichtig zu sein. Ihr seid doch nicht zufällig Diebe, oder?«

»Nein, nur Hausierer«, murmelte Bella Rossa, noch völlig geblendet von dem Gold.

»Hausierer, das ist gut! Ihr kommt genau zur richtigen Zeit nach Justice Fork. Wir können alles gebrauchen und haben jede Menge Gold zum Ausgeben!«

Lom'Pa wurde allmählich unruhig. »Wir könnten jetzt was gegen unsere trockenen Kehlen gebrauchen. Hier kann man doch bestimmt anschreiben lassen, oder?«

»Ich geb euch ein Bier aus, Hausierer!«, rief der Bärtige gut gelaunt. »Lasst uns diese Goldader feiern, meine Freunde!«

Während er das Bier holen ging, setzte Bella Rossa Lom'Pa auf einen Stuhl. Als Jaroslaw kam, stießen sie mit dem Kerl mit den Hosenträgern an.

»Auf das Gold, auf Gott und die Männer!«, rief der Bärtige.

»Es lebe das Bier!«, erwiderte Lom'Pa.

»Und es leben die Frauen!«, grölten ein paar andere

Goldsucher und neigten ihre struppigen Köpfe vor Bella Rossa.

Sie zwang sich zu einem Lächeln. Abgesehen von ihr war nur noch ein anderes Mädchen im Saloon, eine magere Braunhaarige, die sich hinter dem Tresen versteckte. Bella Rossa hatte sie sofort entdeckt. Sie trug eine Brille mit dicken Gläsern und schielte heftig. Wenn ein Gast auf sie zukam, zuckte sie zusammen und ihr nicht besonders hübsches Gesicht verzog sich zu einer ängstlichen Grimasse. Ab und zu flüsterte ihr der Wirt etwas ins Ort und sie spülte eilig die leeren Biergläser ab.

Als der Typ mit den Hosenträgern merkte, dass Bella Rossa das Mädchen beobachtete, verriet er ihr ihren Namen: Grace.

»Sie ist die Tochter vom Wirt und etwas einfältig«, fügte er hinzu. »Am besten, ihr beachtet sie gar nicht.«

Bella Rossa sah zu Jaroslaw und fragte sich, ob er gern ein Mädchen wie Grace verführen würde. Ob er sich trotz ihres hässlichen Gesichts und ihrer Einfältigkeit gerne mit ihr in den Pferdestall stehlen würde? Nein, wahrscheinlich nicht.

Justice Fork vereinte also gleich mehrere Vorteile: eine brandneue Goldader, Goldsucher mit vollen Taschen, ein Saloon für Lom'Pa und keinerlei weibliche Versuchungen für Jaro. Bella Rossa entspannte sich, trank in einem Zug ihr halbes Bierglas aus und beschloss, einige

Zeit in diesem Kaff zu bleiben. Denn wo die Berge Gold herstellten, war jede Hoffnung erlaubt. Auch wenn das Leben gerade wie eine Matschpfütze war, konnte man nie wissen, ob man nicht eines Tages ein Goldnugget darin finden würde!

ZWEIUNDZWANZIGSTES KAPITEL

Sobald am nächsten Tag die Sonne aufging, legten Bella Rossa und Jaro ihre Waren aus und postierten Lom'Pa auf seiner Tonne in der Mitte.

»Du nimmst die Kasse«, sagte Bella Rossa und drückte ihm eine Metalldose in die Hand.

Kurze Zeit später kamen die ersten Goldsucher vorbei und grüßten gut gelaunt. Sie gingen weiter, ausgerüstet mit Hacken, Schaufeln, Seilen und Schraubhaken, um dem Berg sein Gold zu entreißen.

Niemand blieb stehen, um etwas zu kaufen. Was sollten die Männer mit einer Warmhalteplatte, einem Nudelholz oder einem Milchsieb, wo sie doch nur Geduld, Schweiß und Muskelkraft brauchten, um ihr Glück zu finden?

»Warten wir bis heute Abend«, sagte Bella Rossa zuversichtlich.

Abends marschierten die Goldsucher in umgekehrter Richtung am Wagen vorbei. Sie waren schmutzig und müde. Einige hatten sich beim Ausschachten des Felsgesteins verletzt. Doch immerhin zeigten ein paar von ihnen Interesse an den Waren. So wie die Indianerinnen aus dem Gebirge Bella Rossa um eine Vorführung gebeten hatten, wollten die Männer wissen, wie man eine Flaschenbürste, die Ofenbürsten und diesen seltsamen Rosinenentkerner benutzte.

Bella Rossa, die endlich wieder gute Geschäfte machen wollte, redete pausenlos, lief hin und her, faltete Stoffe auseinander und wieder zusammen, öffnete und schloss Kisten und Kästen und scherzte mit den Männern, die zwar furchtbar stanken, aber Goldnuggets von beträchtlicher Größe in ihren dreckigen Händen hielten.

»Und wozu sind die gut?«, fragten sie lachend und zeigten auf die Sammlung von Bügeleisen, die Bella Rossa auf einer Decke aufgereiht hatte.

Sie versuchte die Kerle davon zu überzeugen, dass sie zum Beispiel sonntags vielleicht froh wären, ein faltenloses Hemd mit sauberem Kragen anziehen zu können.

»Pff! Sonntags schlaf ich! Wozu soll man da 'n Hemd anziehen?«, bemerkte einer der Männer.

»Bügeln ist Weiberarbeit«, sagte ein anderer. »Und hier gibt's keine Frauen. Abgesehen von der schielenden Grace, aber was hat die schon zu bieten?«

»Warum bügeln Sie nicht unsere Hemden?«, schlug ein Dritter vor. »Dafür würd ich auch gerne was zahlen.«

»Allerdings!« Ein kleiner Dicker lachte. »Wenn Sie sich ein bisschen um uns kümmern, würden wir Sie reichlich entlohnen!«

Ein Kerl, dessen Gesicht mit Narben übersät war, fuhr sich gierig über die Lippen und setzte noch eins drauf: »Sie könnten für uns kochen, unsere Wäsche machen ... und alles andere, was man für gewöhnlich mit einer schönen Frau tut!«

Dieser Vorschlag wurde ausgiebig beklatscht und ein paar Goldsucher warfen ihre Hüte in die Luft.

Bella Rossa biss die Zähne zusammen. Sie wollte sich nicht mit den Kunden streiten, auch wenn ihr nicht entging, dass die Männer mehr auf ihre Brüste schielten als auf die Formen zum Kerzengießen. Sie sah zu Jaroslaw.

Er stand etwas abseits, lässig mit dem Ellbogen auf die Wagenwand gestützt, und beobachtete amüsiert die Szene.

»Du könntest mir ruhig mal zur Hand gehen!«, rief Bella Rossa.

»Wieso? Du kommst doch prima zurecht«, gab Jaroslaw zurück. »Für diese Art von Geschäften hast du eindeutig die besseren Verkaufsargumente.«

»Also, mir reicht's! Hab keine Lust mehr, mich um die Kasse zu kümmern«, mischte sich Lom'Pa ein. »Warum reden wir nich im Saloon weiter?«

Bella Rossa schluckte. Sie war also mal wieder auf

sich gestellt. Was musste sie tun, um ein bisschen Geld zu verdienen? Flehen und betteln? Zu Gott beten? Im Staub kriechen?

Sie straffte die Schultern und starrte die Goldsucher böse an. »Ihr wollt also nix kaufen, was? Sehr gut! Verschwindet! Wir hauen ab. Anderswo gibt's bestimmt Kunden, die wissen, was 'n Bügeleisen ist!«

Die Männer protestierten. »Werden Sie doch nicht gleich ärgerlich, Miss. Fahren Sie nicht! Heut Abend legen wir 'ne flotte Sohle aufs Parkett!«

In der Hoffnung, Bella Rossa zum Bleiben zu bewegen, wollten ein paar Männer nun doch noch etwas kaufen. Sie erwarben zwei Kupferkessel, eine Kupferschale, eine Waage, drei Eimer, eine Warmhalteplatte und einige Messer, die Bella Rossa ihnen vor lauter Ärger allerdings nur sehr widerwillig überließ. Der Mann mit den Narben, der begehrlicher auf ihre Brüste starrte als alle anderen, kaufte ihr sogar besagten Rosinenentkerner ab! Fast hätte sie ihm das Ding an den Kopf geworfen.

Lom'Pa öffnete die Blechdose und legte freudestrahlend zwei hübsche Nuggets und einige Gramm Goldstaub hinein.

»Kommen Sie heute Abend zum Tanzen? Wir warten auf Sie!«, riefen die Männer, bevor sie in ihre Hütten zurückkehrten.

Bella Rossa zuckte mit den Schultern. Tanzen? Da

konnten diese Kerle lange warten! Sie hatte heute den besten Umsatz seit Beginn ihrer Reise gemacht, trotzdem war sie außer sich.

»Schluss, Ende, aus!«, rief sie. »Ab morgen bleiben die Töpfe im Wagen und wir machen's wie alle andern: Wir klopfen das Gold aus diesem verdammten Berg!«

Sie zeigte wütend auf Jaro, der sich das Lachen nicht verbeißen konnte. »Und du, sieh lieber zu, dass du ordentlich ins Schwitzen kommst, statt den ganzen Tag Däumchen zu drehen!«

Am nächsten Morgen gab Bella Rossa die beiden Nuggets für Hacken und Felshaken aus, die sie einem verletzten Goldsucher abkaufte, der nicht mehr arbeiten konnte. Sie drückte Jaroslaw die Werkzeuge in die Hand und bat zwei Männer, Lom'Pa auf den Berg zu tragen.

»Ich will da nich hin!«, protestierte der Alte, als die Männer ihn hochhoben. »Lasst mich in Ruhe, ihr Banausen! Ich will nich auf diesen verdammten Steinhaufen!«

Doch Bella Rossa blieb hart. Unter der sengenden Sonne stolperten sie den Berg hinauf, verrenkten sich die Knöchel, schwitzten und ächzten zwischen den anderen Goldsuchern. Die meisten von ihnen bedachten Bella Rossa mit einer dumpfen Feindseligkeit, weil sie am Vorabend nicht zum Tanzen erschienen war.

Oben angekommen mussten sie erst mal einen freien

Platz an der Goldader finden. Zufälligerweise gab es keinen mehr. Der Kerl mit den Hosenträgern zeigte ihnen eine Felsspalte in einiger Entfernung. Mit etwas Glück ging die Goldader ja vielleicht dort weiter? Jaro und Bella Rossa zwängten sich in den engen Spalt, nachdem sie Lom'Pa davor abgesetzt hatten.

Den ganzen restlichen Tag höhlten sie den Berg aus. Bella Rossa sprach kein einziges Wort. Stur schwang sie die Hacke über ihrem Kopf und schlug sie hundertmal in den Fels, bis ihre Hände bluteten. Ohne mit der Wimper zu zucken, ertrug sie Lom'Pas Gejammer, der sich bitter beklagte, weil er auf dem harten Stein sitzen musste und nicht mal ein kühles Bier bekam.

Gegen Mittag wurde Jaroslaw schwindelig, er rutschte auf dem Geröll aus, verlor das Gleichgewicht und brach sich fast den Hals. Er kam mit einer tiefen Schnittwunde am Bein davon, so dass er vorübergehend nicht nur einarmig war, sondern auch humpelte.

Sie arbeiteten hart, ohne großes Geschick und vergeblich.

Als der Abend kam, musste Bella Rossa den Tatsachen ins Auge sehen: Als Goldsucher brauchte man zwei gesunde Arme und Beine sowie die Muskeln eines Holzfällers und jede Menge Durchhaltevermögen. All dies hatten sie nicht.

Unter den spöttischen Blicken der anderen Arbeiter stiegen sie den Berg hinab, mit leeren Taschen, leerem

Magen und leerem Kopf, die Gesichter voller Brandblasen von der unerbittlichen Sonne des Westens.

Sie zogen sich in den Schatten des Wagens zurück und behandelten den Sonnenbrand mit Nataniels Kräutern. Nach diesem Fiasko wollten sie keinen Tag länger in Justice Fork bleiben. Sie beschlossen, gleich bei Sonnenaufgang aufzubrechen.

Mit geschwollenen Händen, einen Breiumschlag auf jeder Wange, dachte Bella Rossa über ihre Lage nach. Sie waren weder gute Hausierer noch gute Goldsucher. Was, wenn sie auf diesen holprigen Straßen einfach vor die Hunde gehen würden?

Sie zog ihren kleinen Spiegel hervor und betrachtete ihr erschöpftes Gesicht, während ihre Gedanken wieder einmal zu Romualdo Barbieri wanderten. Was zum Teufel war es, das aus ihm einen so guten Verkäufer machte?

Als sie Justice Fork am nächsten Morgen verließen, hatte Bella Rossa eine Liste zusammengestellt, mit all den Eigenschaften, die ein guter Händler brauchte: Sauberkeit, Eleganz, Liebenswürdigkeit, Höflichkeit, eine ordentliche Dosis Scheinheiligkeit und eine Prise Exotik.

»Exotik?«, brummte Lom'Pa. »Was für'n Quatsch! Soll'n wir uns jetzt etwa Kakadu-Federn an den Hut stecken, oder was?«

Bella Rossa seufzte. »Hab ich was von Federn gesagt? Barbieri rollt das R wie 'n knurrender Hund. Wenn er redet, isses, als wär man in Italien. Das gefällt den Leuten!«

Jaroslaw schlug vor, seinen polnischen Akzent zu aktivieren. Er hatte ihn zwar schon lange abgelegt, aber wenn er sich Mühe gab, bekam er ihn immer noch hin.

»Ich bin derrr Mann, derrr aus derrr Kälte kam!«, verkündete er und legte die Hand auf seine Brust wie ein Schauspieler. »Das gefällt den Leuten bestimmt auch, oderrr?«

Bella Rossa nickte zufrieden. Doch der Rest der Liste erforderte strenge Regeln.

»Ab sofort waschen wir uns alle jeden zweiten Tag«, begann sie.

»Willste mich umbringen?«, ächzte Lom'Pa. »Du weißt doch genau, dass ich kein Wasser vertrage, alte Hexe!«

»Wir achten auf unsere Sprache und fluchen nich mehr so viel.«

»Rutsch mir 'n Buckel runter, verdammt noch mal!« Der Alte verzog das Gesicht.

»Außerdem müssen wir lernen zu lügen, die Dinge schönzureden, den Kunden zu schmeicheln und mit den Damen zu turteln.«

»Lieber sterb ich! Bin ich etwa 'ne Taube?«

»Wenn ich dir sage, du sollst turteln, dann turtelst du, verdammt!«

Sie stritten sich, schrien einander an und verhandelten. Zum Schluss erklärte sich der Alte bereit, sich regelmäßig zu waschen und den hässlichen gelben Bart abzurasieren, der sein Gesicht verdeckte, wenn Bella Rossa ihm im Gegenzug versprach, dass er immer genug zu trinken haben würde.

DREIUNDZWANZIGSTES KAPITEL

Woodville, Big Mill, Silver Rock – die Goldgräberstädte sahen alle gleich aus. Eine Handvoll schäbiger Hütten zwischen vertrockneten Büschen im Nirgendwo, verwüstete Berghänge, nichts war beständig, nichts von Dauer.

Wochen und Monate vergingen, in denen sie ihre Küchensachen von Cascade Junction nach Anaconda Falls kutschierten, vorbei an Silent River und Buffalo Springs, und bei jedem Halt probierten sie neue Verkaufsmethoden aus.

Jaroslaw, der ein verbeultes Signalhorn bei einer Krämerin in Big Mill erstanden hatte (mit der er im Übrigen nicht nur die Liebe zur Musik geteilt hatte), blies jedes Mal in das Horn, wenn der Wagen einen neuen Ort erreichte. In solchen Momenten fehlte ihm sein rechter Arm noch mehr als sonst und er sehnte sich nach der Zeit zurück, als er noch Geige spielen konnte. Das Horn war zwar nicht besonders melodiös, aber immerhin lockte es die Kunden an.

Außerdem hatte Bella Rossa ihn gebeten, einen von ihr selbst erdachten Slogan in großen Buchstaben auf die Plane zu schreiben: »Bella & Co. – Wir haben alles!« Das war zwar nicht ganz die Wahrheit, weil sie natürlich längst nicht alles verkaufte, aber man musste die Leute schließlich zum Träumen bringen. Und wenn sie nach einem Artikel gefragt wurde, den sie noch nie gehabt hatte, seufzte sie tief und sagte: »Was für'n Pech! Das hab ich gestern erst verkauft. Aber ich könnt Ihnen dafür das hier anbieten …«

Bella Rossa rackerte sich unermüdlich ab. Von morgens bis abends packte sie Waren aus, arrangierte sie um, sprach die Leute an und redete sich den Mund fusselig. Um gute Geschäfte zu machen, ertrug sie sogar die aufdringlichen Blicke der Goldsucher und Cowboys, die auf ihren Busen starrten. Sie streckte die Brust raus und trug tief ausgeschnittene Kleider. Vorbei die Zeiten, in denen sie ihren Busen versteckt hatte! Er war ihr Köder, ihr Aushängeschild. Wenn sie die Gaffer erst mal angelockt hatte, bestimmte sie die Preise. Die Fußwärmer gingen für einen Dollar das Stück weg, die Küchenwaagen für drei Dollar, die Tonkrüge für fünfzig Cent und die Kannen, Besen und Eimer verkaufte sie für drei oder vier Dollar!

Jaroslaw kümmerte sich um die weibliche Kundschaft. Er machte den Damen schöne Augen, sang ihnen etwas vor, spielte den Polen und erregte mit seinem amputierten Arm ihr Mitgefühl. Es war sein Verdienst, dass die Teppiche, Kerzenleuchter, Gewürzdosen, Nudelhölzer und Gurkengläser immer schnell ausverkauft waren.

Lom'Pa hockte frisch rasiert auf seiner Tonne und nahm Scheine, Goldstaub oder Kleingeld entgegen, das er klimpernd in die Dose warf. Dabei rief er laut: »Hier geht's zur Kasse! Etwas schneller, zack, zack!«

Jeden Abend rechnete Jaroslaw ab und wenn er eine gute Tageseinnahme verkündete, ließ sich Bella Rossa manchmal dazu hinreißen, ihm ein Küsschen auf die Wange zu geben.

Das war alles, was von ihrer früheren Leidenschaft übrig geblieben war, dieser unschuldige, etwas verlegene Kuss. Sie waren kein Liebespaar mehr. Nur noch Geschäftspartner.

Im Lauf der Zeit entwickelten sie immer mehr Geschäftssinn.

Sie investierten einen Teil ihrer Einnahmen in den Kauf neuer Waren: Laken, Spitzen, Felle, Schürzen, Handschuhe, Uhren, Tabakdosen, Feuersteine, Hauben, Angelschnüre, Regenschirme und sogar, auf Jaroslaws Vorschlag hin, Kalender, Kochbücher und Ratgeber zu Heilpflanzen oder Gemüseanbau.

»Wozu soll der ganze Papierkram gut sein, Söhnchen?«, meckerte Lom'Pa. »Glaubste, ich hab 'n verdammtes Buch gebraucht, um Kartoffeln zu pflanzen oder Bohnen zu kochen?«

»Die meisten Goldsucher kommen aus der Stadt«, erklärte Jaro. »Dort weiß man nicht mehr, wie man einen Gemüsegarten anlegt. Diese Ratgeber werden weggehen wie warme Semmeln!«

Schließlich zahlte sich die harte Arbeit aus und die drei wurden zu echten Hausierern. Sie verdienten genug, um sich etwas zu essen, zu trinken und zum Anziehen zu kaufen und sich sogar ab und zu eine Nacht in einem Hotel leisten zu können. Es waren zwar nur bescheidene Unterkünfte ohne Badewanne und mit quietschenden Betten, aber es war immer noch besser, als auf dem Boden zu schlafen.

Abends aßen sie gemeinsam in den Saloons. Während sich Lom'Pa mit Hingabe betrank, warfen Jaroslaw und Bella Rossa einander schweigend Blicke zu, die viel über den Schmerz verrieten, den sie tief in ihren Herzen verbargen.

In Buffalo Springs kaufte sich Bella Rossa zwei neue Kleider, ein Armband und ein Fläschchen Parfüm. »Schließlich muss ich den Kunden gefallen«, rechtfertigte sie sich. Aber sie konnte Jaro nichts vormachen.

Abends im Saloon nahm er seinen Mut zusammen und machte ihr ein Kompliment.

»Du bist die schönste Frau, die ich je gesehen habe.«

Sie kniff die Augen zusammen, schüttelte ihre roten Haare und erwiderte herablassend: »Ich pfeif auf deine Schmeicheleien! Dein Herz is genauso wertlos wie der Plunder, den du verkaufst. Glaubst du, ich merk nich, dass du immer noch mit jedem dahergelaufenen Weibsbild was anfängst?«

Er senkte den Kopf und das Schweigen breitete sich wieder zwischen ihnen aus.

Kurze Zeit später kam die Kellnerin mit wiegenden Hüften an ihren Tisch. Sie war hübsch und ein bisschen vulgär, wie alle Mädchen in dieser Gegend, mit einem großen Hintern, der unter ihren Unterröcken hin und her schwang. Jaroslaw sah auf und Bella Rossa wusste, dass die Kellnerin am Ende des Abends auf die eine oder andere Weise in seinem Arm landen würde.

Sie schluckte ihre Traurigkeit hinunter. Warum begnügte sich Jaroslaw nicht mit dem, was er hatte? Es war ihr ein Rätsel. Vielleicht war es eine Art Krankheit, eine Laune der Natur? Lom'Pa sammelte Flaschen und Jaroslaw Frauen. Mit den beiden hatte Bella Rossa nicht gerade das große Los gezogen …

Manchmal fragte sie sich, ob es falsch gewesen war, Jaros Heiratsantrag abzulehnen. Vielleicht hätte Jaro nicht das Bedürfnis, all diese Mädchen zu verführen, wenn sie verheiratet wären? Vielleicht hätte der Segen der Kirche ihre Liebe wie ein Blitzableiter vor den Gewittern des Lebens geschützt?

Manchmal dachte sie auch an das, was der Arzt ihr auf der Lichtung gesagt hatte, kurz bevor sie aufgebrochen waren. Sie würde niemals ein Kind bekommen. Im ersten Moment hatte ihr das nicht viel ausgemacht. Es war ihr egal gewesen, ob sie ein Kind haben würde oder nicht, denn sie war verliebt gewesen und hatte Vertrauen in die Zukunft gehabt. Doch jetzt fragte sie sich, ob Jaroslaw sich deshalb nicht an sie binden wollte. Eines Abends versuchte sie, ihn auszuhorchen.

»Wenn wir reich wär'n – ich mein *richtig* reich –, was würdste dann tun?«

Jaro zuckte mit den Schultern.

»Würdste dich nich irgendwo niederlassen wollen?«, fragte Bella Rossa weiter. »Mit 'n paar Tieren oder 'nem Geschäft? Mit 'ner Frau und Kindern?«

»Ich hab schon eine Frau«, erwiderte Jaroslaw. »Auch wenn sie nichts mehr von mir wissen will.«

Bella Rossa warf ihm einen finsteren Blick zu.

»Und was die Kinder betrifft …« Jaro seufzte. »Nein, lieber nicht. Ich hatte schon mal Kinder.«

Bella Rossa verschluckte sich fast an ihrem Bier.

»Was?«, keuchte sie. »Du hast Kinder?«

Jaroslaw war plötzlich blass geworden. Sein Blick wanderte nervös über die Wände des Saloons und die Finger seiner linken Hand trommelten auf dem Tisch.

»Ist lange her«, murmelte er. »Ich denke nicht besonders gern daran.«

Bella Rossa nahm seine Hand und drückte sie fest.

»Sind das wieder so welche Lügenmärchen oder is das wirklich wahr?«

»Es ist wirklich wahr«, antwortete Jaroslaw schroff. »Aber das war in meinem anderen Leben, als ich noch im Osten war. Bevor ich Soldat geworden bin. Zwei Jungs und ein Mädchen. Sie sind tot, was nützt es also, von ihnen zu reden?«

Er befreite sich mit einem Ruck aus Bella Rossas Griff. Seine sonst so sanfte Stimme war hart und schneidend wie die Klinge einer Axt. Bella Rossa wurde flau im Magen.

»Warum haste mir nie was davon erzählt?«

»Wozu?«, wiederholte Jaroslaw und stand auf. »Sie sind tot. Genau wie ihre Mutter.«

»Aber …«

»Lass mich.«

Jaroslaw verließ den Saloon mit gebeugtem Rücken, ohne die Kellnerin mit dem großen Hintern eines Blickes zu würdigen, was diese allerdings nicht davon abhielt, ihm ungeniert hinterherzustarren.

Lom'Pa war auf dem Tisch zusammengesunken, völlig betrunken. Er murmelte etwas, das Bella Rossa nicht verstand. Genau genommen verstand sie gerade überhaupt nichts mehr. Sie war völlig benommen und durcheinander. Die Gewehrkugel rollte schmerzhaft durch ihre Eingeweide. Das Atmen fiel ihr schwer und die Lichter tanzten vor ihren Augen. Sie schob ihr Glas so heftig zurück, dass es umfiel und auf dem Boden zerschellte.

»He!« Lom'Pa schreckte hoch. »Was war das für'n Lärm? Werden wir angegriffen?«

Bella Rossa packte ihn am Hemdkragen und schüttelte ihn.

»Wusstest du, dass er Kinder hat?«, schrie sie ihm ins Gesicht.

»Wer?«

»Jaroslaw! Wusstest du's oder nich?«

»Lass mich los, Giftschlange! Du tust mir weh! Ich weiß von nix. Warum haste dein Glas runtergeschmissen? Hättst das Bier besser mir gegeben, wenn du's nich mehr willst. Was für 'ne Verschwendung!«

Außer sich vor Wut verpasste Bella Rossa ihrem Vater zum ersten Mal in ihrem Leben eine Ohrfeige. Er hatte es nicht anders verdient! Zitternd stand sie auf, die Augen dunkel vor Wut, und stürmte ebenfalls aus dem Saloon.

Draußen blies ihr der kühle Nachtwind ins Gesicht. Sie blieb stehen, immer noch völlig durcheinander. Konnte in diesem Leben denn nicht einmal etwas *normal* sein? Warum waren die Dinge nie klar oder vorhersehbar? Warum waren sie außerhalb von Maussad-Vallée, wo immer alles gleich blieb, so kompliziert? Warum trugen die

Menschen so viele Geheimnisse und verborgenes Leid mit sich herum?

Sie ging ein paar Schritte die staubige Straße entlang, während der Mond wie eine große Seifenblase am Himmel aufging. Der Schmerz wütete immer noch in ihrem Bauch und sie schwankte. Sie stellte sich Jaroslaw zu der Zeit vor, die er sein ›anderes Leben‹ genannt hatte. Sie sah ihn mit seinen drei Kindern, drei kleinen Polen, die lachend auf seinen Schoß sprangen.

Es war unerträglich.

Unerträglich, sie sich lebend vorzustellen.

Unerträglich, sie sich tot vorzustellen.

Warum hatte er ihr nie davon erzählt? Warum wollte er diesen alten Schmerz nicht mit ihr teilen?

Ein Pferd wieherte irgendwo in der Nacht. Sie schauderte und marschierte an den Holzfassaden von Buffalo Springs entlang. Ihre Schritte hämmerten auf den vor den Geschäften ausgelegten Brettern und ihr Busen zerteilte die Dunkelheit wie der Bug eines Eisbrechers. An diesem Abend hätte sie jedes Hindernis zermalmt.

Bella Rossa bog in die kleinen Gassen ab. Die verborgenen Winkel der Stadt waren voller flüsternder Stimmen, unsichtbarer Gestalten und kaum hörbarer Seufzer. Rotgesichtige Farmer, angetrunkene Goldsucher und erregte Händler tauchten im Schein der Öllampen auf. Sie riefen ihr nach und pfiffen, wie es früher die Männer in Maussad-Vallée getan hatten.

»Hallo, schöne Frau, so ganz allein? Komm doch her! Wir leisten dir ein bisschen Gesellschaft, wie wär's?«

Bella Rossa hatte keine Angst. Sie ging zügig durch die Gassen, mit ihrer Wut, ihrer Verzweiflung und all den Fragen, die ihr durch den Kopf schwirrten. Sie konnte nur an eins denken: Sie musste Jaroslaw finden.

Plötzlich hörte sie Schreie, Schüsse und rennende Menschen. Sie beschleunigte ihre Schritte. Neben einem Bretterzaun prügelten sich mehrere Gestalten. Sie vergewisserte sich, dass kein Einarmiger dabei war, und kehrte wieder um.

Als sie an einem Holzschuppen vorbeikam, erblickte sie ihn. Jaroslaw! Er schwankte leicht. Er war allein. Sie lief zu ihm und griff nach seinem Arm.

»Jaro«, murmelte sie. »Ich …«

Im Mondlicht sah sie das Sägemehl und die Holzspäne, die in seinen zerzausten Haaren hingen. Sein Gesicht war rot und aufgewühlt, als hätte er geweint. Sie schmiegte sich an ihn. Sie wollte nicht, dass es ihm schlecht ging. Sie wollte nur, dass endlich wieder Frieden einkehrte. Sie nahm seine Hand und führte ihn zurück zum Saloon, ohne Fragen zu stellen.

Lom'Pa öffnete gerade eine neue Flasche Bier. Jaroslaw ließ sich auf den Stuhl neben ihm fallen.

»Kapierst du das?«, fragte der Alte mit dumpfer Stimme. »Wo kommen wir denn hin, wenn Töchter ihre

Väter schlagen? Ich sag's dir, die Welt steht kopf, Söhnchen. Prost!«

Bella Rossa musste trotz allem lächeln. Verdammt, Lom'Pa hatte Recht! Seit sie das Gebirge überquert hatten, stand ihre Welt kopf. Es war eine zornige, brutale Welt, von Krämpfen geschüttelt wie eine Frau, die gerade ein Monster gebar. Und was blieb ihr, mitten in diesem furchtbaren Chaos? Die Antwort lag auf der Hand: ihre beiden Männer, Lom'Pa und Jaro. Sie waren zwar alles andere als perfekt, aber sie waren da. An ihrer Seite und trotz allem immer noch am Leben.

Plötzlich wäre sie am liebsten aufgestanden, hätte die beiden umarmt und geküsst … Doch diese Anwandlung von Zärtlichkeit verflog sofort wieder, als sie bemerkte, dass Jaroslaw mal wieder nicht die Zeit gefunden hatte, seine Hose zuzuknöpfen. Der Schmerz durchbohrte ihr Herz.

Statt aufzustehen, schloss sie die Augen und versuchte, den auf sie einstürmenden Kummer zurückzudrängen. Es war zu viel. Einfach zu viel.

Genau in diesem Moment, als sie am wenigsten damit rechnete, schoss ihr eine geniale Idee durch den Kopf. Eine Idee, die zwar nicht gegen ihren Liebeskummer helfen würde, die ihr jedoch schon bald bescheren würde, was sie sich so sehr wünschte: Reichtum.

VIERUNDZWANZIGSTES KAPITEL

Später in dieser Nacht, nachdem sie ebenso ausgiebig getrunken wie geschwiegen hatten, schleppten Bella Rossa und Jaroslaw Lom'Pa zurück in das Zimmer, das sie im Hotel gegenüber gemietet hatten.

Der Alte war so betrunken, dass er dabei nur noch wirres Zeug redete. Er glaubte, er sei wieder in Maussad-Vallée.

»Hol Emmett, diesen verdammten Mistkerl!«, rief er und wand sich hin und her. »Er soll die Räder von meinem Rollstuhl ölen. Und treib die Schweine rein, sie haben Angst vor dem Gewitter.«

»Halt die Klappe!«, fuhr ihn Bella Rossa an. »Es gibt kein Gewitter. Und aus deinen Schweinen hat Emmett längst Hackfleisch gemacht.«

»Wenn er meinen Schweinen 'n Haar krümmt, dann setzt's was!«, brüllte Lom'Pa. »Ich zieh ihm und seinen Gören eins mit dem Gürtel über, dass sie tagelang nich mehr sitzen können!«

Jaroslaw, der sich nur mit Mühe selbst auf den Beinen halten konnte, umklammerte mit einer Hand die Knöchel des Alten, während Bella Rossa ihre Arme unter seinen klebrigen Achselhöhlen hindurch geschoben hatte. Sie keuchte und schwitzte. Es war die Hölle, ihren Vater tragen zu müssen, die Hölle, von seinem Gewicht niedergedrückt zu werden. Außerdem hatte sie die Nase gestrichen voll von seinem Gefasel.

In der Ferne waren Schreie und Gebrüll zu hören und es knallte dumpf, als würde jemand eine Peitsche schwingen. Der Lärm kam vom Ortsausgang, wahrscheinlich rechneten ein paar Ganoven miteinander ab.

Sie überquerten die Straße, stiegen die wackeligen Stufen des Hotels hinauf, wankten im Zickzack den Flur entlang und stolperten endlich in ihr Zimmer. Sie hievten den Alten aufs Bett und Jaroslaw zündete eine Kerze an.

»Haste den Zaun repariert?«, rief Lom'Pa und sah Bella Rossa mit irrem Blick an. »Wehe, die Kühe haun ab!«

Bella Rossas Kehle wurde eng. Normalerweise redete Lom'Pa nicht so viel Unsinn, wenn er betrunken war. Heute Nacht war es besonders schlimm.

»Hör auf mit dem Theater!« Sie setzte sich neben ihn. »Wir sind nich mehr auf der Farm, das weißte doch. Wir sind in Buffalo Springs. Im Westen. Und wir gehn nie wieder nach Maussad-Vallée zurück, hörste?«

Der Alte schluckte schwer. Sein Kopf rollte von rechts nach links und er begann zu zittern. Jaroslaw hielt die Kerze vor sein Gesicht.

»Der hat ganz schön einen sitzen«, stellte er grinsend fest.

»Deck ihn zu, ich glaub, ihm is kalt.«

Bella Rossa zog dem Alten die Stiefel aus und versuchte, ihn warm zu reiben.

»Tut mir leid, dass ich dir 'ne Ohrfeige verpasst hab. Komm schon, beruhig dich. Du hast zu viel gesoffen. Schlaf jetzt.«

Lom'Pa stöhnte und klapperte mit den Zähnen. Die Worte purzelten wahllos aus seinem alten Mund und verfingen sich zwischen seinen lockeren Zähnen. Er brabbelte unverständliches Zeug, die alten Erinnerungen gerieten in seinem Kopf durcheinander und allmählich bekam es Bella Rossa mit der Angst zu tun.

Sie legte sich neben ihn und hielt ihn fest, damit er aufhörte zu zittern. Es war ein seltsames Gefühl, seinen mageren Körper in den Armen zu halten. Er wirkte so zerbrechlich mit seinen hervorstehenden Rippen und den brüchigen alten Knochen, dass Bella Rossa zum ersten Mal in ihrem Leben fürchtete, ihn zu verlieren.

»He, gib ja nich den Löffel ab, kapiert?«, flüsterte sie ihm ins Ohr. »Lass mich bloß nich allein, alter Tattergreis … Wer soll sich denn dann um die Kasse kümmern?«

Sie hielt ihn lange umschlungen, während Jaroslaw in einem Sessel zusammengesunken war und in die herunterbrennende Kerze starrte. Ab und zu lachte er leise, mit diesem etwas dümmlichen abwesenden Gesichtsausdruck, den man manchmal bekommt, wenn man zu viel getrunken hat.

Bella Rossa ließ sich in die durchgelegene Matratze sinken. Sie drückte Lom'Pa an sich und ihre Sorge wuchs, als er sie schließlich sogar mit Ornella Bonini verwechselte.

»Komm her, Weib!«, murmelte er. »Wenn ich dich noch mal mit dem verdammten Gebetsbuch erwische, versohl ich dir den Hintern! Mach dich lieber nützlich und melk die Kühe!«

Er warf seine knochigen Arme in die Luft, als wollte er Geister fangen. Bella Rossa hielt ihn fest und allmählich hörte der Alte auf zu jammern und das Zittern ließ nach. Bella Rossas Körper wurde immer schwerer und vor lauter Müdigkeit schluchzte sie auf.

»Weinst du?«, murmelte Jaroslaw und fuhr hoch.

»Unsinn! Warum sollte ich?«

Jaroslaw lächelte wissend. Diese Frau war einfach unglaublich. Manchmal war ihre Unaufrichtigkeit geradezu entwaffnend.

»Dein Alter ist hart im Nehmen«, fügte er mit schleppender Stimme hinzu. »Der hält durch bis zum bitteren Ende.«

Der Lärm draußen war verstummt. Stille hüllte sie ein. Es war so spät, dass selbst die Pferde schliefen und der Mond es müde geworden war, über den Himmel zu wandern. Es war die Stunde, in der man sich fragt, ob es jemals wieder Tag wird, und in der die Übergänge zwischen Leben und Tod fließend sind.

Plötzlich erlosch die Kerzenflamme und Bella Rossa zuckte zusammen. Sie legte eine Hand auf ihre Brust. Das Atmen fiel ihr schwer.

»Bis zum bitteren Ende von was?«, murmelte sie. »Manchmal frag ich mich, was diese Reise für einen Sinn hat.«

»Hm ...«, machte Jaroslaw. »Das fragen sich alle. Aber du wirst auch bis zum bitteren Ende durchhalten. Das liegt in deiner Natur.«

Er seufzte noch einmal. Die Wirkung des Alkohols ließ langsam nach. »Und ich werde dich begleiten«, fügte er hinzu. »Wenn du mich lässt.«

Bella Rossa legte ihren Kopf neben Lom'Pas. Er stank schlimmer als ein Ziegenbock. In dieser tintenschwarzen Nacht im tiefsten Westen schienen die Dinge eine besondere Bedeutung zu bekommen und Bella Rossa spürte das Herz in ihrer Brust so heftig schlagen, als würde es niemals aufhören. Wie es wohl wäre, ewig zu leben, zu leiden und zu lieben?

»Erzähl mir von deinem alten Leben«, flüsterte sie plötzlich. »Drüben im Osten.«

»Jetzt?«, fragte Jaroslaw erstaunt.

»Ja.«

Er setzte sich in seinem Sessel zurecht. In der Dunkelheit konnte er Bella Rossas Gesicht nur erahnen. Was genau erwartete sie von ihm? Er hatte ihr seinen Schutz, seine Seele und all seine Liebe angeboten, und trotzdem behandelte sie ihn seit Wochen wie einen Hund, nur wegen dieser dummen Weibergeschichten. Warum nahm sie das so wichtig? Er verstand einfach nicht, wo das Problem lag.

»Was muss ich dir noch versprechen, damit du bei mir bleibst?«, murmelte er traurig.

Bella Rossa versteifte sich. »Spar dir deine Versprechungen, ich glaub dir sowieso kein Wort. Erzähl mir lieber von deiner Frau und deinen Kindern. Wie waren ihre Namen?«

Jaro zog langsam die Knie an und stützte sein Kinn darauf. Für Bella Rossa war er bereit, alles zu ertragen, selbst die schlimmsten Erinnerungen.

»Wanda. So hieß … meine Frau.«

Er öffnete den Mund. Die Luft war so trocken! Er hätte sich gern noch etwas Mut angetrunken, aber alles, was in seinen Rachen floss, war Dunkelheit. Er fuhr mit heiserer Stimme fort.

»Ich war gerade achtzehn, als wir uns zum ersten Mal trafen. Wanda sang jeden Abend in einer Spelunke, in der ich manchmal Geige spielte. Sie war Polin, so wie ich. In der Not tun wir uns am liebsten mit unseresgleichen zusammen und halten einander fest, um uns zu wärmen. Das Ergebnis war Jacek, unser Erstgeborener. Ein Jahr später kam Dorota. Und dann Lorenz.«

»Jacek, Dorota und Lorenz«, wiederholte Bella Rossa leise. »Was ist passiert?«

Jaroslaw schlang den Arm um seine Beine.

»Ich hab gespielt«, sagte er.

»Geige?«

»Nein. Poker.«

»Ich dachte, du magst keine Kartenspiele?«

»Nach allem, was geschehen ist, bin ich vorsichtig geworden. Aber damals …«

Noch einmal versagte ihm die Stimme und er verzog das Gesicht. Es war so schwer, wieder in die Vergangenheit einzutauchen!

»Manchmal gewann ich, manchmal verlor ich. Wir lebten zu fünft in einem elenden Rattenloch. Wir froren. Wanda war erschöpft von den Kindern. Es fehlte uns an allem. Irgendwann wurde sie krank. Ich begann mit gezinkten Karten zu spielen, um die Kinder ernähren und Wanda pflegen zu können. Ich …«

Er zögerte. Seine Stimme wurde immer leiser. Schließlich wagte Bella Rossa kaum noch zu atmen, um nichts zu verpassen.

»Ich hatte einen anderen Polen kennengelernt, einen Falschspieler, der wusste, wie man seine Gegner ausnimmt. Wir haben uns zusammengetan und gemeinsam nicht schlecht verdient. Ich konnte das Krankenhaus bezahlen und Medikamente, Fleisch und sogar Obst kaufen. Das war gut, aber bald verließ uns das Glück. Die anderen Spieler merkten, dass wir sie übers Ohr hauten. Wir prügelten uns einmal, zweimal, und als es uns zu heiß wurde, wechselten wir das Viertel.«

»Es war also 'ne große Stadt?«, fragte Bella Rossa.

»Ja, sehr groß. Aber nicht groß genug, um sich zu verstecken. Eines Abends haben mir die Kerle aufgelauert. Sie wollten ihr Geld zurück und bedrohten mich. Ich hab sie nicht ernst genommen. Ich saß sowieso in der Klemme, verstehst du? Das Geld hatte ich längst ausgegeben.«

»Was is dann passiert?«, fragte Bella Rossa weiter.

»Ich hab alles verloren«, murmelte Jaro. »Eines Morgens haben sie unsere Tür eingetreten. Ich war nicht da. Ich hatte die ganze Nacht gespielt und viel Geld gewonnen. Ich war so dumm. Als ich nach Hause kam …«

Es fiel ihm schwer, die Worte auszusprechen. Es war so lange her und schien doch gerade erst passiert zu sein. Es war so schrecklich. In den letzten Jahren hatte er versucht, es zu vergessen, aber die Bilder kamen immer wieder zurück. Was er auch tat, sie würden niemals aus seinem Gedächtnis verschwinden. Schließlich öffnete er den Mund und fuhr fort.

»Als ich nach Hause kam, hab ich sie gefunden. Alle vier. Mit einer Kugel im Kopf.«

Es war, als würde Bella Rossas Herz zusammenschrumpfen. Sie schauderte heftig und der Schmerz zuckte durch ihren Bauch. Die Metallkugel rollte wieder durch ihre Eingeweide.

»Komm zu mir«, sagte sie.

Mit letzter Kraft stand Jaroslaw auf und schleppte sich zum Bett. Dann schmiegte er sich behutsam an Bella Rossas Busen, während um sie herum die Schatten wie Wellen durch das Zimmer wogten. Es existierte nur noch dieses Bett, das wie ein Floß mitten in einem Meer aus Schmerz trieb.

So verbrachte Bella Rossa die Nacht, zwischen Jaroslaw und Lom'Pa. Zweimal Leid, zweimal Mitleid, zwei zerstörte Leben. Sie machte kein Auge zu, bewachte den Schlaf ihrer beiden Männer wie ein Wachtposten am Tor eines Forts.

Während dieser nicht enden wollenden Stunden rief sie sich all den Schmerz ins Gedächtnis, den sie seit ihrer Kindheit ertragen hatte: Trockenperioden, Überschwemmungen, Brände, Heuschreckenplagen, Schlammlawinen, Epidemien, Schlägereien, Unfälle und Hungersnöte, gesteinigte Männer, der Krieg mit seinen Kanonen, falsche Gottesmänner, tote Kinder mit einer Kugel im Kopf … Es gab so viel Leid. Im Vergleich dazu wogen Jaroslaws Techtelmechtel mit all den Mädchen mit dicken Hintern eigentlich nicht allzu schwer.

Die Dunkelheit löste sich allmählich auf.

Während in den Straßen von Buffalo die morgendlichen Geräusche anhoben, dachte sie an die Idee, die ihr im Saloon gekommen war. Sie hielt sich daran fest, um nicht in all dem Leid zu ertrinken. Im Kopf machte sie Pläne, stellte Berechnungen auf, und als der erste Schein der Morgendämmerung ins Zimmer fiel, stand sie auf.

Ganz leise, um Lom'Pa und Jaroslaw nicht zu wecken, schlich sie aus dem Zimmer, verließ auf Zehenspitzen das Hotel und ging zum Pferdestall. Dort stand der Wagen. Sie kletterte unter die Plane, wühlte zwischen den Decken und fand die Blechdose, die ihre Ersparnisse enthielt. Sie öffnete sie, steckte ein Bündel Scheine in ihren Ausschnitt, sprang zu Boden und blieb vor dem Pferd stehen.

In seinen glänzenden Augen hinter den langen Wimpern lag dieselbe Ungeduld, die auch Bella Rossa spürte. Sie lächelte dem Tier zu, hob ihr Kleid, stellte einen Fuß in den Steigbügel und schwang sich zum ersten Mal in einen Sattel.

Sie drückte ihre Absätze vorsichtig gegen die Flanken des Pferdes. Es schnaubte, schüttelte den Kopf und setzte sich in Bewegung. So trabten sie durch die Straßen von Buffalo, während sich über ihnen der leichte, dunstige Himmel dieses noch jungen Tages wölbte.

Am Ortsausgang zügelte sie das Pferd. Unter dem dicken Ast eines großen Nussbaums baumelte die Leiche eines Gehängten. Kalter Schweiß lief Bella Rossas Rücken hinab. So war die Schlägerei der vergangenen Nacht also ausgegangen? Mit dem Tod eines armen Kerls?

Sie wollte das Pferd gerade wieder antreiben, um diesen Anblick, der sie zu sehr an Coyote Range erinnerte, nicht länger ertragen zu müssen, als eine Bewegung im Gras ihre Aufmerksamkeit erregte. Direkt unter den Füßen des Gehängten rührte sich etwas. Bella Rossa ritt näher heran. Es war ein Opossum.

Sie zog eine Grimasse. Es war niemand anders als Zeb der Dieb, der mit aufgedunsenem Gesicht im Schatten des Baumes am Ende des Seils baumelte. Dieses Mal tat er nicht so, als wäre er tot. Die Lynchjustiz des Westens hatte seinen Schandtaten ein für alle Mal ein Ende bereitet.

Bella Rossa ließ die Stirn auf die Mähne des Pferdes sinken. Sie richtete sich wieder auf, atmete einmal tief durch und galoppierte davon.

FÜNFUNDZWANZIGSTES KAPITEL

Und wie viel zahlen Sie mir dafür, meine Hübsche?«, fragte der Schmied, nachdem Bella Rossa ihm genau beschrieben hatte, was sie wollte.

Sie stand breitbeinig in der Schmiede, die Hände in die Hüften gestützt, ihre aufreizenden Brüste rausgestreckt. Der Ritt auf dem Pferd hatte ihr Blut in Wallungen gebracht. Sie war in genau der richtigen Stimmung, um Berge zu versetzen. Sie konnte zwar weder lesen noch schreiben, aber rechnen, das konnte sie.

»Du kriegst dreißig Dollar, wenn ich zufrieden mit dir bin«, sagte sie.

Der Schmied stieß einen leisen Pfiff aus und warf ihr einen spöttischen Blick zu.

»Eine knallharte Geschäftsfrau, die hübsche Dame, was?« Er lachte. »Das, was Sie haben wollen, mach ich nicht alle Tage. Dafür braucht man Fingerspitzengefühl, wenn Sie verstehen, was ich meine. Und viel Zeit.«

Er strich sich über den Bart.

»Vierzig Dollar«, forderte er.

»Zweiunddreißig und keinen Cent mehr!«

»Hm …«, brummte der Schmied.

Er warf begehrliche Blicke auf Bella Rossas Brüste. Je länger er sie ansah, desto eifriger streichelte er seinen Schnurrbart.

»Ich mag Frauen von Ihrem Kaliber, meine Hübsche. Für fünfunddreißig Dollar kommen wir ins Geschäft. Es sei denn …«

Bella Rossa klopfte ungeduldig mit dem Fuß auf den Boden, während sie darauf wartete, dass er weitersprach.

Der Mann lachte wieder. »Es sei denn, wir einigen uns anders …«

Der Schmied strich nervös seinen Bart glatt. Er war es nicht gewohnt, dass solche Prachtweiber in seiner Werkstatt aufkreuzten. Beim Anblick dieser unglaublichen Titten bekam er Schweißausbrüche.

»Ein Mann und eine Frau finden immer einen Weg, sich zu einigen, oder? Hier im Westen fehlt es nicht so sehr an Geld, sondern eher an … Zärtlichkeit.«

»Is nich mein Job, mich um so was zu kümmern.« Bella Rossa blieb ganz ruhig. »Ich bin hier, um übers Geschäft zu reden. Außerdem kann ich Schnurrbärte nich leiden.«

»Dann bleibt es bei vierzig Dollar.« Beleidigt wandte sich der Schmied wieder seinem Amboss und dem Blasebalg zu.

»Dann eben nich«, erwiderte Bella Rossa. »Such ich mir halt 'nen andern Schmied, Pech für dich.«

Sie wollte die Werkstatt verlassen, doch der Mann hielt sie zurück.

»Für dreiunddreißig Dollar mach ich Ihnen Ihr Teil.«

Bella Rossa lächelte. »Abgemacht. Ich komm in drei Tagen wieder.«

»Fünf Tage«, handelte der Schmied.

Sie griff in ihren Ausschnitt und zog einen Zehn-Dollar-Schein hervor, den sie vor dem Schnurrbart des Schmieds schwenkte. »Vier Tage. Hier is deine Anzahlung.«

Er nahm den Schein und roch gierig daran.

»Den Rest würd ich mir liebend gern selbst da rausfischen«, murmelte er.

Als Bella Rossa beim Hinausgehen extra die Hüften schwang, stieß er einen tiefen Seufzer aus. Noch nie in seinem Leben hatte er solche Brüste gesehen. Der Auftrag ihrer Besitzerin war zwar ziemlich seltsam, aber der arme Kerl war so durcheinander, dass er gar nicht erst versuchte, sich einen Reim darauf zu machen.

»Das kostet zwanzig Dollar, mindestens«, verkündete der Tuchhändler und steckte sich den Bleistift hinter sein Ohr. »Meine Lieferanten schicken mir diesen Stoff per Kutsche von der Küste aus Rich City. Wegen des langen Transports sind die Preise höher, verstehen Sie?«

»Natürlich«, antwortete Bella Rossa. »Aber ich hab keine zwanzig Dollar. Ich kann Ihnen nur zehn zahlen.«

Der Kaufmann, ein alter, zierlicher Herr mit Glatze, schüttelte den Kopf. Er nahm seinen Bleistift, kritzelte einige Zahlen untereinander, rechnete alles mehrmals durch und seufzte.

»Unmöglich, junges Fräulein! Zwanzig Dollar ist mein letztes Angebot. Ich muss schließlich auch die laufenden Kosten für meinen Laden, zwei Angestellte und die Kutsche bezahlen … Nein, ich kann Ihnen leider nicht entgegenkommen.«

Die Verhandlungen liefen nicht besonders zufriedenstellend. Bella Rossa ging ein paar Schritte durch den Laden und sah sich die in den Regalen ausgestellte Ware an. Alles war ordentlich, sauber und ansprechend. Etwas versteckt in einer Ecke hinter dem Ladentisch entdeckte sie das Bild eines jungen Mannes. Er trug eine dunkle Uniform mit glänzenden Knöpfen, die so ähnlich aussah wie die des toten Soldaten, der auf ihrer Farm aufgetaucht war, kurz bevor der Krieg in Maussad-Vallée Einzug gehalten hatte. Sein ernstes Gesicht war gestochen scharf. Das musste eine Fotografie sein! Monate nach dem Zusammentreffen mit den Gebrüdern Nachon sah sie endlich eine vor sich.

»Ihr Laden is ziemlich elegant«, sagte sie laut. »Man merkt gleich, dass Sie den Bogen raushaben. Sieht fast aus wie ’n Geschäft in der Stadt!«

Der alte Tuchhändler nickte und ein strahlendes Lächeln erschien auf seinem faltigen Gesicht. »Danke für das Kompliment. Kennen Sie die Stadt?«

»Klar!«, log Bella Rossa. »Hab inner Stadt gelebt, drüben im Osten.«

»Im Osten?«, wunderte sich der Händler. »Aber in welcher …«

»Das war'n noch Zeiten!«, unterbrach ihn Bella Rossa. »Lange vor dem verdammten Krieg. Hab mich oft fotografiern lassen. Und stelln Sie sich vor, ich hatte sogar 'ne eigene Badewanne zu Hause!«

Der Tuchmacher lachte ungläubig.

»Ich sag's Ihnen, das war 'n Leben in Saus und Braus«, versicherte Bella Rossa. »Doch mit dem Krieg is alles den Bach runtergegangen. Mein Mann is Soldat geworden.«

»Ach ja?«

»Und ich bin ihm nach, is das zu glauben? Hab mich als Marketenderin verpflichtet. Schließlich brauchen unsre tapferen Männer was Anständiges zu essen, oder?«

»Natürlich.« Der alte Mann seufzte. »Ich habe auch im Osten gelebt. Mein Sohn hat sich freiwillig gemeldet, genau wie Ihr Mann.«

»Is nich wahr!«, rief Bella Rossa. »Vielleicht hab ich ihn ja sogar getroffen. Wie heißt er denn?«

»Samuel«, murmelte der alte Mann.

Er ließ den Kopf hängen und sein Rücken war ganz

gebeugt. »Aber … sehen Sie, er ist auf dem Schlachtfeld gefallen.«

Bella Rossa ging zum Tuchhändler und nahm seine zitternden Hände.

»Tut mir leid, ich wollt keine traurigen Erinnerungen wecken.«

Der Kaufmann schüttelte mit feuchten Augen den Kopf. »Machen Sie sich keine Gedanken, Sie konnten es ja nicht wissen …«

»Der Krieg hätt mich auch fast umgebracht«, fuhr Bella Rossa fort. »Schauen Sie!«

Bevor der Alte protestieren konnte, hob sie ihr Kleid und zeigte ihm ihren Bauch voller Narben.

»Drei Kugeln. Dieser Krieg is 'ne verdammte Sauerei, nich wahr?«

Sie ließ ihr Kleid wieder fallen. Dem Kaufmann wurde plötzlich schwindelig. Er stolperte zum Ladentisch, die Brust voll ungeweinter Tränen, und stützte sich mit den Ellbogen auf.

»Oh, ich hätt nich davon anfangen soll'n«, entschuldigte sich Bella Rossa. »Ich geh lieber und behellige Sie nich länger mit diesen Dingen. Schade um den Stoff. Es war mir 'ne Freude, Sie kennenzulernen!«

Sie tat so, als wollte sie den Laden verlassen. Als sie gerade die Tür öffnete, hielt der Tuchhändler sie zurück.

»Warten Sie, Miss!«

Er ging um den Ladentisch herum und warf einen Blick zur Fotografie seines Sohns.

»Es hat mir Freude bereitet, über Samuel zu reden«, gestand er. »Kommen Sie in fünf Tagen wieder. Sie kriegen Ihren Stoff, ich gebe Ihnen mein Wort.«

Mit feuchten Augen sah er in Bella Rossas triumphierendes Gesicht.

»Ich bin sicher, Samuel hätte Sie sehr hübsch gefunden.« Er lächelte.

Sie senkte den Kopf als Zeichen des Dankes. »Könnt ich den Stoff auch in vier Tagen haben?«

Seufzend gab sich der Tuchmacher geschlagen.

»Wo warst du, Miststück?«, schimpfte Lom'Pa, als Bella Rossa ins Hotelzimmer zurückkehrte. »Kann man auf dieser verdammten Erde denn keinem mehr trauen? Haust einfach ab ohne 'n Wort, wie 'n Dieb in der Nacht. Außerdem stinkst du nach Gaul! Wo haste dich rumgetrieben, Kanaille? Glaubste etwa, die Arbeit macht sich von allein? Und was is mit dem andern Penner? Glaub ja nich, der hätt seinen Hintern auch nur 'nen Millimeter bewegt! Liegt seit heut früh wie 'n Toter im Bett und schnarcht. Dabei krepier ich fast vor Hunger. Ich sag's dir, mein Magen hängt mir in'n Kniekehlen!«

Bella Rossa zog die Schuhe aus und ließ sich in den Sessel fallen. Einerseits war sie froh, dass Lom'Pa seinen heftigen Rausch überlebt hatte, aber andererseits …

»Musste mich immer so anbrüllen?«, fragte sie müde. »Ich bin kein Hund. Ich bin deine Tochter. Solang ich denken kann, schreist du nur rum. Glaubste etwa, das gefällt mir?«

Der Alte zuckte mit den Schultern. »Wenn's dir nich gefällt, is das dein Problem. Ich brüll, so viel ich will. Und jetzt hol mir gefälligst was zu futtern.«

»Vergiss es. Hab die ganze Nacht kein Auge zugetan wegen eurer Dummheiten. Jetzt bin ich dran mit Schlafen.«

Sie nahm einen ihrer Schuhe und warf ihn Jaroslaw an den Kopf. Er fuhr erschreckt in die Höhe.

»He …«, stammelte er. »Was ist los?«

»Was los is? Das kann ich dir sagen! Du schnappst dir jetzt Lom'Pa und ich hau mich hin«, verkündete Bella Rossa. »Übrigens hab ich unsere Ersparnisse ausgegeben. Falls ihr was essen wollt, müsst ihr erst neues Geld ranschaffen!«

Jaroslaw rieb sich den Kopf, während Lom'Pa außer sich vor Entrüstung war.

»Unser Zaster! Sie hat unsren Zaster verjubelt!«

»Halt die Klappe!«, fuhr ihn Bella Rossa an. »Ich brauch Ruhe zum Nachdenken.«

Jaroslaw war noch zu verkatert, um nach einer Erklärung zu fragen. Er stand auf, griff Lom'Pa bei den Hosenträgern, warf ihn sich wie einen alten Getreidesack über die Schulter und verließ das Zimmer. Bella Rossa hörte das Gemecker des Alten noch am anderen Ende des Flurs.

»Nachdenken, dass ich nich lache! Jedes Mal, wenn sie ihren verdammten Kopf benutzt, heckt sie irgend'ne Teufelei aus!«

›Schimpf du nur‹, dachte Bella Rossa beinahe zärtlich. ›Wirst schon noch sehen, ob's tatsächlich 'ne Teufelei is, die ich ausheck!‹

SECHSUNDZWANZIGSTES KAPITEL

Während der viertägigen Wartezeit machte sich Bella Rossa nicht mehr die Mühe, mit Jaro und Lom'Pa mitzufahren. Sie verkündete, sie sei müde und die beiden könnten die Nester rund um Buffalo Springs auch ohne ihre Hilfe abklappern.

»Und was ist damit?«, wandte Jaro ein und zeigte auf den Schriftzug, den er auf die Plane des Wagens gepinselt hatte. »Was sollen wir den Kunden sagen?«

»Sag ihnen, *Bella* is beschäftigt und ihre Partner kommen sehr gut ohne sie klar. Vergiss dein Horn nich.«

»Faulenzerin!«, zischte Lom'Pa zwischen seinen losen Zähnen.

Er hockte auf seiner Tonne, die fast leere Blechdose auf den Knien, und machte ein Gesicht wie drei Tage Regenwetter. Leider hatte er keine Ahnung, wie man gegen Bella Rossas Dickschädel ankommen sollte. Wie üblich bestimmte sie, wo es langging.

Ciao!, dachte sie, als die beiden davonfuhren, und

kehrte in ihr Zimmer zurück, um sich mit einem seltsam wohligen Gefühl wieder ins Bett zu legen. Zum ersten Mal in ihrem Leben gönnte sie sich Ferien.

Am vierten Tag war sie jedoch als Erste auf den Beinen. Sie sattelte das Pferd und galoppierte zur Schmiede.

Als sie die Werkstatt betrat, eilte ihr der Schmied schon entgegen.

»Sie sind früh dran! Kein Problem, ich bin fertig. Treten Sie ein, meine Hübsche!«

»Sie haben sich ja den Schnurrbart abrasiert«, bemerkte Bella Rossa beiläufig.

Selbst im Halbdunkel der Werkstatt war nicht zu übersehen, wie der Schmied rot anlief. Er hatte sich außerdem mit einem dieser billigen Rasierwasser einparfümiert, die sie selbst manchmal verkaufte.

»Bitte sehr!« Er faltete ein Stück Stoff auseinander. »Hab mich stundenlang damit abgemüht. Hoffe, es gefällt Ihnen.«

Auf dem Stoff lagen zwei kleine Metallstücke, jedes etwa fünfzehn Zentimeter lang. Bella Rossa nahm sie in die Hand und begutachtete sie eingehend. Das erste Stück bestand aus einer Reihe kleiner spitzer Zähne, das zweite aus einer Reihe Ösen. Es sah genauso aus, wie sie es sich vorgestellt hatte.

»Und hier ist das dritte Teil!« Der Schmied präsentierte ihr ein winziges dreieckiges Metallstück auf seiner von der vielen Arbeit schwieligen Hand. »Es ist so klein! Daran hab ich mir fast die Zähne ausgebissen. Hab eben mehr Übung darin, Einfassungen für Fässer zu schmieden oder Pferde zu beschlagen …«

Bella Rossa nahm das kostbare Dreieck, an dessen Ende ein Ring hing. Schweigend untersuchte sie es, während der Schmied sie mit den Augen verschlang, die Hände auf seiner Lederschürze.

»Und?«, fragte er gespannt.

»Ich muss es erst ausprobiern«, sagte Bella Rossa.

Sie führte das Ende der beiden Metallelemente in einen Schlitz des Dreiecks und zog an dem Ring. Erst klemmte es ein bisschen, aber dann griffen Zähne und Ösen ineinander und das Dreieck glitt nach oben.

»Und?«, wiederholte der Schmied.

Bella Rossa sah ihm direkt in die Augen. Im hinteren Teil der Schmiede betätigte ein Lehrling einen riesigen Blasebalg, damit das Feuer in dem großen Kamin nicht ausging. Es klang wie das Schnarchen eines Riesen.

»Es funktioniert!« Bella Rossa lächelte. »Is noch nich ganz ausgereift, aber es funktioniert.«

»Dann sind Sie also zufrieden?«

»Und wie!«

»Ich hab das nur für Sie gemacht, meine Hübsche«, flüsterte der Schmied und schob sich dichter an sie heran. »Seit vier Tagen denke ich ständig an Sie. Wie wär's, wenn ich mir meinen restlichen Lohn dort hole, wo Sie Ihre Scheine verstecken?«

Seine Augen waren auf Bella Rossas Brüste geheftet. Er hechelte wie ein Hund und hatte diesen starren Blick, den sie nur zu gut kannte. Sie wich zurück und hielt die Metallstücke fest in der geballten Faust.

»Wenn du mich anfasst, zieh ich dir eins mit dem Amboss über«, knurrte sie. »Ich hab's dir doch schon gesagt: Du bist nich mein Typ.«

»Nein!«, protestierte der Schmied. »Sie haben gesagt, dass Sie keine Männer mit Schnurrbart mögen.«

»Stimmt. Und Männer, die mal 'nen Schnurrbart hatten, mag ich auch nich.« Sie zog die Scheine aus ihrem Ausschnitt. »Hier sind deine zwanzig Dollar.«

Der Schmied schnaufte und seine Stirn war schweißnass. Er griff nach den Scheinen.

»Aber ich … es fehlen drei Dollar«, stammelte er mit erstickter Stimme.

Bella Rossa war schon an der Tür. Im Licht der Morgensonne loderte ihr Haar wie das Feuer im Kamin. Der Schmied schloss geblendet die Augen. Er konnte es kaum ertragen, dass ihm so viel Schönheit durch die Lappen gehen sollte.

»Die drei armseligen Dollar schenkste mir doch sicher, oder?«, rief Bella Rossa und verschwand nach draußen.

Der Schmied stürzte hinterher.

»Warten Sie! Gehen Sie nicht!«

Sie saß schon im Sattel.

»Sie haben mir nicht mal gesagt, wozu Sie diese Metallteile brauchen!«

Bella Rossa gab dem Pferd die Sporen.

»Die werden Kerlen wie dir noch mal sehr nützlich sein!«, antwortete sie und lachte.

Dann galoppierte sie zum Laden des Tuchhändlers und ließ den Schmied keuchend und völlig aufgelöst auf der Schwelle zu seiner Hölle zurück.

Der alte Tuchhändler begrüßte sie mit einem Lächeln. Die Stoffballen waren gestern per Express-Kutsche gekommen. Bella Rossa befühlte ausgiebig den Stoff. Nachdem sie sich von seiner Strapazierfähigkeit überzeugt hatte, bezahlte sie zufrieden die zehn Dollar.

»Das ist wirklich ein absoluter Sonderpreis speziell für Sie.« Der alte Mann seufzte. »Zum Glück sind nicht alle meine Kunden von Ihrem Schlag, sonst wäre ich bald bankrott.«

»Is das 'ne Fotografie von Ihrem Sohn?«, fragte Bella Rossa mit Unschuldsmiene.

Das Bild stand jetzt auf dem Ladentisch, wo es jeder sehen konnte.

Der Tuchhändler nickte, dann schüttete er Bella Rossa sein Herz aus. »Er war erst zweiundzwanzig, unser einziges Kind. Seine Mutter ist vor Kummer gestorben.

Deshalb hab ich alles zurückgelassen und bin hierher in den Westen gegangen. Ich wollte ganz neu anfangen, verstehen Sie?«

Bella Rossa nickte ernst.

»Wir woll'n alle 'n besseres Leben, stimmt's? Deshalb zieh'n wir immer weiter.«

Sie dachte dabei nicht nur an sich selbst, sondern auch an Jaroslaw und Ornella Bonini. Für sie alle verkörperte der Westen die verrückte Hoffnung, sämtliche Erinnerungen hinter sich zu lassen und noch einmal neu anzufangen.

Sie griff in die Tasche ihres Kleides und zog die goldenen Knöpfe heraus, die sie von der Uniform des toten Soldaten abgeschnitten hatte, kurz bevor sie ihn mit Emmetts Hilfe beerdigt hatte.

»Hier, für Sie!« Sie drückte dem Tuchhändler die Knöpfe in die Hand. »Ich dachte, die könnten Ihnen gefallen. Sie sehen genauso aus wie die von Ihrem Samuel, oder?«

Der alte Mann drehte die Knöpfe zwischen seinen zitternden Fingern hin und her.

»Danke, Miss. Sie können sich gar nicht vorstellen … Es ist so ungerecht, ein Kind zu verlieren.«

Um ihre Rührung zu überspielen, wechselte Bella Rossa schnell das Thema. »War'n Sie schon mal in Rich City? Da kaufen Sie doch Ihre Stoffe, oder?«

Der Händler legte die Knöpfe zur Seite und trocknete

seine Tränen. »An der Küste, ja. Ich bin zwei- oder dreimal dort gewesen, aber die Reise dauert mehrere Tage und die lange Kutschfahrt ist schlecht für meinen Rücken.«

»Wie isses da so?«

Er zuckte mit den Schultern. »Was soll ich sagen? Es ist eine Stadt wie jede andere. Überall wimmelt es von Menschen, vor allem, seit in den Bergen Gold gefunden wurde. Rich City ist groß und sie haben Häuser aus Stein. Nicht wie hier, wo alles aus Holz ist. Es gibt mehrere Theater, eine Oper und eine Universität.«

»Auch Hotels?«

»Dutzende! Sogar richtige Luxusherbergen.«

»Und Fabriken?«

»Ja, Spinnereien, verschiedene Manufakturen und Möbelfabriken. In Rich City gibt es alles.«

Bella Rossas Augen leuchteten. »Und da is auch das Meer, oder?«

»Natürlich.« Der Händler lächelte. »Der Ozean.«

»Der Ozean«, wiederholte Bella Rossa.

Sie rollte den Stoff auf, nahm die Ballen unter den Arm und verließ den Laden wie in Trance. Rich City. Der Ozean. Luxushotels. Die Oper. Hinter diesen wunderbaren Wörtern konnten sich doch unmöglich neue Katastrophen verbergen, oder?

Sie kehrte ins Hotel zurück und wartete ungeduldig auf Jaroslaw und Lom'Pa. In ihrem Kopf war alles fix und fertig, alles griff ineinander, wie die Zähne und Ösen ihrer seltsamen Erfindung, an der sie sich nicht sattsehen konnte. Sie jubelte innerlich, während sie sich die unendlichen Möglichkeiten ausmalte, die dieses kleine Wunder aus Metall bot. Aber vorher würde es an der Hose von Jaroslaw seine allererste Anwendung finden.

SIEBENUNDZWANZIGSTES KAPITEL

Als der Wagen zurückkam, war das Erste, was Bella Rossa zu Jaroslaw sagte: »Zieh deine Hose aus.«

»Wie bitte?« Jaroslaw zog die Augenbrauen hoch.

»Zier dich nich! Hose runter und her damit!«

Lom'Pa auf seiner Tonne begann zu meckern. »Was haste denn nu schon wieder in deinem mottenzerfressenen Gehirn ausgebrütet? Soll er sich jetzt etwa nackt ausziehen, um deinen Plunder zu verscherbeln? Meinste nich, wir ham langsam genug von deinen verrückten Ideen? Sieh dir das an: Zwei armselige Scheine und 'ne Handvoll Kleingeld, das is alles, was wir noch haben! Komm lieber mit und hilf uns, statt nachzudenken. Und auf den andern Spaßvogel hier solltest du besser aufpassen, bevor alle Weiber des Landes angerannt kommen und ein Hühnchen mit ihm rupfen wollen. Heute hat sich eine auf uns gestürzt wie 'ne Furie. Ich dacht schon, die werden wir nie wieder los!«

Bella Rossa kniff die Augen zusammen und sah Jaroslaw an. »Was soll das jetzt schon wieder heißen?«

»Nichts«, sagte er. »Ein Missverständnis. Wozu brauchst du meine Hose?«

»Ich will was annähen, damit sie leichter zugeht«, antwortete Bella Rossa. »Geh und bezahl unser Zimmer. Wir reisen ab.«

Resigniert griff Jaro nach einem Laken, wickelte es sich um die Hüften und tat, was Bella Rossa wollte. Wenn sie eine Entscheidung getroffen hatte, gehorchte man besser.

»Wo willste denn jetzt schon wieder hin?« Lom'Pa seufzte. »Du hast wirklich Hummeln im Hintern. Hier geht's uns doch gut. Es gibt 'nen prima Saloon.«

Bella Rossa kletterte auf den Wagen.

»Was is'n das für'n Chaos?«, schimpfte sie, als sie die umgekippten Säcke und Kisten und die durcheinanderliegenden Töpfe sah. »Das räumt ihr gefälligst alles wieder auf!«

»Dies kleine Biest war schuld«, verteidigte sich Lom'Pa. »Du hättst sie sehen sollen, wie sie sich an den Wagen gekrallt hat, ein richtiger Satansbraten! Wir ham mit Geschirrtüchern nach ihr geschlagen, aber diese Rotzgöre war schwerer loszuwerden als 'ne Schmeißfliege!«

»Was wollte sie von Jaro?«

»Geht mich nichts an«, grunzte Lom'Pa. »Aber wenn

du mich fragst, hat sich dein Sergeant ganz schön was eingebrockt. Sie faselte, sie wär ihm seit Anaconda Falls auf'n Fersen …«

Bella Rossa zuckte mit den Schultern. Zum Teufel mit den Komplikationen! Das Einzige, was sie in diesem Moment wollte, war von hier wegzukommen.

Trotz der Unordnung fand sie die Schatulle mit den Kurzwaren und holte eine Nadel, Garn und eine spitze Schere heraus. Sie setzte sich auf die Bank und gab das Zeichen zur Abfahrt, kaum dass Jaroslaw zurück war und sich neben sie gesetzt hatte.

»Fahr immer nach Westen, auf der Route der Kutschen. Wir schlagen unterwegs unser Lager auf.«

So verließen sie Buffalo Springs, das Hotel, den Saloon und das Land der Goldsucher. Bella Rossa fragte Jaroslaw nicht nach dem Mädchen, das ihn verfolgt hatte. Sie versank völlig in ihrer Näharbeit und sagte kein Wort mehr.

Sie hielten erst bei Einbruch der Nacht, um in einer Landschaft mit sanften Hügeln und Obstbäumen zu rasten. Im Gras plätscherte ein Bach und irgendwo schrie eine Eule.

Sie waren völlig erschöpft.

Jaroslaw sprang vom Wagen und machte Feuer. Bella Rossa hob Lom'Pa von seiner Tonne und legte ihn auf eine Decke. Es war Wochen her, seit sie zuletzt unter freiem Himmel geschlafen hatten, mitten in der Natur mit ihrer wilden Finsternis voller unheimlicher Geräusche.

»Is zufällig noch 'n winziges Schlückchen im Wagen?«, erkundigte sich der Alte und schauderte in der kalten Nachtluft.

Bella Rossa suchte tastend unter der Plane. Hatte sie nicht irgendwo eine Flasche Whiskey versteckt? Aber wo? Alles lag wild durcheinander. Sie kroch durch das Chaos, langte zwischen zwei Kisten und hob eine Decke hoch, als sich plötzlich etwas bewegte.

»Was is das?« Sie zuckte zurück. »Jaro! Das Gewehr!«

Während Jaroslaw angerannt kam, ertönte eine gedämpfte Stimme klagend in der Dunkelheit.

»Ich bin's nur, Madam! Töten Sie mich nicht, ich flehe Sie an!«

Bella Rossa verschlug es fast die Sprache. »Wer is da?«

»Ich bin es ... Abby.«

Eine Gestalt tauchte aus dem Durcheinander auf, genau in dem Moment, als Jaro das Gewehr durchlud.

»Warte«, befahl Bella Rossa. »Nich schießen.«

Die Gestalt zitterte. Zwei Augen voller Tränen leuchteten in der Dunkelheit.

»Töten Sie mich nicht«, schluchzte sie. »Ich hab mich hier versteckt, aber ich hab nichts gestohlen, Ehrenwort!«

»Komm da raus«, befahl Bella Rossa. Sie sprang vom Wagen und stellte sich neben Jaroslaw, der mit dem Gewehrlauf immer noch auf den ungebetenen Gast zielte. »Beeil dich!«

Im Schein des Lagerfeuers kroch ein sehr junges Mädchen unter der Plane hervor. Es drückte eine seltsame, mit Bommeln verzierte Tasche an sich.

»Das is die Furie!«, rief Lom'Pa. »Diese verdammte Hexe! Sie muss auf den fahrenden Wagen gesprungen sein!«

Jaro senkte das Gewehr und stieß einen genervten Seufzer aus, während das Mädchen in Tränen ausbrach.

»Verzeihen Sie mir«, schluchzte sie. »Ich … ich wollte Sie nicht erschrecken … Ich wollte nur … ich bin völlig verzweifelt, ich kann nirgendwo mehr hin, haben Sie Mitleid mit mir!«

Sie fiel unter dem Sternenhimmel auf die Knie und ihr mit Spitzen besetztes Kleid legte sich wie eine große Blüte um sie und ihre seltsame Handtasche. Bella Rossa traute ihren Augen kaum.

»Das is sie, ich sag's dir!«, wiederholte Lom'Pa. »Die Kleine aus Anaconda Falls! Warum fragste deinen polnischen Spaßvogel nich, wo er diese Schnattergans aufgegabelt hat?«

Bella Rossa stützte die Hände in die Hüften und sah Jaro an. Ihr Blick verhieß nichts Gutes.

»Ich bin völlig unschuldig«, verteidigte er sich. »Keine

Ahnung, was die von mir will! Wahrscheinlich ist sie einfach verrückt.«

»Lügner!«, rief das Mädchen und hob mit einem Ruck den Kopf. »Sie wissen ganz genau, wer ich bin und was ich will! Ich hab's Ihnen vorhin gesagt! Sie haben mich wie eine lästige Fliege weggescheucht, aber Sie haben keine Ahnung, wozu ich fähig bin! Ich bin auf Ihren Wagen gesprungen, als Sie losgefahren sind. Sie haben nicht das Recht, mich weiter zu demütigen!«

Sie schrie wie ein verletztes Tier, so dass man es mit der Angst bekommen konnte. Die Wut und Entschlossenheit in ihrem tränenüberströmten Gesicht verschlugen Jaroslaw die Sprache. Bella Rossa ging zu ihr, reichte ihr die Hand und half ihr auf.

»Wir klär'n das besser am Feuer.«

Das Mädchen raffte seine Röcke und ließ sich ans Feuer führen. Sie zitterte am ganzen Körper.

»Und was is mit meiner Flasche?«, beschwerte sich Lom'Pa.

»Halt die Klappe!«, fuhr ihn Bella Rossa an. »Siehste nich, dass wir grad andre Sorgen haben?«

Sie bat das Mädchen um eine Erklärung und machte sich auf das Schlimmste gefasst.

»Ich heiße Abigail Stampton«, begann die Kleine. »Meine Familie war auf der Durchreise in Anaconda Falls, als Ihr Wagen dort Station gemacht hat. Das ist jetzt drei Monate her, erinnern Sie sich?«

Bella Rossa nickte. Sie hatten mehrere Tage in der kleinen Stadt am Ufer eines Sees gehalten und dort das Dörrgerät, zwei Bügeleisen und die Pralinenförmchen verkauft.

»Ich hab mich schrecklich in diesem Kaff gelangweilt.« Abby seufzte. »Wissen Sie, ich bin eher an das Stadtleben gewöhnt. Bälle, Geschäfte, Theateraufführungen … Ihr Wagen war eine willkommene Abwechslung! Besonders gut hat mir das Hornblasen gefallen. Ich bin fast jeden Tag gekommen, um Ihre Waren anzuschauen … Ich fand Sie alle drei sehr unterhaltsam und originell.«

»Originell?«, wiederholte Bella Rossa verblüfft.

»Entschuldigen Sie bitte, ich wollte Ihnen nicht zu nahe treten. Ich erzähle das alles nur, weil Ihr Mitarbeiter schließlich angefangen hat, mir schöne Augen zu machen. Er hat …«

»Ich versteh schon«, unterbrach sie Bella Rossa.

»Ich werde es mein ganzes Leben lang bereuen«, fuhr Abby fort. »Aber er war so zuvorkommend und charmant, dass ich keinen Verdacht geschöpft hab. Ich hatte noch keine Erfahrung mit diesen Dingen, verstehen Sie? Das Problem ist nur …«

Sie verstummte und biss sich auf die Lippe, während sie nervös mit den Bommeln an ihrer Tasche herumspielte.

»Das Problem ist … ich bin schwanger!«, stieß sie

schließlich ängstlich hervor. »Seitdem bin ich die Schande meiner Familie. Als mein Vater davon erfahren hat, hat er mich rausgeschmissen. Plötzlich stand ich auf der Straße, ganz allein, und konnte niemanden um Hilfe bitten. Also hab ich beschlossen, denjenigen zu finden, der mir das Unglück eingebrockt hat, koste es, was es wolle!«

Bella Rossa warf Jaroslaw einen missbilligenden Blick zu.

»Das haste jetzt davon, du Weiberheld!«, schimpfte sie. »Warum musste auch immer jedem Rock nachlaufen? Zum Teufel, wie alt ist die Kleine?«

»Siebzehn Jahre«, schniefte Abby. »Seit letztem Monat. An meinem Geburtstag war ich mutterseelenallein und hab Rotz und Wasser geheult.«

Jaro wusste weder aus noch ein. Er trat nervös von einem Bein aufs andere, stets darauf bedacht, Bella Rossa nicht zu nahe zu kommen, um sich nicht an den Flammen ihrer Wut zu verbrennen. Am liebsten wäre er ein Maulwurf gewesen und in den Tiefen der Erde verschwunden.

»Alles schön und gut«, mischte sich Lom'Pa ein. »Jetzt wissen wir Bescheid. Können wir nu endlich 'nen Schluck trinken?«

Abby nickte zustimmend. »Da sag ich nicht Nein. Ein kleiner Muntermacher wäre jetzt genau das Richtige.«

Jaroslaw nutzte die Gelegenheit, um sich nützlich

zu machen. Er kletterte in den Wagen und kam mit dem Whiskey und zwei weiteren Decken zurück. Er war blass und wagte es nicht, jemandem in die Augen zu sehen.

»Du solltest dich was schämen!«, zischte Bella Rossa mit zusammengebissenen Zähnen. »Die Kleine hier is der lebendige Beweis für deine Dummheit! Was soll'n wir denn jetzt mit ihr machen?«

»Oh, bitte nehmen Sie mich mit!«, flehte Abby. »Ich hab noch etwas Geld in meiner Tasche. Ich bezahle für mein Essen. Ohne Ihre Hilfe bekomme ich bestimmt die schlimmsten Probleme …«

Bei diesen Worten zuckte Bella Rossa zusammen. Sie wusste nur allzu gut, wie es war, die ›schlimmsten Probleme‹ zu bekommen.

»Natürlich bleibst du bei uns«, verkündete sie.

Lom'Pa nahm einen kräftigen Schluck aus der Flasche. »Dies Küken erinnert mich irgendwie an deine Mutter. Derselbe verschreckte Gesichtsausdruck.«

»Ich bin nicht verschreckt«, stellte Abby richtig, nachdem sie einen großen Schluck Whiskey getrunken hatte. »Ich bin in Not, weil ich ein Baby erwarte, das ist alles. Aber, wie mein Vater immer sagt, eine Stampton lässt sich nicht unterkriegen, was auch kommen mag.«

»Die Kleine is nich auf'n Mund gefallen, das muss man ihr lassen!« Lachend griff Lom'Pa wieder nach der Flasche.

Er setzte sie an, leerte sie bis auf den letzten Tropfen und warf sie ins Gras. Dann streckte er sich aus, gluckste noch ein paarmal und war im nächsten Moment eingeschlafen. Friedlich schnarchend lag er unter dem Sternenhimmel. Dies ganze Gerede von Frauenzimmern und Babys war ihm zu kompliziert, um diese Dinge sollten sich andere kümmern. Jaroslaw hatte währenddessen im Wagen Zuflucht gesucht und hoffte, die Wut der beiden Frauen würde mit dem Feuer erlöschen.

»Sie sind sehr nett«, murmelte Abby. »Ich wusste, dass Sie nicht das Herz haben würden, mich wegzujagen, nach allem, was Ihr Kompagnon mir angetan hat. Wenn ich eines Tages meine Ehre und meine Familie wiederhabe, erzähle ich meinem Vater, was Sie für mich getan haben. Er wird Sie reich belohnen, das verspreche ich Ihnen …«

Gähnend fügte sie hinzu: »Papa nimmt es sehr genau mit der Familienehre, müssen Sie wissen. Er ist in England erzogen worden.«

Sie streckte sich auf einer Decke aus und schlief schnell ein, erschöpft von all der Aufregung.

Bella Rossa blieb allein am Feuer sitzen und starrte in die Glut. Eine unbestimmte Traurigkeit schnürte ihr das Herz zusammen. Jedes Mal, wenn sie eine Sache in Angriff nahm, geschah etwas, das ihr einen Strich durch die Rechnung machte. Sie kochte innerlich. Um sich abzureagieren, zählte sie im Kopf alle Schimpfwörter auf, die sie kannte. Als ihr keine mehr einfielen, sah sie in den Nachthimmel und versuchte sich vorzustellen, wie unbedeutend ihr Leid im Vergleich zu den Katastrophen war, die in einem so großen Universum passierten.

Sie musste an die freundlichen jungen Damen denken, die bei Ole Garson Kirchenlieder gesungen hatten, und an ihre Mutter. Wie gern hätte Bella Rossa wie diese Frauen einfach auf Gott vertraut, ihm ihre Sorgen erzählt und darauf gewartet, dass ihre Gebete erhört wurden. Aber es war nichts zu machen: Sie konnte noch so lange in den Himmel starren, sie sah dort nichts als Dunkelheit und die Gleichgültigkeit der Sterne.

Ein Stück weiter stand das Pferd unter den Pflaumenbäumen und wartete auf den Morgen. Wenn sie den Mut gehabt hätte, wäre Bella Rossa auf seinen Rücken gestiegen und davongeritten. Stattdessen betrachtete sie Abigail. Ihr glattes Gesicht, ihre blonden Locken und ihren fein gezeichneten Mund. Dieses Mädchen war in der Tat bezaubernd. Kein Wunder, dass Jaro es hatte vernaschen wollen. Jetzt bekam er die Quittung. Und sie alle mit ihm!

»Ein Baby!« Seufzend schüttelte sie den Kopf. »Was soll'n wir damit nur anfangen?«

Die Kugel rollte wieder durch ihre Eingeweide. Der Schmerz wurde immer schlimmer, bis sie keine Luft mehr bekam.

Sie biss die Zähne zusammen und massierte sich lange den Bauch, während die unheimlichen Schreie der unsichtbaren Eulen in den Obstbäumen durch die Nacht hallten.

ACHTUNDZWANZIGSTES KAPITEL

Während der drei Tage, die sie bis Rich City brauchten, war die Stimmung äußerst angespannt. Bella Rossa nähte verbissen, Jaro lenkte den Wagen, Lom'Pa meckerte und Abby redete wie ein Wasserfall.

»Hab ich schon erzählt, dass mein Vater, William Stampton, ein bekannter Ingenieur ist? Er weiß alles über den Bau von Brücken, Lokomotiven und Schächten und er entwickelt gerade ein dampfbetriebenes Gefährt, das demnächst die Kutschen ersetzten könnte. Er hat an den besten Universitäten Europas studiert und mein Bruder Leland wird bald an seiner Seite arbeiten. Er will Schiffe bauen und wird bestimmt sehr erfolgreich sein. Sind Sie schon mal mit einem Schiff gefahren? Ich ja, als wir aus England gekommen sind. Aber da war ich erst sechs, deshalb kann ich mich nicht mehr so gut daran erinnern. Seitdem haben wir in verschiedenen Häusern gewohnt und Mama sagt immer, sie hat keine Lust mehr, ständig ihre Koffer zu packen. Ich mag Veränderungen.

Deshalb gefällt es mir auch, mit Ihnen nach Rich City zu fahren.«

»Kannste nich mal fünf Sekunden die Klappe halten?« Lom'Pa seufzte.

»Interessiert Sie das etwa nicht?«, fragte Abby verwundert.

»Nein.«

Eine Weile hüllte sich Abby in beleidigtes Schweigen, aber ihre Geschwätzigkeit gewann immer wieder die Oberhand.

»Hab ich schon erzählt, dass ich auch eine Schwester habe? Sie heißt Phillis und ist erst sieben. Sie ist ein Engel! Mama sagt immer, wie glücklich sie ist, so wohlgeratene Kinder zu haben. Nach allem, was ich getan habe, kann sie sich jetzt wahrscheinlich nicht mehr damit rühmen. Als Papa mich vor die Tür gesetzt hat, hat sie geheult wie ein Schlosshund. Sie hat mir ihre Handtasche und etwas Geld gegeben. Wenn Phillis wüsste, dass die Tasche jetzt mir gehört, würde sie durchdrehen vor Neid! Ist sie nicht hübsch, mit all den vielen kleinen Bommeln?«

Lom'Pa stöhnte verzweifelt. »Glaubt ihr, wir können diese Plaudertasche irgend'nem Kunden andrehen?«

»Machen Sie sich ruhig lustig über mich«, erwiderte Abby. »Das ist mir egal. Ich bin eine Quasselstrippe, da haben Sie Recht. Aber das wird mir bei meinen Zukunftsplänen bestimmt noch mal sehr nützlich sein …«

Als niemand nachfragte, fuhr sie von selbst fort: »Seit ich ein kleines Mädchen bin, träume ich davon, Schauspielerin zu werden. Das hätten Sie nicht gedacht, oder? Aber ich bin mir sicher, dass es mein Schicksal ist, auf der Bühne zu stehen! Einmal hab ich in einem Theater eine wunderhübsche Frau gesehen, die aus Liebe zu einem König gestorben ist. Das war so schön! Ich hab mir vorgestellt, ich wäre sie, in einem weißen Kleid und mit Tränen in den Augen. Papa ist zwar nicht so richtig begeistert von der Idee, aber jetzt, wo er mich rausgeworfen hat, hat er mir gar nichts mehr zu sagen!«

Vorne auf der Bank machte Jaroslaw ein niedergeschlagenes Gesicht. Er sagte keinen Ton mehr und wich Bella Rossas anklagendem Blick aus. Abigails Anwesenheit ließ ihn erstarren. Er hatte keinerlei Erinnerung daran, sie in Anaconda Falls verführt zu haben. Allerdings musste er zugeben, dass er sich nie an seine Eroberungen erinnerte. Die Gesichter all dieser Mädchen lösten sich in seinem Gedächtnis auf, eins nach dem anderen. Abigails Anblick war für ihn so erschreckend, als würde er einen Geist sehen. Doch die Kleine war aus Fleisch und Blut … Schlimmer noch: Sie erwartete ein Baby von ihm. Dieser Gedanke versetzte ihn in Panik und drehte ihm fast den Magen um.

»Was nähen Sie denn da?«, fragte Abby in regelmäßigen Abständen. »Kommen Sie schon, verraten Sie es mir! Ich liebe Handarbeiten! Ich kann sticken, stricken und Mama hat mir sogar beigebracht, wie man Teppiche webt. Ich kann den Kreuzstich, den Flechtstich und den Verbindungsstich. Vermutlich bin ich so was wie ein Naturtalent. Lassen Sie es mich auch mal probieren? Ich würde Ihnen so gerne helfen!«

»Die größte Hilfe wär's, wenn du endlich die Klappe hältst!«, schimpfte Lom'Pa.

Kurzum, es war ein Kreuz.

Eines Abends hielt Jaro den Wagen endlich auf der Kuppe eines Hügels an. Auf seinem sonnenverbrannten Gesicht lag eine dicke Schicht Straßenstaub. Er war hungrig und durstig. Aber die Aussicht, die sich ihm bot, ließ ihn auf einen Schlag alle Mühsal vergessen.

»Seht euch das an!«, flüsterte er.

Am Fuß des Hügels bildeten die abschüssigen Straßen von Rich City eine Art Schachbrettmuster. Hohe Gebäude aus Holz und Stein waren über die grünen Hügel verteilt und ganz hinten, unter den flach einfallenden Strahlen der untergehenden Sonne, lag der Ozean.

Bella Rossa ließ ihre Näharbeit sinken. Als sie die unendliche Weite des Meeres erblickte, die kleinen, in der Bucht vertäuten Boote, und all das goldene Geglitzer, hob sich ihre Brust und sie musste die Tränen hinunterschlucken. Dieser Ort war zum Weinen schön.

»Das is ja …«, sagte Lom'Pa nur.

Ausnahmsweise fiel ihm kein passender Fluch ein. In

seinem ganzen Leben als Flachlandbewohner hatte er noch nie so viel Wasser gesehen.

»Sie machen vielleicht komische Gesichter!« Abby lachte. »Man könnte fast meinen, Sie hätten noch nie das Meer gesehen!«

Jaro, Lom'Pa und Bella Rossa warfen ihr finstere Blicke zu. Eins hatten sie inzwischen festgestellt: Dieses Mädchen mit dem Gesicht eines Engels konnte einem das Leben wirklich zur Hölle machen.

Vierter Teil

NEUNUNDZWANZIGSTES KAPITEL

Einen Morgen nach ihrer Ankunft in Rich City waren sie schon wieder so arm wie die Kirchenmäuse. Bella Rossa hatte die restlichen Scheine aus der Blechdose ausgegeben und ihr Warenlager bestand nur noch aus einer Kohlenschaufel, einem Wasserkrug, zwei Kalendern und einer Angelrute.

»Biste nu völlig übergeschnappt?«, regte sich Lom'Pa auf, als er sah, was seine Tochter gekauft hatte. »Wir sind halb verhungert und du schmeißt das Geld zum Fenster raus! Das is verdammt noch mal nich der richtige Moment, um sich rauszuputzen!«

Bella Rossa hatte ihr neues Kleid angezogen, das sehr rot und sehr tief ausgeschnitten war. Dazu trug sie ein Paar schwarze Stiefeletten, die sie im Modegeschäft einer Französin entdeckt hatte. Sie hatte noch versucht, einen Hut mit Schleier herunterzuhandeln, aber die Verkäuferin war nicht darauf eingegangen.

»Wie reizend!«, rief Abby entzückt. »Hören Sie nicht

auf das alte Lästermaul. Mama sagt immer, eine Frau sollte in jeder Situation gut angezogen sein. Ich finde, Sie sehen ganz und gar bezaubernd aus!«

Bella Rossa blickte zu Jaroslaw. Er saß etwas abseits bei den Kühen und brütete vor sich hin.

»Und du?«, fragte sie. »Was meinst du?«

Er musterte sie mit gerunzelter Stirn. »Du siehst aus wie ein Flittchen.«

»Vielen Dank.«

»Gern geschehen.« Jaro zuckte mit den Schultern. »Wenn ich es wage, dir ein Kompliment zu machen, schickst du mich ja sowieso wieder zum Teufel …«

Bella Rossa beachtete ihn nicht länger. Sie hatte beschlossen, sich nur noch um die wichtigen Dinge des Lebens zu kümmern. Jaros schlechte Laune gehörte nicht dazu.

Sie schnallte die Hose und die Stoffballen auf dem Rücken des Pferdes fest, ließ Lom'Pa in Abbys Obhut und schwang sich in den Sattel.

»Wo willst'n jetzt schon wieder hin, du stures Weibsstück?«, grummelte ihr Vater. »Wozu hat man 'ne Tochter, wenn sie sich dauernd aus'm Staub macht?«

»Ich hab 'nen Geschäftstermin.« Bella Rossa lächelte. »Und macht keine Dummheiten, solang ich weg bin!«

Erhobenen Hauptes trabte sie den Hügel hinunter auf die abschüssigen Straßen von Rich City zu und ihr Kleid bauschte sich im Wind.

Wenig später betrat Bella Rossa das Büro der Fabrikanten Dodge und Peterson, mitten im Industrieviertel der Stadt.

Robert Dodge und Magnus Peterson waren beim Anblick dieser rothaarigen Frau in ihrem leuchtend roten Kleid wie geblendet. Sie rissen Mund und Augen auf und vergaßen auf einen Schlag sämtliche Bestellscheine, Haben-und-Soll-Buchungen und Gehaltszettel ihrer Angestellten. Bella Rossas atemberaubende Schönheit vernebelte ihnen augenblicklich das Gehirn, was genau die gewünschte Wirkung war.

Bella Rossa stellte sich vor, ging mit wiegenden Hüften auf die beiden Männer zu und legte die Stoffballen und die Hose, auf die sie mit festen Stichen den Prototyp ihres ›revolutionären Gleitverschlusses‹ genäht hatte, vor sie hin.

Dodge und Peterson blinzelten. Bella Rossas Brüste, eingezwängt in dem tiefen Ausschnitt ihres knallroten Kleides, sahen aus wie zwei Heißluftballons kurz vor dem Abheben. Die beiden Fabrikanten hätten alles dafür gegeben, jetzt einen kleinen Jungfernflug zu unternehmen.

Bella Rossa, die sich ihrer Wirkung durchaus bewusst war, bewahrte trotzdem einen kühlen Kopf. Sie griff nach dem Metallring und ließ das kleine Dreieck an den Metallzähnen entlanggleiten. Es machte ›zipp‹ und Bella Rossa rühmte vor ihren Zuhörern die Vorteile ihrer Erfindung: Dank dieses ›Gleitverschlusses‹ ließen sich Hosenschlitze mit einer einzigen Bewegung öffnen und schließen. Es war kinderleicht.

»… selbst für Einarmige«, fügte sie hinzu, denn sie musste es schließlich wissen.

Nachdem sie ihre Erfindung eine Stunde lang erklärt und vorgeführt hatte, unterschrieben Dodge und Peterson einen Vertrag, in dem sie sich verpflichteten, die erste Lieferung des neuen Hosenmodells umsonst herzustellen. Bella Rossa würde ihnen das Geld nach und nach mit den Einnahmen aus ihren Verkäufen zurückzahlen. Strahlend setzte sie ein Kreuz unter den Vertrag.

»Ich lass Ihnen den Prototyp hier.« Sie zeigte auf die Hose. »In sechs Tagen komm ich wieder und hol die Lieferung ab.«

Robert Dodge nickte nur, stumm wie ein Fisch. Normalerweise verhandelte er mit strengen Herren, die nach Zigarre rochen. Diese bezaubernde Frau war wie eine frische Brise und sein Arbeitsalltag erschien ihm plötzlich in einem anderen Licht. Magnus Peterson ging eilig um den Schreibtisch herum, nahm Bella Rossas Arm und begleitete sie zur Tür.

»Sechs Tage …«, murmelte er. »Ich weiß nicht, ob ich es so lange ohne Sie aushalte.«

Bella Rossa schob sich eine widerspenstige Haarsträhne hinter das Ohr.

»Kümmern Sie sich nur schnell um meine Bestellung«, säuselte sie. »Ich denke an Sie.«

»Wirklich?« Peterson zuckte zusammen.

Lächelnd schlug sie die Augen nieder und verließ das Büro mit kleinen, vorsichtigen Schritten, um sich in ihren neuen Stiefeln nicht die Knöchel zu verstauchen.

Als sie wieder auf der Straße stand, stieß sie einen erleichterten Seufzer aus. Sie hatte es geschafft! Dieser Vertrag war der letzte Punkt ihres Plans. Dafür lohnte es sich, die Verführerin zu spielen und ein paar Blasen an den Zehen zu bekommen. In sechs Tagen würden die vereinbarten zehn Kisten fertig sein: zweihundert Hosen mit dem ›revolutionären Gleitverschluss Marke Bella Rossa‹, auf Kosten der Kleiderfabrik Dodge und Peterson! Am liebsten hätte sie Luftsprünge vor Freude gemacht oder jemanden abgeküsst!

Sie schwang sich wieder in den Sattel, das Herz leicht und den Kopf voller Zahlen.

»Wenn ich die Hosen für vier Dollar das Stück verkaufe und dreißig Dollar für den Schmied, zehn für den Tuchhändler und die Rate für die Rückzahlung abzieh, kann ich immer noch im Nu … sechshundertsechzig Dollar verdienen!«

Das war wesentlich mehr, als sie jemals mit ihren Töpfen eingenommen hatte. Sie trieb das Pferd an. Was für ein herrlicher Tag!

»Und wenn ich fünf Dollar pro Hose nehme?«, überlegte sie weiter, während sie durch die schnurgeraden Straßen von Rich City ritt. »Dann wär'n es sogar achthundertsechzig Dollar!«

Mit wachsender Begeisterung berechnete sie ihre Gewinne, bis sie wieder oben auf dem Hügel ankam, wo ihre Gefährten auf sie warteten.

»He, Jaro, was glaubst du, wie viele Leute leben in dieser Stadt?« Sie sprang vom Pferd und ging auf ihn zu.

Jaroslaw starrte sie an. »Wo ist meine Hose?«

»Du kriegst sie in sechs Tagen zurück. Also, wie viele?«

»Keine Ahnung. Hunderttausend vielleicht? Oder zweihunderttausend?«

»Zweihunderttausend!«, jubelte Bella Rossa. »Unglaublich! Wenn ich jedem Bewohner von Rich City 'ne Hose mit Gleitverschluss verkaufe, dann macht das …«

Es war eine astronomisch hohe Zahl. Sie schaffte es nicht, sie auszurechnen. Stattdessen ließ sie ihren Blick über diese riesige Stadt wandern, die sich zu ihren Füßen ausbreitete wie der rote Teppich eines Luxushotels. Direkt vor ihrer Nase lagen Tausende von Dollars, zum Greifen nah! Endlich hatte sie ihre Goldmine gefunden! Ihre ganz persönliche Goldader …

»Und alles nur, weil du's nich lassen kannst, ständig und überall deinen Hosenschlitz zu öffnen!«, rief sie und gab Jaroslaw einen schwungvollen Kuss.

In ihrer spekulativen Begeisterung vergaß sie all das Leid, das Jaro ihr zugefügt hatte, die unerträglichen

Qualen der Eifersucht, ihr gebrochenes Herz und ihren verletzten Stolz. Sie vergaß die Mädchen mit den dicken Hintern, die einsamen Nächte, in denen sie auf die Rückkehr ihres Liebsten gewartet hatte, die bohrenden Bauchschmerzen und alles andere.

»Wir werden Millionäre!«, rief sie und tanzte um Jaroslaw herum. »Is das nich wunderbar? Und wenn wir erst mal reich sind, dann heirate ich dich!«

Jaro starrte sie verblüfft an. War ihre Liebesgeschichte vielleicht doch noch nicht vorbei? Durfte er noch ein bisschen träumen und darauf hoffen, dass Bella Rossa die lange Liste ihrer Vorwürfe irgendwann vergessen konnte? Sie hatte so viel gelitten, durch seine Schuld und durch das Leben im Allgemeinen, dass Jaro nicht mehr damit gerechnet hatte. Doch jetzt, als sie sich in ihrem roten Kleid auf dem Hügel im Kreis drehte, schöpfte er neue Hoffnung.

Aber dieses winzige Stück blauer Himmel verdüstert sich sofort wieder.

»Und ich?«, mischte sich Abby beleidigt ein. »Was ist mit mir? Vergessen Sie nicht, dass ich ein Kind von Herrn Jaro erwarte. Wenn er jemanden heiratet, dann ja wohl mich!«

Bella Rossa wurde bleich. Dieses Mädchen war wirklich wie ein Eimer kaltes Wasser. Jaro? Sie heiraten? Sonst noch was? Um jede Diskussion im Keim zu ersticken, holte Bella Rossa einen Pinsel und einen Topf

Farbe aus dem Wagen und drückte Abby beides in die Hand.

»Hier, mach dich nützlich! Ich brauch ’nen neuen Slogan auf der Plane. Du kannst doch schreiben, oder?«

»Natürlich! Mama sagt immer …«

»Is mir egal, was deine Mutter sagt. Schreib ›Bella & Co. – Revolutionäre Gleitverschlüsse für Hosenschlitze aller Art‹, und zwar in Schönschrift. Gib dir gefälligst ’n bisschen Mühe, klar?«

DREISSIGSTES KAPITEL

Sechs Tage später öffnete Bella Rossa vor den Augen ihrer Gefährten triumphierend die gelieferten Kisten. Sie faltete jede Hose auseinander und probierte die Verschlüsse aus. Die Ringe glitten mit einem herrlichen ›Ziiip‹ hinauf und hinunter. Dodge und Peterson hatten gute Arbeit geleistet.

»Ich glaub, das is das Modernste, was ich je gesehen hab!«, beglückwünschte sich Bella Rossa selbst. »Ich sag's euch: Die Tage der Knöpfe sind gezählt!«

Jaroslaw zog eine der Hosen an. Bella Rossa konnte sich ein ironisches Grinsen nicht verkneifen, als sie sah, wie leicht er seinen Hosenschlitz nun öffnen und schließen konnte.

»Praktisch, wenn man's eilig hat, was?«

Er zuckte mit den Schultern. Seit sie in Rich City angekommen waren, hatte er den Hügel kein einziges Mal verlassen und kein einziges Mädchen war in seinen Armen gelandet.

»Ich müsste es ausprobieren«, erwiderte er dennoch. »Wenn man wissen will, ob eine Erfindung etwas taugt, muss man sie unter realen Bedingungen testen.«

»Wie wär's, wenn du sie erst mal unsren Kunden vorführst?«, schlug Bella Rossa vor. »Wir müssen diese Hosen unter die Leute bringen, sonst sind wir bald pleite.«

In den nächsten Wochen klapperten sie mit ihrem Wagen die Straßen und Plätze der Stadt ab und schufteten unermüdlich von morgens bis abends.

Aber zu Bella Rossas großer Enttäuschung verkauften sich die revolutionären Hosen nur sehr schleppend. Trotzdem ließ sie nichts unversucht. Sie hatte die Preise gesenkt und sich sogar eine raffinierte kleine Komödie ausgedacht, in der Abby die Rolle der unbekannten Kundin spielte.

Sobald sich einige Schaulustige versammelt hatten, trat das junge Mädchen vor und rief laut: »Ich hab letzte Woche eine Hose für meinen Vater bei Ihnen gekauft. Er ist so begeistert, dass ich noch zwei Hosen besorgen soll.«

»Noch zwei Hosen?«, antwortete Bella Rossa mit gespieltem Erstaunen.

»Jawohl!«, rief Abby. »Eine für meinen Bruder und eine für meinen Onkel. Sie sind ganz verrückt nach den revolutionären Gleitverschlüssen!«

Dann wickelten sie zum Schein das Geschäft ab und

Abby lobte noch einmal überschwänglich die Qualität und Bequemlichkeit der Gleitverschlüsse. Zumindest ein Kunde aus der Menge ließ sich auf diese Weise immer überzeugen, aber es waren selten mehr.

»Ich versteh das nich!«, seufzte Bella Rossa, als Jaro ihr abends den mageren Gewinn verkündete. »Woran liegt das nur?«

»Vielleicht is die Zeit noch nich reif für deine Erfindung«, sagte Lom'Pa müde. »Auf jeden Fall hilft sie nich gegen 'ne trockene Kehle ...«

Sie nagten am Hungertuch, schliefen mal hier, mal dort unter freiem Himmel und gönnten sich als einzige Abwechslung einen Strandspaziergang am Sonntag, wenn das Wetter schön war. Dann ließen sie die Kühe zurück und hoben Lom'Pa auf den Rücken des Pferdes, damit auch er den Ozean bewundern konnte. Die Wellen waren ein Trost, aber die Schönheit des Meeres, auch wenn sie noch so groß war, machte leider nicht satt.

Sie mussten den Gürtel enger schnallen, bekamen dunkle Ringe unter den Augen und die gelbliche Gesichtsfarbe der Hungerleider. Lom'Pa war so erschöpft, dass er nicht mal mehr schimpfte, und Jaro wurde immer melancholischer. Doch am meisten sorgte sich Bella Rossa um Abby. Das Mädchen war zwar eine Nervensäge ersten Ranges, aber Bella Rossa mochte sie trotzdem. Die Arme war nur noch Haut und Knochen. Ab und zu, an besonders heißen Tagen, fiel sie in Ohnmacht. Dann verzichtete Bella Rossa auf ihren Maisfladen, der meistens ihr Abendessen darstellte.

»Nu iss schon! Ich hab keinen Hunger.«

»Sie lügen«, stellte Abby fest.

»Ich hab Reserven«, erwiderte Bella Rossa und strich sich über ihre natürlichen Rundungen. »Denk an dein Baby und geh mir nich auf die Nerven.«

Schließlich aß Abigail die doppelte Ration.

»Wenn es Ihnen Freude macht«, murmelte sie. »Aber mir ist dieses Baby egal. Ich will es nicht.«

»Macht keinen Unterschied, ob du's willst oder nich. Es kommt so oder so zur Welt.«

»Wozu?«, begehrte das Mädchen eines Tages auf. »Dieses Kind ist noch nicht mal geboren und hat schon ein trauriges Leben. Für mich ist es nur eine Last und sein Vater hasst mich so sehr, dass er nicht mal einen Blick darauf werfen wird. Dabei ist er doch schuld an allem, oder? Aber er ist eben ein Feigling.«

Bella Rossas Wangen begannen zu glühen. Jaroslaw hatte sich in dieser Angelegenheit wahrlich nicht mit Ruhm bekleckert, trotzdem konnte sie es nicht ertragen, wenn jemand schlecht über ihn redete.

»Lass Jaro in Ruhe«, fuhr sie Abby an. »Das is komplizierter, als du glaubst. Sieh zu, dass du genug in den Magen kriegst, und wenn's so weit ist, fällt uns schon 'ne Lösung ein.«

Eines Tages stattete Bella Rossa Robert Dodge und Magnus Peterson einen Besuch ab. Sie versuchte, die Zeichen ihres Niedergangs so gut es ging zu kaschieren, wiegte sich in den Hüften und streckte die Brust raus, aber die beiden Fabrikanten ließen sich nicht so leicht täuschen. Ihr prächtiges rotes Kleid war ausgefranst, die Absätze ihrer Stiefeletten abgelaufen und das Rot ihrer Haare verlor allmählich seinen Glanz.

»Wie laufen die Geschäfte?«, erkundigte sich Dodge, der auf eine baldige Rückzahlung seines Geldes hoffte.

»Ausgezeichnet«, antwortete Bella Rossa großspurig. »Wenn's so weitergeht, brauch ich bald Nachschub.«

»Umso besser!« Peterson lächelte.

Er nahm sie beiseite.

»Was halten Sie von einem gemeinsamen Abendessen in der Stadt?«, raunte er ihr zu. »Nur wir beide, Sie und ich? Ich kenne ein französisches Restaurant am Hafen. Dort bekommt man wunderbares Kalbsfrikassee.«

Bella Rossa lief das Wasser im Mund zusammen. Peterson war ein eleganter, aufmerksamer Mann mit blondem Haar, das er von seinen schwedischen Vorfahren geerbt hatte. Es war doch nichts dabei, sich von einem Wikinger zu einem guten Essen ausführen zu lassen, oder?

Also sagte sie Ja, erst einmal, dann noch einmal ... Es war herrlich, sich endlich wieder den Bauch vollzuschlagen, aber Bella Rossa hatte ein schlechtes Gewissen dabei. Allmählich wusste sie nicht mehr, wie sie Petersons Annäherungsversuche zurückweisen sollte. Sie konnte doch nicht auf seine Avancen eingehen, nur weil er dafür sorgte, dass sie einen vollen Magen hatte, oder?

Während des dritten Abendessens sprach sie das Thema schließlich an. »Es is ja nich so, dass ich unsere Treffen nich genießen würde, aber … wie soll ich sagen … ich glaub, Sie machen mir ein wenig den Hof und …«

»Ganz richtig, ich mache Ihnen den Hof«, unterbrach sie Peterson und wurde rot. »Ich wollte Sie nicht in Verlegenheit bringen, aber Sie sind so schön, so resolut und offen. Seit ich Sie zum ersten Mal gesehen habe, bin ich wie verzaubert. Ich kann Sie nicht anlügen. Ich hoffe inständig, dass Sie meine Anwesenheit eines Tages zu schätzen wissen.«

»Das tu ich doch schon!«, rief Bella Rossa. »Aber ich muss Ihnen was sagen … ich hab schon 'nen Mann.«

»Sie sind verheiratet?«, fragte Peterson schockiert.

»Nein, nein. Aber so gut wie.«

»Sie lieben ihn, ist es das?« Petersons Miene verdüsterte sich.

»Nun ja …« Bella Rossa zögerte. »Die Sache is kompliziert. Sie is sogar so kompliziert, dass ich sie Ihnen nich erklären kann.«

Peterson runzelte die Stirn. »Erwidert er Ihre Gefühle nicht?«

Bella Rossa seufzte entmutigt. Sie bereute es, davon angefangen zu haben. In den Augen dieses zivilisierten, gebildeten Mannes, der so blond und schwedisch war, wirkte ihre stürmische und wechselvolle Liebesgeschichte mit Jaroslaw sicher nicht wie eine ernst zu nehmende Verbindung. Wie sollte sie ihm erklären, dass Jaro trotz seiner Ausschweifungen, seiner Fehltritte und seiner Untreue immer noch ihr Geliebter, ihre große Liebe und der Mann ihres Lebens war? Wie sollte sie die mächtigen Gefühle, die ihr Herz erfüllten, in Worte fassen? Das war unmöglich.

»Könnt ich noch 'n Glas Wein kriegen?«, bat sie schließlich. »Machen Sie sich nichts draus. Ich erklär's Ihnen ein andres Mal.«

»Heißt das, ich darf auf einen weiteren Abend mit Ihnen hoffen?«, fragte Peterson erfreut.

»Tja, warum nich?«, erwiderte Bella Rossa und versenkte ihre Gabel in den sahnigen Tiefen ihres Kartoffelgratins.

Zu Beginn des Herbstes zog das Geschäft an. Statt ein oder zwei Hosen pro Woche unter die Leute zu bringen, verkaufte Bella Rossa sieben. In der nächsten Woche waren es elf. So ging es weiter, bis die Bestände Anfang November fast aufgebraucht waren. Nur noch zwei Kisten waren übrig und die Kunden verlangten nach mehr!

Aufgeregt ging Bella Rossa zu Dodge und Peterson.

Magnus war unterwegs, um einige Kunden zu besuchen, und sie wurde von Robert empfangen.

»Ich möchte 'ne neue Bestellung aufgeben!«, rief sie.

Dodge machte ein überraschtes Gesicht.

»Die Leute sind zufrieden«, erklärte Bella Rossa. »Sie woll'n noch mehr von meinen Gleitverschlüssen. Einer sagt's dem andern weiter und so geht's wie 'n Lauffeuer durch alle Stadtviertel!«

»Zehn Kisten?«, fragte Dodge.

»Ich brauch das Doppelte!«, erwiderte Bella Rossa kühn.

Dodge nickte. Er zog einen neuen Vertrag aus der Schublade, überflog ihn, strich hier und da etwas durch und verbesserte einige Details, bevor er ihn Bella Rossa vorlegte, die ihn, wie schon den ersten Vertrag, mit einem unbekümmerten Kreuz unterschrieb.

»Wann kann ich die Kisten abholen?«

»Am besten so schnell wie möglich«, sagte Dodge. »Kommen Sie in drei Tagen wieder.«

Vor lauter Begeisterung küsste Bella Rossa ihn auf die Stirn und verließ das Büro wie im Rausch. Endlich nahm Rich City sie ernst! Endlich ließ diese Stadt sie nicht länger in ihren Vororten am ausgestreckten Arm verhungern! Wer weiß, vielleicht würde sie schon bald durch die noblen Viertel stolzieren …

»Yippiiie!«, rief sie und gab dem Pferd die Sporen.

Die Zeit der Entbehrungen war endgültig vorbei!

Der Erfolg der ›revolutionären Gleitverschlüsse‹ nahm immer weiter zu. Der November war lohnend, der Dezember florierend und der Januar triumphal. Weitere Bestellungen folgten. Aus zwanzig Kisten wurden dreißig, dann fünfzig. Robert Dodge rieb sich hinter seinem Schreibtisch die Hände. Die Starthilfe war längst zurückgezahlt und die Gewinne schnellten in die Höhe. Als kluger Geschäftsmann empfahl er Bella Rossa, einen Termin bei einer Schweizer Bank zu machen.

»Der Direktor ist ein Freund von mir«, erklärte er. »Er weiß, wie man Ihr Geld gewinnbringend anlegt. Sagen Sie ihm, ich hätte Sie geschickt.«

Erst war Bella Rossa skeptisch, doch bald musste sie zugeben, dass Dodge Recht hatte. Lom'Pas Blechdose war längst zu klein für ihre Einnahmen geworden und selbst aus der großen Wäschetruhe quollen die zusammengeknüllten Scheine.

Eines Wintermorgens lud sie mit Jaroslaws Hilfe ihr gesamtes Vermögen auf den Wagen und kutschierte es ins vornehme Viertel von Rich Hill.

Die Bank lag auf einem der vielen Hügel der Stadt. Ihre Fassade war hinter einer Reihe Hängefichten verborgen und in der Nachbarschaft ruhten die kitschigen Vorbauten prunkvoller Villen auf Marmorsäulen. Von hier oben konnte man die Karavellen und Walfänger sehen, die in der Bucht kreuzten.

Als das Geld sicher in der Schweizer Bank untergebracht war, blieb Bella Rossa mitten auf der Straße stehen und betrachtete den Ozean. Selbst an einem grauen Tag wie diesem konnte sie nicht genug davon bekommen.

»Woran denkst du?«, fragte Jaro.

»Ich frag mich, was auf der andern Seite vom Ozean is«, murmelte Bella Rossa. »Weißt du es?«

»Nein«, gab Jaro zu.

So standen sie lange, Seite an Seite. Der Winter ließ seine kühlen Nebelschwaden zwischen den Hügeln schweben. Es regnete leicht, aber Bella Rossa hatte sich einen großen Hut gekauft, der ihr rotes Haar vor den Widrigkeiten des Wetters schützte.

»Is fast so, als hätt's Maussad-Vallée nie gegeben«, sagte sie. »Kann mich kaum noch dran erinnern, so lang is das her.«

Jaroslaw lächelte wehmütig, den Blick auf den Horizont gerichtet. »Ich erinnere mich noch an alles. Das rechtwinklige Farmhaus mit dem Hof und dem Stall. In der Mitte die Wasserpumpe und die Tränke und seitlich der Schweinekoben. Ich erinnere mich an die sengende Sonne und die vielen Fliegen. Aber vor allem erinnere ich mich an dich. Daran, wie du uns angesehen hast, als wir plötzlich wie aus dem Nichts aufgetaucht sind. Du wirktest so …«

Er verstummte, während er vorsichtig nach den richtigen Worten suchte.

»So was?«, fragte Bella Rossa.

Ihre Kehle war wie zugeschnürt. Jaroslaws sanfte Stimme hatte sie schon immer mehr berührt, als gut für sie war.

»Du wirktest so stark«, antwortete Jaro. »Als wärst du … ich weiß nicht … so unerschütterlich wie ein Baum. Dann hast du uns und unseren Pferden Wasser angeboten, weißt du noch? Aber obwohl du so stark gewirkt hast, hatte ich sofort Angst, der Krieg könnte dich zerstören.«

»Der Krieg hat mich zerstört«, behauptete Bella Rossa.

»Nein. Der Krieg hat dich verletzt, mehr nicht. Weißt du noch, was ich zu dir gesagt habe, im Hotel in Buffalo Springs?«

Bella Rossa runzelte die Stirn.

»Es ging um die Reise«, erklärte er. »Ich hab gesagt, du würdest bis zum bitteren Ende durchhalten, was auch geschieht. Ich hatte Recht, oder? Du bist am Ende angelangt. Du hast dein früheres Leben vergessen, all das Elend, deine Farm und deine Heimat. Jetzt bist du reich, frei und stolz darauf, etwas Eigenes geschaffen zu haben … Deine Reise ist zu Ende.«

Bella Rossa schüttelte heftig den Kopf. Eine rote Haarsträhne löste sich unter ihrem Hut und fiel sanft auf ihre Schulter.

»Nein, Jaro, du irrst dich. Meine Reise is erst zu Ende, wenn ich glücklich bin.«

Sie sah ihn ernst an. »Der Krieg hat mich zerstört. Die Kugeln haben meinen Bauch durchlöchert und jetzt kann ich keine Kinder mehr bekommen. Der Arzt hat's mir gesagt.«

Jaro wurde bleich. Auf dieses bittere, traurige Geständnis war er nicht vorbereitet. Er wankte, als wäre ihm plötzlich schwindelig geworden.

»Und wenn ich mir dies arme Mädchen Abigail so anschaue …«, fuhr Bella Rossa fort. »Treibt sich jeden Tag im Theaterviertel rum und läuft ihren zerfaserten Träumen nach. Wartet drauf, ihre Last loszuwerden. Haste ihren Bauch gesehn? Haste gesehn, wie dick er geworden is?«

Jaro schüttelte den Kopf.

»Du hast 'n schlechtes Gewissen, weil du an deine andern Kinder denkst, oder?« Bella Rossa spuckte ihm die Worte ins Gesicht. »Aber haste mal dran gedacht, dass es Dutzende Mädchen wie Abby geben könnt, nur weil du deinen Hosenschlitz nich zulassen kannst? Dutzende Mädchen, die ihren Bauch vor sich hertragen und wegen dir weinen und klagen?«

Sie schnappte nach Luft. Ihre Brust hob und senkte sich heftig unter ihrer Bluse.

»Und ich?«, rief sie. »Ich bin die Einzige auf dem ganzen verdammten Kontinent, der du nie 'n Kind machen wirst! Findest du das gerecht?«

Tränen stiegen ihr in die Augen wie eine Springflut.

Zum dritten Mal sah Jaro seine Frau weinen und er hatte immer noch kein Heilmittel gegen ihren Kummer. Er fühlte sich minderwertig, dumm und grotesk.

»Ich weiß nich, was ich tun muss, um glücklich zu sein«, gestand Bella Rossa. »Ich wollte Reichtum, hab mich halb totgeschuftet, damit ich mir so 'nen Hut leisten kann, damit Lom'Pa ohne Sorgen alt wird und wir genug zu essen haben. Aber ich wusste immer, dass das nich genug is.«

Jaroslaw senkte beschämt den Kopf. »Du hättest dich nicht auf mich verlassen sollen. Ich kann dich nicht glücklich machen. Das Einzige, was ich kann, ist, den Menschen, die mich lieben, den Tod zu bringen.«

Bella Rossa wischte sich über die Augen. Sie wollte nicht mehr weinen. Es war erbärmlich, dass sie es so weit hatte kommen lassen.

»Hör auf, dich rauszureden«, sagte sie scharf. »Hol den Wagen, wir fahrn zurück ins Hotel.«

EINUNDDREISSIGSTES KAPITEL

Das Hotel war eins der luxuriösesten von Rich City, ein protziges Gebäude mit viel Gold, Stuck und einem Park voller Brunnen und griechischer Statuen. Abends in der Eingangshalle begegnete man Geschäftsmännern von der Ostküste, Goldsuchern der ersten Stunde, die das Gold aus den Bergen gewinnbringend angelegt hatten, Großbauern, Chinesen, die sich erfolgreich ins Glücksspiel-Geschäft gestürzt hatten, Schriftstellern und Journalisten. Bella Rossa fühlte sich zwischen all diesen Menschen nicht besonders wohl, aber sie trug den Kopf hoch, wenn sie an den wenigen gutbürgerlichen Frauen vorbeiging, die ihre Männer begleiteten.

Sie hatte dieses Hotel wegen seiner Zimmer mit Meerblick ausgewählt. Und natürlich wegen seiner Badewannen. Deshalb ließ sie sich auch als Erstes ein Bad bereiten, nachdem sie das Zimmer gemietet hatte. Sie aalte sich eine Stunde lang bei vollem Bewusstsein im heißen Wasser und hoffte, sich so von den Erinnerungen an Ole Garson und ihr letztes Bad reinzuwaschen. Sie wollte diese Zeit vergessen, ausradieren und für immer aus ihrem Gedächtnis löschen.

Am liebsten hätte Bella Rossa alle Katastrophen, die sie erlebt hatte, einfach fortgespült. Sie wollte die schlechten Erinnerungen in Dollarscheinen und heißem Wasser versenken, sie unter einer Flut aus Luxus begraben. Wenn sie das geschafft hatte, konnte sie ihre Energie endlich darauf verwenden, ihr Leben zu leben.

Leider gab es noch einen Wermutstropfen: Seit sie im Hotel waren, verließ Lom'Pa das Zimmer nicht mehr. Er lag den ganzen Tag im Bett und starrte so stumpfsinnig an die Decke, dass Bella Rossa sich allmählich Sorgen machte.

Als sie an diesem Tag mit Jaroslaw aus Rich Hill zurückkehrte, war der Alte noch lethargischer als sonst, sein Gesicht war noch gelber und seine Hände zitterten noch heftiger.

»Hier, ich hab dir 'ne Flasche Whiskey mitgebracht«, sagte Bella Rossa, um ihn aufzumuntern. »Is der beste, den sie hatten.«

Lom'Pa warf ihr einen matten Blick zu. Sie stellte die Flasche auf den Nachttisch und setzte sich aufs Bett, dicht neben ihn.

»Was is los mit dir?«, fragte sie. »Warum guckste so komisch? Is dir kalt?«

Lom'Pa schüttelte den Kopf.

»Haste Hunger?«

Er schüttelte wieder den Kopf. Mit seinem dürren Hals und den grauen, auf dem Kissen ausgebreiteten Haaren sah er aus wie ein gerupftes Huhn.

»Er brütet irgendwas aus«, mischte sich Jaro ein. »Wir sollten ihn zu einem Arzt bringen.«

Lom'Pa riss ängstlich die Augen auf.

»Kein Arzt!«, murmelte er mit trockenen Lippen. »Ich will nich, dass mich die Quacksalber durch die Mangel drehen!«

Bella Rossa nahm seine Hände und drückte sie fest. »Natürlich nich, mach dir keine Sorgen. Jaro redet Unsinn, wie immer. Du bist nich krank. Du bist nur müde. Ich hab dir 'ne Menge zugemutet, was? Seit wir aus Maussad-Vallée weg sind, haste ganz schön was mitgemacht. Ein echtes Hundeleben! Ruh dich aus. Brauchst dir keine Sorgen mehr ums Geld zu machen. Jaro und ich haben grad 'nen Haufen Scheine in den Tresor von der Bank gebracht. Du kannst ganz beruhigt sein.«

Lom'Pa entspannte sich ein bisschen und schloss die Augen.

»Ja, schlaf nur …«, flüsterte Bella Rossa.

Sie ging auf Zehenspitzen aus dem Zimmer. Jaro zuckte mit den Schultern und folgte ihr etwas beleidigt.

»Dein Alter ist krank!«, sagte er, sobald sie die Tür geschlossen hatte. »Er braucht keine Ruhe, sondern Medizin, sonst …«

»Biste neuerdings Arzt, oder was?«, unterbrach ihn Bella Rossa schroff. »Ich kenn ihn besser als du und er hat schon ganz andre Sachen überstanden. Glaub mir, er erholt sich wieder.«

In diesem Moment erschien Abigail am Ende des Flurs. Sie ging langsam, den Bauch nach vorn gestreckt, und zog einen kleinen, kläffenden Hund mit weißem Fell hinter sich her.

»Schauen Sie, was ich gekauft habe!«, rief sie vergnügt. »Ist der nicht süß? Der Verkäufer meinte, es sei ein Malteser, also hab ich ihn auch so genannt: Malteser! Finden Sie nicht auch, dass der Name perfekt zu ihm passt?«

Bella Rossa verdrehte seufzend die Augen. Dieses Mädchen würde in ein paar Wochen ein Kind bekommen und jetzt halste sie ihnen auch noch einen Köter auf!

»Mama sagt immer, Weiß wird so schnell schmutzig«, fügte Abby hinzu. »Aber sie ist ja nicht hier, also kann ich tun, was ich für richtig halte, oder? Komm, Malteser, sag unseren Freunden Guten Tag!«

»Ich geh raus«, verkündete Jaroslaw plötzlich. Sein Ton erlaubte keinen Widerspruch.

Er ergriff die Flucht. Die gedämpfte Welt des Hotels, dieser deprimierende Luxus, Abigails Anwesenheit, ihr Bauch und dieser Hund … all das erstickte ihn. Er brauchte Luft, Musik, Lärm, Gestank, Freudenhäuser und Spielhöllen.

ZWEIUNDDREISSIGSTES KAPITEL

In dieser Nacht schlief Jaroslaw nicht im Hotel.

Auch am nächsten Tag tauchte er nicht auf.

Als er schließlich mitten in der folgenden Nacht zurückkehrte, saß Bella Rossa starr vor Angst am Bett von Lom'Pa. Sein Zustand hatte sich verschlechtert. Er hatte Fieber, rote Augen und wächserne Haut. Sein Körper sonderte einen übel riechenden Schweiß ab, von dem Abby schlecht wurde.

»Endlich!«, rief Bella Rossa, eher erleichtert als verärgert. »Wo warst du? Sieh ihn dir an! Es geht ihm immer schlechter.«

»Warum hört eigentlich nie jemand auf mich?«, erwiderte Jaro ruhig. »Jedes Mal, wenn ich den Mund aufmache, krieg ich eins auf den Deckel. Ab sofort sag ich gar nichts mehr.«

Bella Rossa baute sich direkt vor ihm auf. »Du bist ja voll wie 'ne Haubitze! Wo haste dich rumgetrieben? Seit zwei Tagen komm ich fast um vor Angst!«

»Wie nett von dir«, antwortete Jaro mit einem Anflug von Ironie. »Ich hätte nicht gedacht, dass du so an mir hängst.«

In einer Ecke des Zimmers begann Malteser zu knurren und in den höchsten Tönen zu kläffen.

»Ist diese hässliche Promenadenmischung immer noch hier?«, wunderte sich Jaro und torkelte zum Bett.

»Er ist nicht hässlich!«, protestierte Abigail. »Wenn hier etwas hässlich ist, dann ist es Ihr Verhalten, Herr Jaro! Sie haben uns einfach mit einem Sterbenskranken alleingelassen!«

Bella Rossa ging zu ihm, griff ihn am Kragen seiner Jacke und schüttelte ihn. »Du legst dich nich hin! Das is nich der richtige Moment zum Schlafen! Hilf mir, den Alten ins Krankenhaus zu bringen.«

»Ich bin so müde …« Jaroslaw gähnte und sein Kopf sank auf das Kissen. »Lass mich nur ein bisschen schlafen, damit ich den ganzen Ärger und die hundertfünfzig Dollar, die ich verloren habe, vergessen kann.«

Bella Rossa stieg die Röte ins Gesicht. Zwei Tage lang hatte er getrunken, gespielt und obendrein auch noch verloren! Sie hätte ihm am liebsten eine Ohrfeige verpasst, aber sie hielt sich zurück.

»Idiot! Steh sofort auf und hilf mir!«

»Du machst es dir ziemlich einfach!« Jaro lachte auf. »Mal brauchst du mich, dann lässt du mich wieder fallen, ganz wie es der gnädigen Frau beliebt. Ich hab keine

Lust mehr, ständig zu deiner Verfügung zu stehen und deine Launen zu ertragen, Bella Rossa!«

»Ich dachte, du hast mir ›deine Seele‹ versprochen, damals, als ich in dem Zelt auf der Lichtung aufgewacht bin«, erwiderte sie. »Ich hätt's wissen müssen!«

Sie bebte vor Wut. Mit ihren zerzausten Haaren, dem zerknitterten Kleid und den vor Sorge glühenden Augen war sie schön wie eine Göttin. Als Jaro sie ansah, durchbohrte der Schmerz noch einmal sein Herz. Schwankend erhob er sich.

»Einen Kuss«, feilschte er. »Wenn du mir einen Kuss gibst, helfe ich dir Lom'Pa zu tragen.«

Es war abscheulich. Bella Rossa hätte ihm am liebsten vor lauter Ekel ins Gesicht gespuckt, aber sie atmete einmal tief durch, schluckte ihren Stolz hinunter, spitzte die Lippen und ließ sich küssen.

»Wie lange hab ich dich nicht mehr berührt?«, flüsterte Jaro und streichelte ihr rotes Haar. »Wie willst du glücklich werden, Bella Rossa, wenn du lauter Mauern zwischen dir und der Liebe baust?«

Er redete Unsinn. Er war total blau und sehr unglücklich.

Stumm löste sich Bella Rossa von ihm und wischte sich mit dem Handrücken über die Lippen. Gemeinsam hoben sie den Alten vom Bett und trugen ihn so gut es ging durch die Nacht zum Krankenhaus, während Abby und ihr kleiner Hund nebenherliefen.

Die Nachtschwester, eine große, wortkarge Frau, die von allen nur ›Oberschwester‹ genannt wurde, ließ Lom'Pa auf eine Trage legen, die ganz hinten in einem großen, nach Äther und Krankheit stinkenden Saal stand. Dutzende andere Kranke – Alte, Verletzte und Siechende – wanden sich auf ihren durchnummerierten Betten. Sie waren überall und ihre Gesichter verzogen sich im flackernden Schein der Öllampen zu gequälten Grimassen. Bei diesem trostlosen Anblick hätte Bella Rossa fast einen Rückzieher gemacht. Es war, als würden sie Lom'Pa auf einem Friedhof abladen.

»Das erträgt er nich«, murmelte sie. Sie sah Jaroslaw an. »Wir können ihn nich hierlassen. Hier stirbt er.«

Die kühle Nachtluft hatte Jaro gutgetan. Die Wirkung des Alkohols ließ langsam nach und er wurde wieder etwas klarer im Kopf. So behutsam wie möglich legte er die Hand auf Bella Rossas Wange.

»Er stirbt, wenn du ihn im Hotel lässt«, sagte er. »Komm jetzt. Du fällst ja gleich um vor Müdigkeit.«

Aber Bella Rossa wollte nicht. Sie ging noch einmal zur Oberschwester, um sicherzustellen, dass alles für Lom'Pa getan werden würde. Sie steckte der Krankenschwester sogar ein paar Scheine zu, die diese nahm, ohne eine Miene zu verziehen.

»Sie halten Wort, ja?«, vergewisserte sich Bella Rossa. »Der Doc kümmert sich gleich als Erstes um meinen Alten, versprochen?«

»Ja, ja, keine Sorge.«

Endlich konnte Jaro Bella Rossa dazu bewegen, das Krankenhaus zu verlassen. Sie kehrten zu Abby zurück, die aus Angst vor Ansteckung draußen gewartet hatte.

»Das ist nicht der passende Ort für uns, stimmt's, Malteser?« Sie streichelte den kleinen Hund. »Dieses schreckliche Krankenhaus würden wir niemals betreten.«

Bella Rossa schwankte zwischen Angst und Schuldgefühlen und war völlig erschöpft. Jaro musste sie den ganzen Weg zurück ins Hotel stützen.

»Ich hab ihn noch nie allein gelassen«, sagte sie. »Der Mistkerl hat mir das Leben zwar manchmal zur Hölle gemacht, aber ich hätt ihn nich einfach dort zurücklassen dürfen.«

Jaroslaw half ihr, so gut er konnte, ohne etwas zu sagen. Er ahnte, was Bella Rossa empfand. Diese furchtbare Angst, plötzlich ganz allein auf der Welt zu sein, ohne jeden Halt, wie ein entwurzelter Baum. Er kannte dieses Gefühl. Das Chaos, das auf die Trauer folgt, der Sturz in den Abgrund, als wäre das Leben ein nie endender Fall, ein Sprung ins Nichts. Wenn er Bella Rossa nicht getroffen hätte, mit ihren unglaublich roten Haaren und ihrer Lebendigkeit, wäre er weiter über die Schlachtfelder geirrt, bis eine gut gezielte Kugel etwas anderes als seinen Arm getroffen hätte. Sein Herz, zum Beispiel.

Aber seit er in Bella Rossas Augen geschaut hatte, wollte er nicht mehr sterben.

Er bot ihr seine Schulter an. Sie lehnte sich an ihn und ging mit kleinen, müden Schritten weiter. Als sie im Hotel ankamen, war sich Jaro einer Sache ganz sicher: Er würde immer bei ihr bleiben, was auch geschah. Denn obwohl er ständig Gefahr lief, den Verlockungen des Alkohols, des Glücksspiels und der Frauen zu verfallen, liebte er Bella Rossa über alles.

DREIUNDDREISSIGSTES KAPITEL

Nach einer unruhigen Nacht machte sich Bella Rossa am nächsten Tag auf den Weg ins Krankenhaus. Allein.

Sie fand Lom'Pa hinter einem Wandschirm im Bett Nummer 34. Das Bettzeug war sauber, jemand hatte ihm das Gesicht gewaschen und er schlief mit offenem Mund und halbwegs friedlichem Gesichtsausdruck.

Sie setzte sich auf die Bettkante und betrachtete diesen alten Mann. Es war seltsam, ihn so still, mager und reglos zu sehen. Sie kannte ihn als aufrechten Farmer mit scharfer Zunge und von der Sonne gegerbtem Gesicht, der unermüdlich arbeitete. Sie hatte ihn Mais säen und Holz hacken sehen, Kühe melken und das Dach der Farm reparieren. Sie hatte ihn singen, brüllen und die ganze Welt verfluchen hören. Und jetzt nichts mehr. Er schwieg. Er hatte keine Kraft mehr.

»He, Lom'Pa«, sagte sie leise. »Ich bin's.«

Der Alte rührte sich nicht. Er musste sehr tief schlafen, abgetaucht in die seltsamen, unergründlichen Sphären seines Bewusstseins. Sie berührte seine fleckigen, trockenen Hände. Sie fühlten sich warm an.

In diesem Moment schob eine Krankenschwester den Wandschirm beiseite. Es war eine dunkelhaarige Frau mit vielen Rundungen und haselnussbraunen Augen, die Bella Rossa sofort Vertrauen einflößten.

Sie lächelte, als sie Bella Rossa sah. »Sind Sie eine Verwandte von ihm?«

»Und ob! Ich bin seine Tochter. Wie geht's ihm?«

Die Schwester blickte auf das Krankenblatt am Fußende des Bettes. Sie wiegte den Kopf. »Das Fieber ist gesunken, aber …«

Sie beugte sich über Lom'Pa, untersuchte seine Augen und sah in seinen Mund.

»Er muss noch eine Weile hier bleiben«, sagte sie. »In seinem Alter dauert es länger, bis man eine Krankheit überwunden hat. Machen Sie sich keine Sorgen, ich passe auf ihn auf.«

Bella Rossa erhob sich. Das grüne Kleid, das sie an diesem Tag trug, wirkte wie eine blühende Oase in der weißen Wüste der Krankenhausbettwäsche.

»Was hat er denn? Hat es was mit seinen Beinen zu tun?«

»Oh nein, das glaube ich nicht.« Die Krankenschwester lächelte. »Es ist eher ein organisches Problem.«

Bella Rossa verzog das Gesicht. Sie hatte zwar keine

Ahnung von medizinischen Dingen, aber der Ausdruck ›organisches Problem‹ gefiel ihr ganz und gar nicht.

»Sehen Sie zu, dass Sie meinen Alten wieder aufpäppeln, ja? Geld is kein Problem, ich zahl alles!«

Sie zog ein paar Scheine aus ihrer Bluse und hielt sie der Krankenschwester hin. Doch diese lehnte freundlich ab und erklärte, sie gehöre einem religiösen Orden an, den Barmherzigen Schwestern, und leiste ihre Arbeit im Krankenhaus ohne Bezahlung.

»Aber wenn Sie es wünschen«, fügte sie hinzu, »können Sie unsere Gemeinschaft unterstützen, indem Sie sich uns anschließen.«

Bella Rossa schüttelte den Kopf.

»Lieber nich«, sagte sie entschuldigend. »Ich hatte bisher nur einmal mit Gott zu tun und davon is mir schlecht geworden. Ich will nur, dass der Alte wieder auf die Beine kommt, klar?«

Die Krankenschwester nickte und Bella Rossa verließ den Saal, nachdem sie versprochen hatte, morgen wiederzukommen.

Vor lauter Sorge hatte sie seit Tagen keine einzige Hose mit Gleitverschluss verkauft. An Geld mangelte es zwar nicht mehr, aber sie verspürte dennoch das Bedürfnis, zu arbeiten, mit dem Wagen loszufahren und Kopf und Arme zu beschäftigen. Vielleicht würde sie sich dann wieder etwas lebendiger fühlen.

Als sie ins Hotel kam, lag Abby noch im Bett und kuschelte mit Malteser.

»Steh auf«, befahl Bella Rossa. »Wir müssen heute drei Kisten mit Ware unter die Leute bringen. Wird Zeit, dass wir loslegen!«

Das Mädchen stöhnte. »Ich bin zu müde zum Aufstehen. Außerdem ist Herr Jaro mit dem Wagen fortgefahren. Er sagte, Sie hätten andere Sorgen und er würde sich darum kümmern, die Hosen loszuwerden.«

Bella Rossa machte ein überraschtes Gesicht. Dann sagte sie sich, dass Jaro wahrscheinlich ein schlechtes Gewissen wegen der beiden durchspielten Nächte hatte und es wiedergutmachen wollte.

Sie sah Abby an, ihr aufgequollenes, erschöpftes Engelsgesicht und ihr kindliches blondes Haar.

»Ich kann das Baby spüren«, murmelte das Mädchen. »Es tritt mich mit seinen Füßen. Können Sie sich das vorstellen? In meinem Bauch sitzt etwas Lebendiges! Das ist ekelhaft! Zum Glück hab ich Malteser. Ohne ihn würde ich vor Angst umkommen.«

Abby schluchzte ein paar Mal und Bella Rossa seufzte. Bald würde das Baby geboren werden und sie hatte immer noch nicht entschieden, was zu tun war. Wie üblich folgte ein Problem auf das nächste.

Sie ließ Abby im Bett zurück und ging aus dem Zimmer, um Jaro zu suchen. Es war ihr trotz allem nicht ganz geheuer, dass er allein mit dem Wagen fortgefahren war.

Sie lief in den Stall, wo das Pferd auf sie wartete, und streichelte wehmütig seinen Hals. Dieses Tier hatte sie überallhin begleitet, seit sie Maussad-Vallée verlassen hatte, unaufdringlich und hartnäckig. Es hatte Hunger und Durst ertragen und sich auf den felsigen Pfaden die Hufe abgelaufen. Es hätte hundertmal abhauen können, aber es war bei ihr geblieben. Es war wirklich ein seltsames Pferd.

Sie stieg auf seinen Rücken, bahnte sich einen Weg zwischen den Kaleschen und Kutschen hindurch, die die Straßen verstopften, und ritt auf gut Glück zum Hafen.

Rich City wuchs und entwickelte sich jeden Tag mehr zu einer aufregenden und weltbürgerlichen modernen Metropole. Chinesen arbeiteten im heißen Dampf der Wäschereien, italienische Kolonialwarenhändler schlugen Sonderangebote an ihren Läden an, irische Arbeiter bauten unermüdlich Schulen und Kirchen, Herren mit Zylinder warteten ungeduldig vor den Versicherungsbüros und an jeder Straßenecke versuchten Würfelspieler die Einfaltspinsel übers Ohr zu hauen.

In dieser bunt zusammengewürfelten Menge entdeckte Bella Rossa mehrere Männer, die Hosen aus grobem Stoff mit Gleitverschluss trugen. Sie lächelte zufrieden. Wie Magnus Peterson ihr ständig versicherte, passte ihre Erfindung genau in diese neue Zeit, in der die Menschen gar nicht genug vom Fortschritt, von Schnelligkeit und Bequemlichkeit bekommen konnten. Und jedes Mal fügte er mit gesenktem Kopf hinzu: »Das Einzige, wovon *ich* nicht genug bekommen kann, sind Sie.«

Das Verlangen des Fabrikanten irritierte Bella Rossa. Einerseits fühlte sie sich geschmeichelt, einem Mann wie ihm, einem reichen Städter, zu gefallen. Aber wenn sie ganz ehrlich war, genoss sie es vor allem, dass es Jaro nicht passte, wenn sie mit dem Wikinger, wie er ihn getauft hatte, essen ging. Es war oft nur ein Blick, ein Zucken, ein kurzes Versagen seiner Stimme oder eine plötzliche Blässe, die seine Eifersucht verriet. Bella Rossa kostete diese kleine Rache schamlos aus.

Trotzdem wusste sie, dass sie sich bald die Finger verbrennen würde, wenn sie sich weiterhin an ihren Rachegefühlen ergötzte. Eines nicht mehr allzu fernen Tages musste sie sich zwischen Magnus und Jaro entscheiden. Doch im Grunde war die Entscheidung längst gefallen. Leider.

Sie durchkämmte die Straßen rund um den Hafen, ohne den Wagen zu entdecken, ritt quer durch das chilenische Viertel, landete im chinesischen Teil von Rich City und kehrte schließlich unverrichteter Dinge um. Kein Wagen, kein Jaroslaw. Sie hatte sogar einige Passanten gefragt, aber niemand hatte die Plane mit dem berühmten ›Bella & Co.‹-Schriftzug gesehen. Also beschloss sie ein wenig entmutigt, im Viertel der Wirtshäuser und Spelunken weiterzusuchen.

Und natürlich fand sie Jaroslaw dort.

Sie entdeckte ihn am Tisch einer Spielhölle beim Pokern. Er war betrunken und hatte nur noch einen miserablen Dreier auf der Hand. Alles andere, die drei Kisten mit Ware, die beiden Kühe und den Wagen hatte er bereits verloren.

Als Bella Rossa in der finsteren, verrauchten Spelunke erschien, wie eine Königin in ihrem grünen Kleid, pfiff ihr jemand hinterher. Sie zuckte zusammen und warf einen bösen Blick in die Runde, woraufhin das Pfeifen augenblicklich erstarb. Die Männer bekamen Augen so groß wie Untertassen, als sie ihre riesigen Brüste sahen. Seit der Erfindung des Pokers hatten sie keinen solchen Vorbau gesehen.

Wortlos packte Bella Rossa Jaro beim Kragen seiner Jacke.

»He!«, protestierte er. »Ja, gut, ich hab verloren. Aber ich kann nichts dafür, ich hab eben einfach kein glückliches Händchen mehr!«

Er kicherte albern und Bella Rossa wurde rasend vor Wut. Die drei zwielichtigen Kerle, gegen die er spielte, lachten. »Dieser Einarmige ist 'n richtiger Spaßvogel!«

In ihren Augen lagen ein gefährliches Funkeln und die Gier, jemanden auszunehmen, und unter ihren Fransen-Westen schauten die Läufe ihrer Revolver hervor.

Als Bella Rossa Jaroslaw hochzog, kippte sein Stuhl um und landete auf dem Boden im Sägemehl.

»Moment!«, protestierte er. »Ich muss wenigstens die

Kühe zurückgewinnen! Ich hab gute Karten! Wirst sehen, der Wind dreht sich!«

Sie schleifte ihn mit zusammengebissenen Zähnen zum Ausgang und hätte seinen Kopf am liebsten gegen die Wand geschlagen, so sehr hasste sie ihn. Die Spieler in der verrauchten Spelunke schlugen sich vor Lachen auf die Schenkel. Seit der Erfindung des Pokers hatten sie keinen Mann gesehen, der von seinem Weib so in die Mangel genommen wurde!

Bella Rossa schubste Jaro zur Pferdetränke und drückte seinen Kopf mit festem Griff unter Wasser, bis er mit seinem Arm um sich schlug.

Sie ließ ihn Luft holen, er sank halb erstickt zu Boden und schluchzte mitleiderregend. Er sah aus wie ein gefallener Engel.

»Mach meinem Leben ein Ende!«, flehte er. »Ich verdiene es nicht besser.«

»Das hättste wohl gern! Du verdienst was viel Schlimmeres, als in dieser Tränke zu ersaufen!«

»Dann lass mich noch eine Partie spielen! Sie dürfen die Kühe nicht bekommen! Womit sollen wir denn jetzt unsere Ware verkaufen?«

»Es gibt nichts mehr zu verkaufen«, unterbrach ihn Bella Rossa.

»Aber …«, stammelte er und erhob sich, tropfnass und jämmerlich. »Aber … was ist mit der nächsten Lieferung? Wir müssen …«

Bella Rossa schüttelte ihn heftig. Sie wollte ihm genauso wehtun, wie er ihr wehgetan hatte. Aber statt ihn zu beleidigen, ihn fertigzumachen und zu vernichten, brach sie in Tränen aus.

»Ich bin müde! Hörst du, Jaro? Ich ertrag's nich mehr, dich so zu sehen. Du musst damit aufhören! Hilf mir …«

Kraftlos sank sie an seiner Brust zusammen und wiederholte immer wieder, er müsse ihr helfen, weil sie es nicht mehr ertrüge. Es war ein Mordsspektakel. Schaulustige blieben stehen und die Pokerspieler kamen aus ihren Löchern. Aber auch wenn sich die ganze Welt versammelt hätte, es war Bella Rossa egal. Sie weinte und weinte. Alle Tränen, die sie in ihrem Leben zurückgehalten hatte, strömten jetzt an Jaroslaws Schulter aus ihr heraus.

Jaroslaw, mit nassem Gesicht und wieder stocknüchtern, erinnerte sich plötzlich an das Versprechen, das er sich selbst gegeben hatte, als er gestern aus dem Krankenhaus gekommen war. Er wollte mit Bella Rossa zusammenbleiben, was auch geschah. Voller Panik fragte er sich, durch welche Hexerei er diesen Pakt gebrochen hatte. Welcher Dämon brachte ihn immer wieder dazu, zu trinken und zu spielen? Welcher verzweifelte Impuls trieb ihn ständig aufs Neue fort von seiner großen Liebe? Es war, als wäre er nicht er selbst, sondern der Spielball einer höheren Macht.

Er drückte Bella Rossa fest an sich und wünschte sich mehr als alles andere auf der Welt, endlich das Heilmittel gegen ihren Kummer zu finden.

Er beugte sich zu ihr und flüsterte ihr ins Ohr: »Ich flehe dich an, lass mich dich lieben!«

VIERUNDDREISSIGSTES KAPITEL

Sie ritten ins Hotel zurück, dicht aneinandergeschmiegt auf dem Rücken des Pferdes. Der Wagen und die Kühe gehörten der Vergangenheit an. Ebenso wie die Kisten voller Hosen mit Gleitverschluss. Ihr Schicksal war mit einem Schlag auf dem Pokertisch besiegelt worden.

»Ich hatt's sowieso satt«, murmelte Bella Rossa, die Nase in Jaroslaws Kragen vergraben. »Hab keine Lust mehr, diesen ganzen Kram ständig mit mir rumzuschleppen und in diesem armseligen, zusammengeflickten Wagen durch die Gegend zu gondeln. Wer will schon bis an sein Lebensende Hausierer sein? Außerdem haben wir das nich mehr nötig. Wir sind jetzt reich!«

Sie lächelte zwischen zwei Schluchzern und fühlte sich seltsamerweise erleichtert. Jaro hatte sie gezwungen, ihren Ballast abzuwerfen. Plötzlich war sie frei. Und leicht! Auch das Dilemma mit Magnus Peterson war gelöst. Ab sofort gab es keine Verträge mehr zu unterzeichnen, also brauchte sie seine Einladungen auch nicht mehr anzunehmen. Das Leben erschien ihr plötzlich viel einfacher.

Doch als sie erschöpft in den Hotelflur traten, hörten sie Schreie und schrilles Hundegebell und das Leben wurde im Nu wieder kompliziert.

»Abby!«, rief Bella Rossa und riss die Tür auf.

Das Mädchen lag auf dem Bett und krümmte sich vor Schmerz. Decken und Laken waren auf dem Boden gelandet und unter dem Fenster kauerte Malteser und kläffte verängstigt.

»Ich sterbe!«, rief Abby und umklammerte ihren Bauch, als wollte sie ihn abreißen.

Jaroslaw hätte sich am liebsten aus dem Staub gemacht. Diesen Moment hatte er so sehr gefürchtet! Aber Bella Rossa zuliebe widerstand er der Versuchung und betrat hinter ihr das Zimmer.

Er sah Abigails rotes, verzerrtes Gesicht. Er sah ihre Finger, die sich in die Matratze krallten, und den Schweiß, der ihren Körper bedeckte. Er sah ihre verzweifelte Einsamkeit und zum ersten Mal richtete er seinen Blick auf ihren dicken Bauch, in dem sein Kind strampelte.

»Jaro!«, flüsterte Bella Rossa. »Ich hab Angst, dass was schiefgeht … Lauf ins Krankenhaus! Die Schwester, die sich um Lom'Pa kümmert, soll kommen und uns helfen. Schnell!«

»Meinst du die Oberschwester?«

»Nein, die andere! Du erkennst sie sofort, es is die Einzige, die sanft und freundlich is.«

Jaro stürzte aus dem Zimmer, rannte durch die Eingangshalle, holte das Pferd, sprang in den Sattel und galoppierte zum Krankenhaus.

So schnell wie der Wind.

Seine Kehle war vor Angst wie zugeschnürt und sein Kopf war voller Erinnerungen.

Erinnerungen an sein vergangenes Leben und an die Geburten seiner drei Kinder. An Wandas Schmerzen und ihr rotes Gesicht.

Jacek.

Dorota.

Lorenz.

Drei kleine schlagende Herzen. Drei Wunder.

Das schmerzhafte, herrliche Leben, das in ihrer schwachen Brust erwacht, sobald sie ihren ersten Schrei ausstoßen.

Ihre runden Münder an Wandas Brust.

Ihre kleinen Hände in seiner, wenn sie manchmal zusammen spazieren gingen.

Ihre großen, hungrigen Kinderaugen.

Ihre großen, satten Kinderaugen.

Ihre weichen Wangen. Ihre hellen Stimmen. Ihre kleinen Körper, zu Kugeln zusammengerollt auf einer Matratze, ihr leichter Atem. Ihre winzigen weißen Zähne, die sich ihren Weg durch den Kiefer bahnen. Ihre Kinderkrankheiten und Kopfläuse. Ihre Art, ›Papa‹ zu sagen, wenn er morgens wie gerädert nach Hause kam.

Alles vorbei. Tot.

Mit einem Loch.

Im Kopf.

Keine kleinen Füßchen mehr, keine ungeschickten und warmen Hände in seiner. Kein Lachen mehr und kein Weinen. Nur noch Leere.

Das Nichts.

Er zügelte das Pferd vor dem Krankenhaus.

Seine Augen waren voller Tränen. Sie waren über seine hohen Wangenknochen und seinen Bart gelaufen, seinen Hals hinabgeströmt und hatten den Kragen seiner Jacke durchnässt. Wenn er durch einen Regenguss geritten wäre, hätte er nicht nasser sein können. Die Tränen waren wie ein Gewitterregen in Jaroslaws Seele.

Mit weichen Knien sprang er vom Pferd und betrat das Krankenhaus. Er ging durch Türen und Korridore, hörte Geräusche und Rufe, und als er die Krankenschwester in dem nach Äther riechenden Saal erblickte, als er in ihre Augen sah, wusste er sofort, dass sie die Richtige war, die Sanfte und Freundliche.

»Bitte kommen Sie.«

Sagte er.

Seine Stimme klang wie ein dumpfes Echo, wie etwas,

das von weit her kam, lange in den Tiefen seiner Seele geschlummert hatte und jetzt plötzlich emporstieg ans Licht.

»Es ist ein Baby.«

Mein Baby. Sagte er.

Oder er glaubte, es zu sagen. Aber die Schwester folgte ihm bereits.

Sie hatte diese tiefe Verzweiflung selbst durchlitten und erkannte sie sofort. Seit Jahren lebte sie dafür, Hilferufen wie diesem zu folgen. Es war ihre Art, ihre eigenen Probleme zu vergessen.

Sie stieg hinter Jaroslaw aufs Pferd und ließ sich davontragen.

In dieser Nacht brachte Abigail Stampton trotz der entsetzlichen Angst, die sie gefangen hielt, ein Mädchen zur Welt. Entgegen ihren Befürchtungen starb sie nicht.

»Diese Kleine ist wahrlich dafür geschaffen, Kinder zu gebären«, bemerkte die Krankenschwester sogar, als sie Jaro und Bella Rossa ins Zimmer holte. »Schauen Sie sich nur ihr rosiges Gesicht an!«

Abby lag mit müden Augen im Bett und ruhte sich aus. Sie wirkte so durchscheinend wie ein Lufthauch.

»Das war's«, murmelte sie. »Es ist vorbei.«

Die Schwester hielt das Baby im Arm. Es war ein winziges, in Tücher gewickeltes Päckchen, das quiekende Jammerlaute von sich gab.

»Ein wunderhübsches Kind.« Die Krankenschwester sah Jaroslaw an. »Herzlichen Glückwunsch!«

Sie hielt ihm das Baby hin, aber Jaroslaw wich zurück.

»Geben Sie's mir«, sagte Bella Rossa und öffnete die Arme.

Sie nahm das Päckchen und drückte es an ihren riesigen Busen, der sich wie ein Nest um das Kind schmiegte. Bella Rossa bekam keinen Ton heraus. Das kleine Wesen zuckte leicht, wie eine flackernde Kerzenflamme. Es war warm, lebendig und überwältigend. Sie war wie verzaubert.

»Wie wollen Sie das Kind nennen?«, fragte die Krankenschwester Abby.

Das Mädchen zögerte und machte einen Schmollmund. »Darf ich ihm denn einen Namen geben, auch wenn ich es nicht behalten will?«

Die Schwester nahm ihre weiße Haube ab und runzelte die Stirn.

»Sie wollen es nicht behalten? Aber … also … das verstehe ich nicht. Sie sind gesund, der Vater ist da … und Sie scheinen im Wohlstand zu leben …«

»Na und?« Abby verzog das Gesicht. »Ich will dieses Baby nicht! Ich hab nicht darum gebeten, schwanger zu werden.«

»Dieses Baby hat auch nicht darum gebeten, geboren zu werden!«, erregte sich die Schwester plötzlich. »Sie haben nicht das Recht, es zu verlassen …«

Sie biss sich auf die Lippe und schluckte ihre Wut hinunter. »Entschuldigen Sie. Das geht mich nichts an. Sie können nichts dafür, es hat etwas mit meiner Vergangenheit zu tun.«

Ein drückendes Schweigen senkte sich über das Zimmer. Bella Rossa war schon wieder den Tränen nahe. Sie sah zu Jaro hinüber. Er saß reglos in einer Ecke, gefangen in seinem eigenen Gefühlssturm. Abby lag mit bleichem Gesicht auf dem Kissen und schloss die Augen, während Malteser ihre Hände ableckte.

»Ich kümmer mich um das Kind«, verkündete Bella Rossa unvermittelt.

Die Worte waren ganz von allein aus ihrem Mund gekommen, ohne dass sie darüber nachgedacht hatte, als wäre es eine offensichtliche Tatsache. Die Krankenschwester sah sie dankbar an. Als sie das Zimmer verließ, flüsterte sie Bella Rossa zu: »Kommen Sie morgen zu mir. Ihr Vater ist aufgewacht.«

Wieder zog sich Bella Rossas Herz zusammen. Sie lächelte matt und schloss die Tür. Warum hatten Glück und Unglück nur die ärgerliche Angewohnheit, immer mehrmals kurz hintereinander zuzuschlagen? Das war wirklich ausgesprochen anstrengend.

FÜNFUNDDREISSIGSTES KAPITEL

Es war schon spät am Vormittag, als Bella Rossa zum Krankenhaus kam. Aus Sorge um das Baby hatte sie die ganze Nacht kein Auge zugetan. Aber sie hatte schnell noch ihren kleinen Spiegel, den Kamm und einen Lippenstift in ihre Handtasche gesteckt, um Lom'Pa keinen allzu jämmerlichen Anblick zu bieten.

Bevor sie den Krankensaal betrat, lehnte sie sich gegen eine Wand und machte sich schön. Sie kniff sich in die Wangen, ordnete ihr widerspenstiges Haar und trug etwas Lippenstift auf. Schließlich war sie halbwegs zufrieden mit dem Gesicht, das ihr aus Romualdo Barbieris Spiegel entgegensah. Sie zwang sich zu einem Lächeln und ging entschlossenen Schrittes auf das Bett Nummer 34 zu. Sie schob den Wandschirm zurück.

Die Krankenschwester kniete an Lom'Pas Bett, als würde sie beten. Doch die Augen des Alten waren geöffnet und er stieß ein heiseres Krächzen aus, als er Bella Rossa erblickte.

»Na endlich!« Bella Rossa seufzte froh. »Haste jetzt lang genug gepennt, alter Faulpelz?«

Die Krankenschwester zuckte zusammen, sprang auf und starrte Bella Rossa an, als würde sie sie zum ersten Mal sehen.

»Wollt nich stören«, entschuldigte sich Bella Rossa. »Machen Sie ruhig weiter mit Ihrem Gebetskram. Sie ham was gut bei mir, und zwar gleich doppelt. Erst das Baby und jetzt der Alte, Sie sind 'ne wahre Lebensretterin. Vielleicht sollt ich Ihrem verdammten Orden doch beitreten …«

Seltsamerweise war die Krankenschwester wie versteinert. Sie stand völlig reglos da, mit verschränkten Händen und ergriffenem Blick. Lom'Pa neben ihr machte ebenfalls ein merkwürdiges Gesicht.

»Was?«, fragte Bella Rossa schließlich beunruhigt. »Is mein Lippenstift verschmiert?«

Die Schwester und Lom'Pa schüttelten den Kopf. Lom'Pa wollte etwas sagen, aber er bekam keinen Ton heraus. Er warf der Schwester einen flehenden Blick zu. Sie war weißer als ihre Haube und konnte die Augen nicht von Bella Rossa abwenden.

»Es gibt 'n Problem, so viel hab ich kapiert. Raus mit der Sprache, was is los?«

Endlich fand die Krankenschwester die Kraft zu sprechen.

»Hier haben die Kranken keine Namen«, begann sie

kaum hörbar. »Wir geben ihnen Nummern. Deshalb war Ihr Vater bis heute früh nur die Nummer 34.«

Bella Rossa verstand kein Wort. Sie seufzte ungeduldig.

»Gestern, als er die Augen geöffnet hat, hat er mich nur flüchtig wahrgenommen«, fuhr die Schwester fort. »Nachts hatte die Oberschwester Dienst, aber heute Morgen … oh, mein Gott!«

Tränen liefen ihr über die Wangen und sie presste die Hände gegen die Brust, um wieder zu Atem zu kommen.

»Heute Morgen hat Ihr Vater mich erkannt«, schluchzte sie. »Es ist eine Schande, dass ich nicht schon viel früher gemerkt habe, wer er ist. Aber er hat sich so verändert! Seine Beine … sein Gesicht …«

Lom'Pa schüttelte stöhnend den Kopf. Bella Rossa wurde unruhig. Sie ahnte etwas, aber es war nur eine vage Vermutung und sie war so durcheinander, dass sie keinen klaren Gedanken fassen konnte.

»Wer sind Sie?«, fragte sie schließlich.

Die Krankenschwester beruhigte sich etwas. Sie fuhr sich über die Augen. »Vor über fünfzehn Jahren bin ich fortgegangen, Rossalina. Wir sind einander fremd geworden, du und ich.«

Rossalina! Seit so langer Zeit hatte sie niemand mehr bei diesem Namen genannt … Jetzt hatte Bella Rossa keine Zweifel mehr. Ihr Herz zog sich schmerzhaft zusammen und sie schwankte. Diese dunkelhaarige, rundliche Frau, der sie vom ersten Augenblick an vertraut hatte, diese Frau war Ornella Bonini. Ihre Mutter.

Bella Rossa wollte sich nicht hinsetzen.

Sie blieb stehen, auch wenn sie fürchtete, der kleinste Lufthauch könnte sie umpusten.

Ihr gegenüber weinte Ornella Bonini immer noch. Auf ihrem runden Gesicht wechselten sich die heftigsten Gefühle ab: Freude, Schmerz, Verblüffung und Erleichterung, Verzweiflung vermischt mit schmerzendem Glück.

»Wie …«, stammelte Bella Rossa.

Sie verstummte, denn sie wusste nicht mehr, welche Frage sie hatte stellen wollen. »Wie findest du mich? Wie hast du die letzten fünfzehn Jahre überstanden, ohne zu wissen, ob ich lebe oder tot bin? Wie geht es dir?« All dies hätte Bella Rossa sicher gerne gefragt und noch einiges mehr. Fragen, für die es keine Worte gab.

Sie ging auf Ornella zu. Ihre Kehle war wie zugeschnürt, es hämmerte in ihrem Kopf vor Erregung und ihre Brust schmerzte. Aber sie würde auf keinen Fall in Ohnmacht fallen. Es war, verdammt noch mal, nicht ihre Art, Schwäche zu zeigen! Sie hatte ihre Mutter zwar monatelang gesucht, sie hatte kalte, felsige Gebirge überwunden, gegen Hunger, Schmerz und Scheinheiligkeit gekämpft und gefährliche Ebenen überquert, um diese

Frau zu finden, aber das war noch lange kein Grund, jetzt zimperlich zu werden.

Sie legte die Hand auf den Arm der Krankenschwester, um sich davon zu überzeugen, dass diese Frau in ihrer weißen Tracht kein Geist, sondern tatsächlich echt war.

»Hätt nich gedacht, dass wir uns wiedersehn«, brachte sie schließlich hervor. Ihr Atem ging stoßweise und sie klammerte sich an ihren Vorsatz, nicht umzukippen.

»Ich wäre fast gestorben vor Kummer, als ich dich zurückgelassen habe«, antwortete Ornella nur.

»Ich weiß«, murmelte Bella Rossa. »Hab den Medizinmann getroffen, der dich im Indianergebiet gesund gepflegt hat.«

Sie wollte noch einen Schritt auf ihre Mutter zugehen, aber ihre Beine gaben nach. Völlig kraftlos brach sie zusammen und ihre Handtasche landete mit einem klirrenden Geräusch auf dem Boden.

Als sie wenig später wieder zu sich kam, stellte sie fest, dass der kleine Spiegel von Romualdo Barbieri in tausend Scherben zersprungen war. Sie wollte darin kein schlechtes Omen sehen.

Aber was, wenn es doch eins war?

SECHSUNDDREISSIGSTES KAPITEL

Jetzt hatte Bella Rossa nicht nur die Kühe, die Töpfe und die Hosen mit Gleitverschluss verloren, sondern auch noch den Spiegel des fliegenden Händlers.

Dafür hatte sie einen kranken Vater, eine in Tränen aufgelöste Mutter, einen unglücklichen Geliebten, ein erschöpftes Mädchen aus gutem Hause, einen Malteser und ein Baby am Hals.

Was ihr Vermögen anging, diesen Haufen zerknitterter Scheine, den sie auf die Schweizer Bank in Rich Hill gebracht hatte, so glaubte sie nur, es zu besitzen. Tatsächlich verhielt es sich jedoch völlig anders.

Seit einigen Tagen war Magnus Peterson auf der Suche nach Bella Rossa. Er wollte sie sehen, mit ihr reden und ihren Hals küssen. Er wollte sie in eins der französischen Restaurants mit Blick auf den Ozean ausführen, ihr Lachen hören und ihre Hand halten. Er hatte genug davon, um den heißen Brei herumzureden.

Er wollte ihr einen Heiratsantrag machen.

Als er durch das Viertel der Spelunken und Spielhöllen kam, entdeckte er den Planwagen mit dem auffälligen Schriftzug, ›Bella & Co. – Revolutionäre Gleitverschlüsse für Hosenschlitze aller Art‹, den er unter allen anderen wiedererkannt hätte.

Er betrat das verrauchte Lokal und als er die Frau seiner Träume dort nicht finden konnte, fragte er die Pokerspieler nach ihr.

Seine Beschreibung löste allgemeine Heiterkeit aus. Die Frau in Grün mit den roten Haaren und den Brüsten wie bauchige Whiskeyflaschen? Natürlich hatten sie die gesehen! Und wie! Solche Titten vergisst man nicht!

Lachend erzählten die Pokerspieler, wie sie ihren Mann aus der Spielhölle geschleift und ihn fast in der Pferdetränke ersäuft hatte, um ihm anschließend in die Arme zu fallen.

»In *den* Arm!«, verbesserte ein großer Kerl mit Schnurrbart gut gelaunt.

»Genau! Diesen Einarmigen haben wir ordentlich ausgenommen. Aber er hat nicht alles verloren: Eine Frau von diesem Schlag zu Hause zu haben, ist ein echter Glücksfall!«, bemerkte ein Typ mit Hosenträgern.

»Allerdings«, fügte ein anderer hinzu und drückte seine Zigarre aus. »Ich frag mich nur, was ich mit den beiden Kühen und der Ladung Hosen anfangen soll!«

Es folgte wieherndes Gelächter. Magnus fragte nicht

weiter. Er verließ den Saal, voller Wut und Eifersucht. Wie konnte Bella Rossa diesen einarmigen Mann so sehr lieben, obwohl er trank, das Geld am Spieltisch verschleuderte und alles verlor, was sie mühsam verdient hatte? Es war zum Verrücktwerden!

In düsterer Stimmung kehrte er in die Fabrik zurück, wo sein Kompagnon hinter seinem Schreibtisch saß und die Nase in die Kontobücher steckte. Da er sonst niemanden hatte, mit dem er reden konnte, erzählte er Dodge die ganze Geschichte.

»Tja«, sagte dieser. »Ehrlich gesagt erstaunt mich das nicht sonderlich. Ich wusste gleich, dass man dieser Frau nicht trauen kann.«

»Nein, sie ist ganz und gar vollkommen!«, protestierte Peterson verzweifelt.

»Eine vollkommene Idiotin vielleicht!« Dodge lächelte. »Aber keine Sorge, mein Lieber, du kannst es ihr heimzahlen. Sieh dir den Vertrag an, den ich sie habe unterschreiben lassen.«

Er gab Magnus den letzten Vertrag, unter den Bella Rossa ihr Kreuz gesetzt hatte. Mit klopfendem Herzen las Magnus die Paragrafen, einen nach dem anderen, und allmählich wurde ihm klar, was Dodge gemeint hatte.

»Aber … das ist ja total ungerecht!«, murmelte er.

»Sie hat unterschrieben«, erwiderte Dodge. »Gesetz ist Gesetz. Ich hab geahnt, dass diese Gleitverschlüsse eines Tages erfolgreich sein würden. Sie wollte uns mit ihren weiblichen Reizen den Kopf verdrehen, sie wollte uns austricksen, damit wir ihr die Hosen zum Sonderpreis produzieren, aber da ist sie an den Falschen geraten!«

Robert Dodge schloss die Schublade, legte die Beine auf den Schreibtisch und kreuzte zufrieden die Füße. Magnus Peterson jedoch war entsetzt.

»Ihr bleibt absolut nichts! Du lässt ihr keine Chance, heil aus der Sache rauszukommen!«, rief er empört. »Warum hast du diese Paragrafen geändert? Du hast doch gesehen, dass sie nicht lesen kann!«

»Ganz genau«, erwiderte Dodge. »Wie soll eine völlig ungebildete Frau diese Erfindung vernünftig vermarkten? Ich konnte nicht zulassen, dass sie die Lizenz behält! Jetzt, wo der Gleitverschluss uns gehört, ist alles viel einfacher. Wir können die Idee weiterentwickeln und ihr zu der industriellen Bedeutung verhelfen, die sie verdient. Und zwar völlig legal!«

Magnus schlug mit der Faust auf den Tisch. »Du hättest ihr wenigstens das Geld lassen können, das sie bisher verdient hat!«

»Na hör mal, ich bin schließlich kein Unmensch! Es ist bereits alles mit meinem Freund abgesprochen, dem Direktor der Schweizer Bank, bei der sie den Zaster eingezahlt hat. Sie bekommt eine kleine Beteiligung, die sie jederzeit abheben kann.«

Magnus sah seinen Partner angewidert an. Laut Vertrag durfte Bella Rossa nur drei Prozent der bereits getätigten Einnahmen behalten und bei allen zukünftigen Verkäufen ging sie völlig leer aus. Er hätte Dodge erwürgen können.

Aber plötzlich hellte sich seine Miene auf. »Und wenn ich sie heirate?«

Dodge verzog das Gesicht. »Du magst sie also wirklich?«

»Wenn ich sie heirate«, fuhr Peterson begeistert fort, »wäre es so, als würde sie die Fabrik heiraten! Auf diese Weise könnte sie ihre Erfindung behalten! Und ihr Geld!«

Er sprang auf. Wenn man es unter diesem Blickwinkel betrachtete, könnten Dodges Gaunereien sogar von Vorteil für ihn sein. Er musste Bella Rossa unbedingt finden. Sie konnte zwar nicht lesen, aber sie war alles andere als dumm. Sie würde sofort verstehen, dass seine Argumente für eine Heirat unwiderlegbar waren.

Er suchte sie in allen Hotels der Stadt und fand sie schließlich im luxuriösesten.

Als er ihr Zimmer betrat, mit geöffneter Krawatte und schweißbedeckter Stirn, blieb er überrascht stehen. Er hatte Bella Rossa tatsächlich gefunden, aber an ihrem riesigen Busen lag ein kleines, in Tücher gewickeltes Etwas, mit dem er nicht im Geringsten gerechnet hatte.

Neben ihr hatte es sich Jaroslaw in einem Sessel mit breiten Armlehnen bequem gemacht.

»Schau an, der Wikinger …«, bemerkte er ruhig.

»Kommen Sie rein, Magnus«, flüsterte Bella Rossa. »Aber seien Sie leise. Sie schläft.«

Verwirrt schloss Magnus die Tür und trat auf Zehenspitzen näher.

»Wer ist das?«, fragte er beunruhigt und zeigte auf den Säugling.

»Wir haben ihr noch keinen Namen gegeben«, antwortete Bella Rossa mit einem strahlenden Lächeln. »Aber wir suchen gerade nach einem.«

»Wie wär's mit Daisy?«, ertönte Abigails Stimme vom Bett her.

Magnus, der das Mädchen erst jetzt bemerkte, zuckte zusammen. Zu wievielt wohnten sie hier eigentlich? Das war kein Hotelzimmer, sondern ein Massenlager!

»Mir gefällt Norma besser«, erwiderte Jaro.

»Oder Savannah?«, murmelte Bella Rossa. »Das würde gut zu ihr passen.«

»In diesem Fall«, seufzte Abby, »bin ich für Selma.«

»Warum nicht Ursula, wo wir gerade dabei sind?« Jaro lachte.

»Jetzt weiß ich's!«, rief Abby. »Ich nenne sie Eden.«

»Eden …«, wiederholte Bella Rossa nachdenklich.

Sie streichelte die Kleine am Kinn. »Was meinen Sie, Magnus? Savannah? Norma? Eden?«

Der Fabrikant blinzelte.

»Aber …«, stammelte er. »Wem gehört dieses Kind?«

»Mir«, antwortete Bella Rossa voller Stolz und wirkte noch schöner als sonst. »Ich hab sie zwar nicht in meinem Bauch getragen, aber ich trag sie in meinen Armen, das kommt aufs selbe raus. Und ich werd ihr alles kaufen, was sie will. Die Kleine wird nich am Hungertuch nagen, so viel is sicher!«

Magnus zog es den Boden unter den Füßen weg. Auch wenn dies der denkbar schlechteste Moment war, er musste es ihr sagen. Er wich Jaroslaws eisigem Blick aus und holte tief Luft.

»Mit welchem Geld wollen Sie dem Kind alles kaufen, was sein Herz begehrt?«, fragte er. »Sie glauben, dass Sie ein Vermögen bei einer Schweizer Bank haben, nicht wahr? Sie glauben, die Armut überwunden zu haben. Aber ich bin gekommen, um Sie zu warnen. Sie haben nichts mehr!«

Mit festerer Stimme erklärte er Bella Rossa, wie Dodge ihr Vertrauen missbraucht und hinter ihrem Rücken mit dem Bankdirektor gemeinsame Sache gemacht hatte, um das Geld auf das Konto der Fabrik zu überweisen. Er redete schnell und ohne Umschweife, während er sie mit den Augen verschlang und fast an seiner Liebe erstickte. Er ließ ihr keine Zeit, sich zu empören oder zusammenzubrechen. Er sagte ihr, die einzige Lösung sei, ihn zu heiraten. Ihn. Magnus.

»Und wenn Sie das kleine Mädchen behalten wollen«, fügte er spontan hinzu, »dann tun Sie das meinetwegen. Wir adoptieren sie und werden ihre Eltern. Was halten Sie davon, wenn wir sie Frida nennen? Frida Peterson?«

Auf seine Worte folgte ein Schweigen, das so lang und absolut war, als sei er plötzlich taub geworden. Ein kalter Schweißtropfen lief ihm den Rücken hinunter. Alle waren wie erstarrt, sogar der Hund. Es war entsetzlich.

Nach einer Weile erhob sich Jaroslaw aus seinem Sessel. Als er auf ihn zukam, musste Magnus zugeben, dass er trotz seiner Behinderung eine stattliche Erscheinung abgab. Seine hohen Wangenknochen, die düstere Miene und die schlanke Gestalt verliehen ihm einen besonderen, etwas melancholischen Charme. Er stellte sich hinter Bella Rossa und sah Magnus direkt in die Augen. Ohne ein Wort.

Schließlich war es Abby, die das Schweigen brach.

»Also, mir gefällt Frida überhaupt nicht«, verkündete sie vom Bett aus.

»Mir auch nicht«, stimmte Jaroslaw sofort zu.

Magnus schluckte schwer. Die Stimmung war jetzt noch erdrückender. Die Feindseligkeit war fast mit Händen zu greifen und bildete eine Mauer zwischen ihm und den anderen.

»Und mir gefällt's nich, wenn man mich erpressen will«, sagte Bella Rossa schließlich. »Ich heirate keinen wegen seinem Geld. Niemals.«

Ihre Worte waren wie eine Ohrfeige für Magnus. Ihm wurde schwindelig, sein Herz krampfte sich zusammen und alles tat weh.

»Aber ich liebe Sie doch!«, rief er.

Es war, als hätte sein Gesicht einen Sprung bekommen und als würde er jeden Moment in tausend Stücke zerbrechen.

»Alle lieben Bella Rossa«, stellte Jaro fest. »Aber Bella Rossa kann nicht alle heiraten.«

Die Würfel waren gefallen.

Magnus Peterson verließ das Hotel als gebrochener Mann, mit gebrochenem Herzen und elender als das Elend, das er Bella Rossa prophezeit hatte. Er stürzte sich in die Straßen von Rich City und hoffte, umgehend von einer Kutsche überfahren zu werden. Bella Rossa sah ihn nie wieder.

Im Hotelzimmer wurde viel geseufzt in Anbetracht der Ausmaße des zu erwartenden finanziellen Ruins. Arm zu sein ist eine Gewohnheit, die man schnell ablegt. Um den Bann zu brechen und das Schicksal ein wenig herauszufordern, einigten sich Bella Rossa, Jaro und Abby schließlich auf einen Namen. Das Baby sollte Chance heißen.

SIEBENUNDDREISSIGSTES KAPITEL

Sie stahlen sich mitten in der Nacht aus dem Hotel, ohne die Rechnung zu bezahlen. Abby watschelte ein wenig unbeholfen voran, die Hände um ihren immer noch dicken Bauch gelegt. Hinter ihr schleppte Jaro schwitzend und keuchend den großen Koffer, der die Reste ihres entschwundenen Reichtums enthielt, während Bella Rossa mit Chance und Malteser auf dem Arm das Schlusslicht der kleinen Prozession bildete.

Mit klopfenden Herzen erreichten sie den Stall und holten das Pferd. Sie schnallten den Koffer auf seinen Rücken und machten sich auf den Weg zum Orden der Barmherzigen Schwestern im Süden der Stadt. Auch wenn es Bella Rossa gegen den Strich ging, das Kloster war ihre letzte Hoffnung. Ornella hatte mit der Mutter Oberin gesprochen, es war alles abgemacht.

Ornella empfing sie mit einer Lampe in der Hand im Hof des Klosters.

»Das Zimmer, das ich euch überlassen kann, ist winzig«, erklärte sie. »Aber immer noch besser, als auf der Straße zu schlafen.«

Sie ließen das Pferd im Hof zurück und folgten Ornella über die Treppen und Flure des Klosters. Es war kalt und feucht, überall hingen Kreuze an den Wänden und Bella Rossa senkte den Kopf, um sie nicht sehen zu müssen. Sie hatte Angst, wieder von Halluzinationen heimgesucht zu werden. Seit sie in Garsons Haus gewesen war, legte sie keinen Wert mehr auf irgendwelche Erleuchtungen.

»Da wären wir«, raunte Ornella und öffnete eine Tür im zweiten Stock.

Die Zelle hatte nur ein Bett, doch auf der Erde lagen zwei Matratzen und mehrere Decken. Der Mond warf eine milchige Pfütze auf den Boden.

»Ich lasse euch die Öllampe hier«, flüsterte Ornella. »Aber passt auf, dass es nicht anfängt zu brennen. Letzte Woche ist ein Teil des Viertels in Flammen aufgegangen.«

Sie stellte die Lampe auf ein schiefes Tischchen und fügte hinzu: »Morgen früh, bevor ich meinen Dienst im Krankenhaus antrete, bringe ich euch etwas zu essen.«

Bella Rossa dankte ihr.

»Danke nicht mir, sondern Gott«, antwortete Ornella. »Es war sein Wille, dass wir uns getroffen haben. Er hat meine Gebete erhört und jetzt erlaubt er mir, meinen Fehler wiedergutzumachen.«

»Welchen Fehler?«, wunderte sich Bella Rossa. »Wärst du geblieben, hätt Lom'Pa dich wahrscheinlich irgendwann totgeschlagen. Ich hab es noch nie für einen Fehler gehalten, seine Haut zu retten.«

Ornellas Blick flackerte im Schein der Lampe. Sie sah ihre Tochter an, diese Frau, die gleichzeitig so schön und so hart war, und empfand ein Staunen, das an Bewunderung grenzte. Sie erinnerte sich an das kleine, wilde Mädchen mit den roten Haaren, das sie vor langer Zeit verlassen hatte. Fünfzehn Jahre hatte sie sich mit dem Gedanken gequält, ihre Tochter könnte tot sein. Dabei war genau das Gegenteil der Fall.

»Es ist ein Wunder«, stellte sie mit tränenerstickter Stimme fest und lächelte.

»Ab und zu braucht man 'n Wunder.« Bella Rossa seufzte. »Sonst wär das Leben nur 'n Haufen Dreck.«

Sie berührte sanft den Kopf der kleinen Chance, die an ihre Brust geschmiegt schlief. Auch das war ein Wunder. Wahrscheinlich das schönste, das Bella Rossa je erleben würde.

Bevor sie hinausging, gab Ornella beiden einen Kuss auf die Stirn.

Sie blieben einige Zeit bei den Barmherzigen Schwestern. Abby kam wieder zu Kräften. Sie erklärte sich bereit, ihre Tochter zu stillen, und tat dies mit einer fast schon gefühllosen Gleichgültigkeit. Davon abgesehen kümmerte sie sich um nichts. Sobald sie halbwegs auf den Beinen war, schlüpfte sie glücklich wieder in ihr Jungmädchen-Kleid und trieb sich den Großteil des Tages in der Nähe der Theater herum. Statt etwas zu essen, träumte sie von einer Zukunft als Schauspielerin. Sie wurde von Tag zu Tag dünner und schöner.

Jaroslaw fühlte sich geläutert. Lom'Pas Krankheit, die Geburt von Chance und die Selbstverständlichkeit, mit der Bella Rossa ihre Mutterrolle einnahm, all dies hatte ihn zum Nachdenken gebracht.

Er hatte sich mehrere Dinge geschworen. Zum Beispiel trank er nur noch an einem einzigen Tag in der Woche, am Sonntag. Außerdem entdeckte er das beste Mittel gegen seine Spielsucht: Er nahm eine Stellung als Croupier im größten Casino von Rich City an. So konnte er ganze Nächte an den Spieltischen verbringen, bekam dafür jedoch ein Gehalt. Es war bescheiden, aber ehrlich verdient. All dies war Teil seines Plans. Denn Jaroslaw hatte still und heimlich damit begonnen, Bella Rossa zurückzuerobern.

Bella Rossa hingegen kümmerte sich abwechselnd um Chance und Lom'Pa, die beide ganz ähnliche Bedürfnisse hatten: Man musste sie füttern, waschen, warm halten und mit ihnen reden.

Bella Rossa wusste, dass Lom'Pa das Krankenhaus nicht mehr verlassen würde. Seine kranken Organe entzogen ihm nach und nach alle Lebensenergie. Er sprach kaum noch, schlief viel und hatte oft Schmerzen. Er war so schwach, dass sich Ornella kaum vorstellen konnte, wie dieser Mann ihr früher solches Leid hatte zufügen können.

Eines Abends, in der Dunkelheit, schob Jaroslaw seine Hand unter die Decke. Seine Finger berührten warme, weiche Haut. Es war seine Tochter, Chance, die zwischen ihm und Bella Rossa schlief.

Er ließ die Hand auf dem Kind liegen und weinte die ganze Nacht vor Schmerz und Glück, ohne ein Geräusch zu machen, während in seinem Inneren Vergangenheit und Gegenwart gegeneinanderprallten und seine Seele von einem lautlosen Erdbeben erschüttert wurde.

An einem anderen Abend kehrte Abby nicht ins Kloster zurück. Sie blieb mehrere Tage verschwunden und Bella Rossa musste Chance Kuhmilch zu trinken geben, die die Kleine jedoch gut vertrug.

Bald war Lom'Pa nur noch ein Schatten seiner selbst. Ein Greis unter Greisen in dem großen Krankenhaussaal.

Ornella wusch ihn jeden Tag und redete dabei ohne Unterlass. Schließlich hatte sie fünfzehn Jahre nachzuholen! Wenn Bella Rossa zu Besuch kam, während ihre Mutter von ihren Erlebnissen berichtete, blieb sie einen

Moment hinter dem Wandschirm stehen und hörte zu.

So konnte sie ein paar der weißen Flecken füllen, wie bei einem Puzzle. Aber letztendlich ragte die Vergangenheit wie ein Gebirge zwischen ihr und Ornella auf. Was sie auch taten, sie würden einander stets fremd bleiben.

In einer anderen Nacht traf Jaroslaws Hand unter der Decke wieder auf warme, weiche Haut. Dieses Mal war es nicht die seiner Tochter.

Er schauderte. Und Bella Rossa ebenfalls.

Eines Tages kehrte Abby frühmorgens zurück. Sie strahlte so hell wie die Frühlingssonne, die gerade über der Stadt aufging.

»Ich gehe fort«, verkündete sie. »Ich hab einen Platz in einer Schauspieltruppe gefunden. Der Direktor ist verrückt nach mir. Wie meine arme Mutter immer sagte, eine Stampton weiß ihre Chance zu ergreifen, wenn sie eine bekommt!«

›Seine Chance ergreifen!‹ Abby lachte über dieses unbeabsichtigte Wortspiel. Aber ihre Chance, ihr Glück, war nicht das kleine Mädchen, das auf der Decke strampelte. Ihr Glück lag anderswo, auf den Straßen, den kleinen Bühnen und in den großen Opernhäusern.

Sie packte ihre Sachen, küsste ihre Tochter auf die

Nase, dankte Bella Rossa für alles und verließ das Kloster mit raschelnden Röcken.

»Und Malteser?«, rief Jaro, als er sah, dass Abby ihren albernen Köter vergessen hatte.

Aber sie war schon fort. Dieses Mädchen hatte den Kopf wirklich in den Wolken!

Das Bett, das Abby zurückgelassen hatte, wurde ein magischer Ort. Bella Rossa legte sich hinein, nachdem sie Chance auf einer der beiden Matratzen in den Schlaf gewiegt hatte. Etwas später schlüpfte Jaroslaw zu ihr unter die Decke.

Es war magisch, weil Bella Rossa ihn nicht zum Teufel schickte.

Sie sagte kein Wort. Vielleicht lächelte sie ein wenig in der Dunkelheit. Und Jaroslaw machte sich zaghaft auf die Suche nach den wunderbaren Pfaden, die zu ihren Brüsten führten.

Als er am nächsten Morgen die Augen aufschlug und in Bella Rossas friedliches Gesicht sah, fragte er sich, womit er dieses Glück verdient hatte.

Lom'Pa starb mitten im Frühling.

Er erlosch jeden Tag ein bisschen mehr, bis sein letzter Atemzug gekommen war.

Bella Rossa, Jaro und Ornella warfen zusammen, um die Beerdigung bezahlen zu können. Die Feier fand auf einem Hügel statt, hoch über dem Ozean, an einem Tag mit so starkem Wind, dass ihnen fast die Hüte vom Kopf flogen.

Ornella sprach keinen einzigen Bibelvers, aus Achtung vor diesem Mann, der sein Leben lang nichts vom Jenseits erwartet und immer nur auf irdische Dinge geschworen hatte.

Bella Rossa starrte lange auf den Sarg. Worauf kam es im Leben an? Lom'Pa war in einem kleinen Loch mitten auf dem Kontinent geboren worden und wurde nun in einem anderen Loch zur letzten Ruhe gebettet. War er dazwischen glücklich gewesen? Hatte er einen Sinn in der Abfolge kleinerer und größerer Katastrophen gefunden, die sein Leben gewesen war? All dies erschien ihr unglaublich traurig und frustrierend.

Plötzlich machte sich die kleine Kugel in ihren Eingeweiden wieder bemerkbar. Als Jaro sah, wie Bella Rossa blass wurde, legte er schnell den Arm um sie.

»Lom'Pa hatte ein gutes Leben«, sagte er, um sie zu trösten. »Jeder Mann, der in deiner Nähe sein darf, kann sich glücklich schätzen. Ein Blick auf dich genügt und schon geht die Sonne auf.«

Bella Rossa glaubte ihm kein Wort. Alles um sie herum war in Auflösung begriffen. Die Familie, das Geld, sogar der Wagen und die Kühe waren fort. Vielleicht las Jaroslaw ihre Gedanken, denn er murmelte: »Ich bin da.«

Bella Rossa seufzte, doch sie musste zugeben, dass er Recht hatte. Sergeant Modrzejewski, seines Zeichen Einarmiger und Schürzenjäger, war immer noch an ihrer Seite. Bella Rossa hätte ihm so gerne endlich vertraut. Aber durfte sie das?

In nicht allzu ferner Zukunft sollte sie eine Antwort auf diese Frage bekommen.

ACHTUNDDREISSIGSTES KAPITEL

Nach Lom'Pas Beerdigung wurde Bella Rossa von einer seltsamen Krankheit befallen. In den folgenden Wochen zog sie sich ins Kloster zurück, wo sie die meiste Zeit erschöpft auf dem Bett lag. Sie weinte viel, schlief zu jeder Tageszeit ein und schleppte sich wie eine alte Frau durchs Zimmer. Ihre Kräfte reichten gerade aus, um Chance ihr Fläschchen zu geben und sie in den Schlaf zu singen.

Jaroslaw kümmerte sich mit verbissenem Stolz um seine beiden Frauen. Zum ersten Mal fühlte er sich unentbehrlich! Wenn Bella Rossa klagte, sie sei zu nichts mehr zu gebrauchen, sagte er: »Ruh dich aus. Du hast genug für uns getan. Ich bin da. Ich sorge für dich und die Kleine.«

Er arbeitete jeden Abend im Casino. Mehrmals in der Woche brachte er Obst oder ein Stück Fleisch mit und ließ auch Ornella daran teilhaben.

Manchmal schaffte Bella Rossa es nicht einmal mehr,

Chance zu versorgen. Dann nahm Jaro die Kleine auf den Schoß und gab ihr die Flasche. Das hatte er bei Jacek, Dorota und Lorenz nie gemacht, weil sie von Wanda gestillt worden waren. Am meisten liebte er das Lächeln von Chance, wenn sie satt war.

Doch als sich Bella Rossas Zustand im Lauf der Wochen nicht besserte, machte sich Ornella Sorgen und schlug Jaro vor, einen Arzt zu holen.

»Wozu?«, wunderte sich Jaro. »Sie ist traurig und müde, aber nicht krank. Ich kenne sie. Sie hat schon wesentlich schlimmere Dinge überstanden. Sie braucht nur etwas Zeit.«

Ornella presste die Lippen zusammen. Sie war anderer Meinung, aber es stand ihr nicht zu, auf ihre Mutterrolle zu pochen, nachdem sie vor so vielen Jahren fortgegangen war. Deshalb rief sie keinen Arzt und begnügte sich damit, ihre Tochter regelmäßig zu besuchen und Kerzen in der Klosterkapelle anzuzünden.

So vergingen drei Monate voller Trägheit und Müdigkeit. Es war, als würde Bella Rossa eine Art Winterschlaf halten, um sich von der unglaublichen Erschöpfung und all den Jahren, in denen sie sich unermüdlich abgerackert hatte, zu erholen.

Eines schönen Morgens, als sich der Sommer bereits dem Ende zuneigte, wachte sie auf und betrachtete die Sonnenstrahlen an der Zimmerdecke. Sie hatte etwas geträumt, das ihr noch im Kopf herumging und sie nachdenklich stimmte. Sie legte die Hände auf ihren Bauch, bevor sie sich aufrichtete, um den Traum zu verscheuchen. Sie hatte Lust, hinauszugehen, am Meer entlangzuspazieren und frische Luft zu atmen.

Sie schüttelte Jaroslaw.

»Ich will nich länger hier drin rumhocken«, sagte sie. »Bring mich woanders hin.«

Jaro lächelte. Er hatte heimlich auf diesen Moment gewartet, erfüllt von einer köstlichen Geduld.

»Es ist alles vorbereitet«, sagte er.

»Was is vorbereitet?«

Jaro beugte sich zu ihr und küsste ihren Hals, ihre Stirn und ihren Mund. Er erklärte ihr, er habe keine Lust, den Rest seiner Tage als Croupier in einem Casino zu verbringen, und er langweile sich entsetzlich dort.

Bella Rossa runzelte die Stirn. »Haben sie dich rausgeworfen?«

»Keineswegs. Aber ich habe gründlich nachgedacht. Du hast mir einmal eine Frage gestellt, auf die ich keine Antwort wusste. Es war auf dem Hügel von Rich Hill, vor dem Eingang der Bank, erinnerst du dich?«

Bella Rossa sah wieder zur Decke. Staubkörner tanzten langsam im Licht. Schon als kleines Mädchen hatte sie sich gerne diese im Nichts schwebenden winzigen Teilchen angeschaut.

»Weißt du noch, was du mich damals gefragt hast?«, erkundigte sich Jaro.

Bella Rossa nickte. Ja, sie wusste es noch.

»Das Leben wäre traurig, wenn man nicht nach den Antworten auf die wichtigen Fragen suchen würde«, fügte Jaroslaw hinzu.

Er sprang auf, wühlte in den Taschen seiner Jacke, zog ein Bündel Papiere heraus, kniete sich vor Bella Rossa und reichte ihr die Unterlagen.

»Ich kann immer noch nich lesen«, erinnerte sie ihn mit einem Hauch von Bitterkeit.

Er faltete die Blätter auseinander und breitete sie auf dem Bett aus. Oben auf jeder Seite war ein Schiff abgebildet. Ein Hochseedampfer auf grauen Wellen, aus dessen Schornsteinen dichter Rauch stieg.

»Ich hab zwei Tickets und einen Zuschlag für Chance bezahlt«, verkündete Jaroslaw. »Ich glaube nicht, dass Ornella den Orden verlassen möchte. Malteser können wir mitnehmen, wenn du willst. Ich weiß allerdings nicht, was wir mit Pferd machen sollen. Wir können es nicht mit aufs Schiff nehmen. Wahrscheinlich müssen wir es freilassen.«

Bella Rossa starrte ihn verblüfft an.

»Willst du etwa nicht mehr wissen, was auf der anderen Seite des Ozeans ist?«, fragte Jaro besorgt.

Sie suchte langsam die Papiere zusammen. »Haste das wirklich alles bezahlt?«

Er nickte. »Jetzt sind wir zwar mehr oder weniger pleite, aber ich hab keine Angst. Und du?«

Bella Rossa warf einen Blick zu Chance hinüber. Das Baby schlief und lutschte dabei an seinem Zeigefinger. Sie war ratlos. Seit einer Weile überraschte Jaroslaw sie immer wieder aufs Neue. Er war fröhlich, aufmerksam, geduldig … und jetzt schmiedete er sogar Zukunftspläne! Musste man da nicht misstrauisch werden?

Sie sah ihn schief an und dachte wieder an den Traum, der sie geweckt hatte und ihr seitdem keine Ruhe ließ. Was, wenn das Glück nun endlich doch noch an ihre Tür klopfte?

»Weißt du eigentlich, dass du die schlimmste Katastrophe bist, die mir je passiert is?«

»Das heißt, du hängst an mir, oder?«, erwiderte Jaroslaw augenzwinkernd.

Und genauso war es, auch wenn Bella Rossa zu stolz war, um es zuzugeben. Sie zuckte nur mit den Schultern und fragte: »Wann fahren wir?«

NEUNUNDDREISSIGSTES KAPITEL

Ihre Reise war also doch noch nicht zu Ende. Der Kontinent hörte zwar am Fuß der Hügel auf und verlor sich im Meer, aber das konnte Bella Rossa und Jaroslaw nicht aufhalten.

Sie waren Vagabunden. Sie gehörten zum Volk der Fahrenden, die mit ihren Wünschen und Nöten im Gepäck durch die Lande zogen, von einem Ort zum anderen, damit das Leben etwas leichter wurde.

Ihre Liebe nährte sich vom Fahrtwind und von der Hoffnung, woanders ein besseres Leben zu finden. Ihre Liebe war nicht dazu bestimmt, irgendwo Wurzeln zu schlagen und zwischen den Mauern eines Hauses eingesperrt zu sein. Sie brauchte Weite und frische Luft. Jaroslaw hatte das verstanden. Vielleicht würde er in Zukunft noch ein oder zwei Mädchen verführen – er liebte dieses Spiel so sehr! Aber wenn es darauf hinauslief, bei dieser Art von Poker Bella Rossa endgültig zu verlieren, dann ließ er lieber die Finger davon. Der Einsatz war ihm zu hoch.

Doch im Moment wollte er noch nicht zu sehr an die Zukunft denken. Als er an Bord des Schiffes ging, mit Chance auf dem Arm, lächelte er nur, denn er war glücklich.

An diesem Tag war Rich City von Jubel erfüllt. Man feierte die Ankunft des ersten Zuges, der den Kontinent ab jetzt von Ost nach West durchqueren würde wie ein Indianerpfeil. Auf den Hügeln flatterten Fahnen und Banner zwischen den Telegrafenmasten im Wind. Die Straßen waren voller Kutschen und eine fröhliche Menschenmenge drängte sich in Richtung Bahnhof. Alle redeten nur von diesem Zug. Es war der ideale Tag, um ein Schiff zu nehmen, fand Jaroslaw.

Sie machten sich in aller Stille auf den Weg und überließen es anderen, eine Welt voller Lokomotiven, Badewannen und Gleitverschlüsse zu erschaffen.

Hinter Jaro tastete sich Bella Rossa über die schwankende Gangway. Für die bleierne Müdigkeit der letzten Monate hatte es schließlich doch noch eine Erklärung gegeben. Entgegen der Prognose des Militärarztes, aber passend zu dem Traum, der Bella Rossa so verwirrt hatte, erwartete sie ein Kind. Eine winzige Kugel in ihrem Bauch. Das mochte man nun ein Wunder nennen oder eine Katastrophe, eins war sicher: Dieses Kind würde auf der anderen Seite des Ozeans geboren werden. Und es würde lesen lernen! Bella Rossa hatte sich geschworen, dass ihr Kind später nicht mit einem Kreuz unterschreiben würde.

Bella Rossa hatte die Gangway gerade überwunden, als jemand ihren Namen rief. Sie drehte sich um. Am Kai bahnten sich zwei Männer in taillierten Jacketts und mit Seidenkrawatten einen Weg durch die Menge der Reisenden und winkten ihr zu.

»Mademoiselle Rossa, warten Sie!«

Sie lächelte, als sie den französischen Akzent hörte, und beugte sich über die Reling. Eugène und Hippolyte Nachon eilten zu ihr, ihre dreibeinigen Fotoapparate unter dem Arm.

»Fast hätten wir Sie verpasst!«, rief Eugène.

»Das wäre unverzeihlich gewesen.« Hippolyte tupfte sich mit einem Taschentuch die Stirn ab.

Die beiden waren bereits vor einigen Wochen in Rich City angekommen und hatten Bella Rossa seitdem überall gesucht. Erst heute Morgen hatte ihnen ein missmutiger Fabrikant mitgeteilt, wo sie zu finden war. In der Zwischenzeit waren sie von einer Zeitung beauftragt worden, eine Foto-Reportage über den neuen Zug zu machen. Sie hatten nicht viel Zeit, denn sie wurden am Bahnhof erwartet.

»Trotzdem mussten wir doch unser Versprechen einlösen«, erklärte Eugène.

Hippolyte zog ein rechteckiges, etwas zerknicktes Stück Papier aus der Tasche seines Jacketts.

»In Wirklichkeit sind Sie noch viel schöner als auf dem Bild.« Lächelnd reichte er Bella Rossa die Fotografie. »Bitte nehmen Sie dieses Geschenk trotzdem als Erinnerung an unser Zusammentreffen an.«

Bella Rossa hielt die Fotografie vorsichtig zwischen Daumen und Zeigefinger und betrachtete die drei auf Papier gebannten Gesichter: ihr eigenes, strahlend und stolz, das von Jaroslaw, der sich das Lachen verbiss, und schließlich das Gesicht von Lom'Pa, der gesund und munter auf seiner Tonne saß und ängstlich die Augen aufriss.

Ihre Hand zitterte. Die Erinnerung an diesen windigen Morgen mitten in den Great Plains war plötzlich wieder so lebendig, dass es sie zutiefst erschütterte.

»Danke«, sagte sie mit erstickter Stimme.

Die Gebrüder Nachon zogen ihre Hüte. Sie mussten jetzt wirklich los. Sie wünschten ihr eine gute Reise, nickten Jaroslaw freundlich zu und liefen über die Gangway.

»Was ist aus den Indianern geworden?«, rief Bella Rossa, als die beiden schon auf dem Kai waren.

Aber die Fotografen hörten sie nicht mehr. Bella Rossa sah ihnen nach, wie sie mit langen Schritten dem nächsten Ereignis entgegeneilten, um es unsterblich zu machen. Dann ging sie selbst, das Herz voller Hoffnung und die wertvolle Fotografie fest in der Hand, etwas kurzatmig zu Jaro und Chance hinüber, die am Bug des

Dampfers auf sie warteten. Von dort aus winkten sie Ornella Bonini und Malteser zum Abschied zu.

Das Pferd hingegen war im Kloster geblieben. Es hatte sich hartnäckig geweigert, den Stall zu verlassen.

Es war wirklich ein seltsames Pferd.

Außerdem von Anne-Laure Bondoux bei Carlsen:
Der Mörder weinte
Die Zeit der Wunder
Von Schatten und Licht

Bei dem Gedicht auf S. 57 handelt es sich um
»Der Morlache in Venedig« von Adam Mickiewicz.
Adam Mickiewicz: »Sämtliche Werke – Erster Theil: Gedichte«.
Aus dem Polnischen von Carl von Blankensee. Berlin 1836
(In der Nauckschen Buchhandlung).

MIX
Papier aus verantwortungsvollen Quellen
FSC® C014496
FSC
www.fsc.org

Originalverlag: Bayard Éditions Jeunesse
Originaltitel: Pépites
Umschlaggestaltung: formlabor
Umschlagfotos: plainpicture © nico; shutterstock.com © Lane V. Erickson
Vignetten: Björn Liebchen
Aus dem Französischen von Maja von Vogel
Lektorat: Brigitte Kälble
Layout & Herstellung: Björn Liebchen
Satz: Dörlemann Satz, Lemförde
Druck und Bindung: GGP Media GmbH, Pößneck
ISBN: 978-3-551-58322-2
Printed in Germany